Martha Mayhem Goes Nuts!

JOANNE OWEN

ILLUSTRATED BY MARK BEECH

Piccadilly
PRESS

1

Martha Mayhem and the Swollen Sprouts

It was almost teatime on a dazzling Sunday afternoon. The spring air was warm, the sun was as bright as a Bolivian banana (but not quite as curved) and all was peaceful in the village of Cherry Hillsbottom. The villagers were relaxing in their gardens, feeling as content as cats in a creamery. Well, not quite *all* of them. On the far edge of the village, out beyond Raspberry Road and Lumpy Lane, and past Foxglove Field, considerable activity was taking place.

'It's the incredible Martha Magnifico-ooooOOOO!' announced Martha Mayhem in the theatrical voice of a circus ring master as she swaggered round her garden, wearing her witch's costume. 'Let the spell-casting begin!' She flicked up her raggedy red cape. It flopped down over her head like a strawberry-coloured pancake.

'Crumbs! I can't see a thing!' she yelled, frantically fumbling with the fabric. Unfortunately, since Martha couldn't see a thing, she slipped on a sprout that had strayed from her granddad's vegetable

patch. **'Woah!'** she cried, fighting to keep herself upright, as she skidded across the lawn and landed in a bed of bluebells, while her pointy hat flew off her head across the garden.

'Steady on, my Jumping Jamboree!' cautioned Professor Gramps, Martha's granddad, who'd emerged from a gooseberry bush with her hat now on his (almost) hairless head. At this point, it's probably worth pointing out that while Martha enjoyed making *all* kinds of things, including witches' hats and scrambled eggs, she sometimes also made mayhem, whether she liked it or not, which was why she was usually known as 'Martha Mayhem', rather than by her ACTUAL name, which was Martha May.

'Yes, be careful,' added Jack. He and

Martha had been best friends since they were both no bigger than bite-sized beans in their mums' tums, so they always looked out for each other. 'You don't want to injure yourself before the witch sisters arrive.'

'You mean they're not here yet?' asked Martha, scanning the garden impatiently. She felt ready to **EXPLODE** with excitement. In fact, she felt like an over-ripe melon about to burst from the force of its juiciness. She twirled her twiggy plaits. 'You don't think they've forgotten about our spell-making session, do you?'

'They won't have forgotten,' assured Professor Gramps, his bushy moustache jiggling up and down with every word.

'I just hope they come before any more

sprout-related accidents happen,' said Jack. 'Actually,' he added, with a smile, 'I know a good joke about sprouts. What's green and goes camping?'

'I don't know, Jack. What *is* green and goes camping?'

'A Brussels *scout*!' Jack joked, living up to the nickname Martha had given him (which, in case you've forgotten, was Jack Joke).

Just then Tacita Truelace's racing car spluttered into view.

'Sorry we're late,' Tacita apologised. She removed her special driving goggles and unloaded some spell-making supplies (in case you're wondering, these supplies included two cauldrons and a selection of plant powders and murky mixtures).

'I *said* we should have flown here in my magical flying knickers,' snapped Griselda Gritch, the witchiest of the two witch sisters.

'But I always drive here on Sundays,' said Tacita. 'It's our tradition, isn't it, Professor?'

'Oh yes,' Gramps agreed. 'And long may it continue!'

'And may *I* say that you look especially charming wearing Martha's witch's hat,' Tacita remarked.

'It's not fair that you wouldn't let me wear my witch clothes,' grumped Griselda.

'Your disguise is essential,' Tacita explained. 'The villagers of Cherry Hillsbottom aren't used to seeing witches and it would cause considerable alarm if they detected our true identities. You need to blend in.' (Although it has to be said that Griselda was hardly blending in. Her dress was a dazzling daffodil yellow, and her black-and-purple tights and puffy polka-dot pants were poking out from beneath it.)

'Shall we start trying out some spells now?' asked Martha, fidgeting with her fingers. 'I was wondering if we could cast a spell that makes things move, and a spell that makes things grow to TEN times their usual size.'

'Let me see . . .' said Tacita Truelace. 'It's been a while since we attended Madam Malenka's Academy of Enchantment.'

'*I* know how to do those spells. I've been doing research,' said Griselda, glancing at Professor Gramps, who was himself a research enthusiast and had, in fact, inspired Griselda to take up the activity. 'Put all that stuff into this cauldron and mix it all together,' she instructed Martha and Tacita, pointing at various plant powders and murky mixtures. 'That's for the potion that makes things move. I'll use everything else for the potion that makes things grow.'

Wearing the serious expression of an expert scientist, Martha mixed everything up. In less time than it takes a cheetah (the world's fastest land animal) to cross an African plain, the air filled with gusty green smoke that ponged like vegetables that had been stewed for at least three weeks.

'YIKES!' yelled Martha, frantically flapping away the smoke. 'Let's check if this really can make things move.'

'*I'll* be the one to do any checking,' growled Griselda Gritch, with a twitch.

'You seem to have forgotten that you're only dressed up as a witch,' she snorted at Martha.

'*You* seem to have forgotten that I'm just as much of a witch as you are, Grizzie,' Tacita reminded her snippy sister. 'And please try to keep the noise down. You'll wake Helga-Holga.' (In case you're wondering, or have forgotten, Helga-Holga was a handsome hairy hog who had lived with Gramps and Martha ever since becoming too big to live in Tacita's garden.)

'My dear, it will take more than Griselda's grumpy growls to stir Helga-Holga from her afternoon nap,' chuckled Professor Gramps. 'In fact, it would take something more along the lines of a volcanic eruption!'

He picked up the stray sprout. 'How about testing your potion on this, my Marvellous Mango?' he suggested, polishing the sprout on his mustard-coloured jacket.

'Me first!' screeched Griselda Gritch. She grabbed the sprout from Professor Gramps and chanted a spell over her own cauldron.

As my witch's force moves head to toe,
I ask this potion to make things grow.
As my witch's hand stirs up this brew,
I ask this potion to make this true!

As Griselda completed her tenth stir, a fiery flare gushed up from the cauldron. Sprinkling a few drops of the growing potion onto the sprout, Griselda yelled,

'Yaaaaaaaa-hooooooooooo!'

'Are you sure you should be doing that?' asked Jack. 'I mean, they're *already* the world's strongest vegetables.'

'Is that a fact, Jack?' asked Professor Gramps. Being a keen collector of Fascinating Facts, he was always on the lookout for new ones to add to the library of Fascinating Facts he stored in his brain.

'It's not *exactly* a fact. I just thought that *muscle* sprouts must be pretty strong,' Jack joked. 'But I'm not sure this is the time for jokes. LOOK!'

'CRIPES!' cried Martha Mayhem at the sight of the sprout swelling to TEN times its usual size.

'Puff me with a plume! I'd definitely win the Largest Vegetable Prize at the next harvest festival with *that*!' chortled the Professor. 'I'm jesting, of course,' he added. 'I don't endorse any kind of cheating.'

'Of *course* you don't,' Tacita agreed. 'Shall we see if our moving potion works, Martha?'

'Are you sure that's a good idea?' jittered Jack. In fact, he was jittering so much, his scrambled-egg-like hair was wobbling about on his head like a hat made from real scrambled eggs. 'I mean, *anything* could happen.'

'That's the point of experiments, Jack,' Martha explained. 'To find out what ACTUALLY happens.' Trembling with excitement, she poured some of her own potion onto the super-sized sprout. Within seconds (even faster than a cheetah crossing an African plain), Martha wasn't the only thing trembling. The super-sized sprout was too! What began as a tremble became a quake, and the quake became a quiver, and the quiver became a shudder until, finally, the shudder became a shake and the enormous sprout started rolling around the garden at zoomerific speed.

It only stopped when it became stuck to Gramps's prickly gooseberry bush.

'That was sprout-tacular!' cried Martha, leaping into the air.

'Wasn't it just?' cackled Griselda Gritch, the hairs on the end of her nose waggling like the legs of calypso-dancing cave spiders. 'I told you I'd done my research. What shall we try next?'

'I think it's time to call it a day,' said Tacita Truelace. 'We can't have *everything* swelling to ten times its usual size and rolling about all over the place, can we? And besides, Jack has to leave for football training soon, and the Professor and I have to take our afternoon drive before preparing for the post-football feast at my tearoom.'

'You're no fun at all,' grumped Griselda Gritch.

'I want to carry on too,' sighed Martha. 'That was the most fun I've had for at least three days.' (In case you're wondering, three days ago, Martha had conducted an experiment to find out how many chocolate milkshakes she could drink in ten minutes, which, as you can imagine, was an extremely fun thing to do.)

'Why don't you two do some goal-shooting practice with me for a few minutes?' Jack suggested. 'That'll be fun, especially if I throw in a few jokes. How about this one? What kind of tea do footballers drink?'

'I don't know, Jack,' said Martha, sounding as sad as a deflated balloon.

'Penal*tea*! Get it? And what about this one? What do goalkeepers like for lunch?'

'I'm not sure,' said Martha, who now had the hint of a grin on her face.

'Beans on *post*!' Jack replied, passing the ball to Martha.

Jack always managed to cheer Martha up, and Martha happily passed the ball back to him, but as she did so she (accidentally) sent it flying into the top of Gramps's nutmeg tree.

'Sorry, Jack!' called Martha as she climbed the tree with the agility of an orang-utan in pursuit of a particularly appealing bunch of bananas. Unfortunately, after throwing the ball back to Jack, Martha slipped and lost her footing. After losing her footing, she plummeted towards earth, all the while yelling,

'Careful, my Super Sloth!' called Professor Gramps. 'Aim to land on my curly cabbages!'

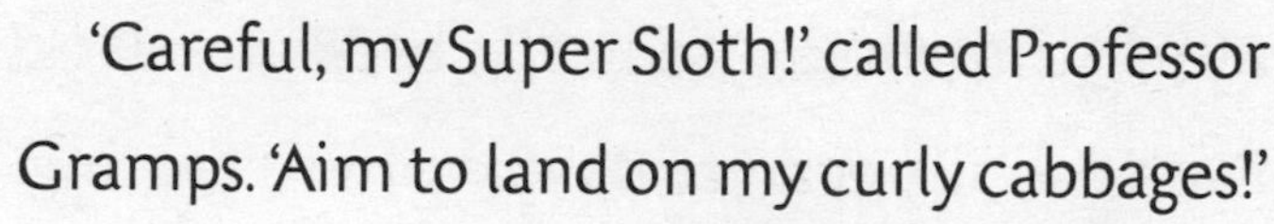

Thankfully, as Martha fell, she managed to grab on to a branch.

'Three, two, one!' she counted down, before releasing her grip and falling onto a cabbagey cushion. Several nutmegs rained down after her and one plopped into the cauldron containing the potion that had made the sprout move.

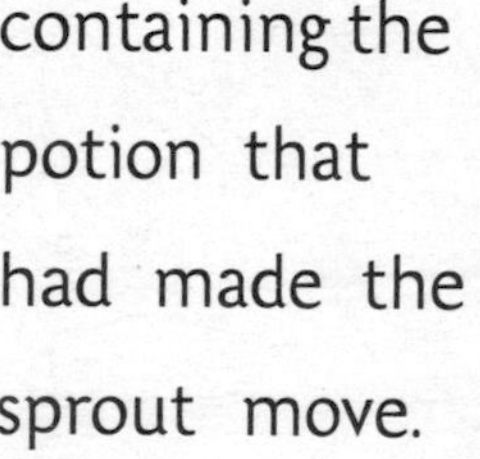

In an instant, scarlet smoke began to swirl from it!

'YIKES!' yelled Martha. 'I didn't mean to make *that* happen.' She flapped her arms until the crimson cloud faded to nothing. Everyone gathered round, anxious to see what effect the potion had had on the nutmeg. But the nutmeg was doing . . . nothing.

'What did you do to the potion?' Griselda Gritch glared at Martha.

'I didn't do *anything*, apart from shake the nutmeg from the tree and flap away the smoke,' said Martha.

'Well, someone must have done *something* to it. The spell worked perfectly on the sprout, so why didn't it work on this nutmeg?'

'I'm sure this is merely a slight glitch, Miss Gritch,' said Professor Gramps. 'As it happens,' he continued, hoping a change of subject would de-grump Griselda, 'I know a particularly Fascinating Fact about nutmegs.'

'Do tell,' urged Tacita Truelace.

'On the sunny Caribbean island of Grenada (which is also called the Spice Island), the seed inside the nutmeg fruit is known as "the lady with the red petticoat".' To demonstrate, Gramps picked up the nutmeg (carefully, using tongs) that had plopped into Griselda's brew and prised it open.

'Oh yes!' said Martha, examining the egg-shaped nut that was nestled inside the nutmeg fruit. It was covered in a criss-cross pattern that looked a LOT like a lacy red petticoat. 'I wonder if Mum and Dad have ever visited that island.' (In case you're wondering, Martha's mum, Professor Margarita May, and dad, Professor Magnus May, were both Professors of Creeping Creatures, which meant they spent a lot of time working away in tropical places, researching things like tiny tree frogs and not-so-tiny tarantulas.)

'I know something else about nutmegs!' said Jack. He dribbled the ball towards

Griselda Gritch, slipped it between her legs, collected it on the other side and scored a goal between two cherry trees at the end of the garden. **'Nut-megged!'** he cried. 'No one EVER wants to be nut-megged. It's one of the most foolish things that can happen to a footballer!'

'Excuse my ignorance, but what do nutmegs have to do with football?' asked Tacita Truelace.

'Allow me to furnish you with another Fascinating Fact,' said Professor Gramps happily. 'In the English language, the football term "nutmegged" refers to when a player kicks the ball through another player's legs, either to retrieve it on the other side, as Jack demonstrated, or to pass it to someone else. The victim of the manoeuvre, in this case Griselda, is said to have been "nutmegged". In Korea, they'd say she'd "hatched an egg", and in France . . .'

'Never mind babble-wabbling about hatching eggs,' barked Griselda. She set her eyes on Jack. 'How **DARE** you call me a fool!'

'I was only messing around, Miss Gritch. 'You were awesome when you played pumpfootkinball at the Halloween party . . .' Jack paused, and his eyes enlarged to the size of fried eggs as An Incredible Idea scrambled around in his brain. 'You should come to training with me! I reckon you'd make a great footballer, and you're already wearing half the kit. We wear stripy black-and-purple socks,' he explained.

'Why should I come to your silly training?' asked Griselda Gritch, secretly hoping that Jack would continue to shower her with praise. 'What's in it for me?'

'It's nice to do things with friends,' Martha explained. 'And it's fun being part of a team.'

Being a fan neither of niceness nor teamwork, Griselda ignored Martha, but she gave Jack's offer SERIOUS consideration. She HAD enjoyed playing pumpfootkinball at the party and this *would* give her another chance to show off her unquestionably exceptional ball skills. 'All right,' she sniffed. 'I'll come, but if ANYONE does any silly nutmeg nonsense on me, I won't be held responsible for my actions.'

'You'll have a great time,' said Martha. 'But I don't think you should mention anything about playing pumpfootkinball at the Halloween party.'

'Why not?' Griselda demanded.

'Because you cast a spell to make the villagers forget the strange things they saw at the party. If you mention it, they might remember what *really* happened, which may lead them to discover our true identity as witches,' Tacita explained. (You may recall this pandemonium-packed party yourself. If not, you are urged to read *Martha Mayhem and the Witch from the Ditch* at the earliest opportunity.) 'Promise you won't say a word.'

'All right,' Griselda agreed, grumpily. After

dragging Jack's spare football shirt over her brambly-haired head, she hitched up her dress to reveal her ENORMOUS purple polka-dot knickers (sometimes known as paranormal pants). 'What are you waiting for?' she snapped at Jack as she puffed out the pants to an incredible size. **'Jump in!'**

'Maybe we should w-w-walk,' Jack replied, his voice w-w-wobbling like a jumpy jellyfish. He was filled with fear at the thought of flying to football in the precarious pants. 'It's not far, and if someone sees us they'll *definitely* know you're a witch.'

'I've thought of that,' Griselda huffed. 'I'll fly behind that cloud and we'll land outside the field.'

'What if I come with you, Jack?' Martha suggested. 'I've flown in the knickers more often than you, so I've got used to all the swaying and wobbling.'

While Jack (reluctantly) and Martha (excitedly) climbed into Griselda's puffy pants and soared up, up and away towards Foxglove Field, Tacita Truelace turned to Professor Gramps.

'Fancy a quick spin in the Old Girl before I prepare the post-football-training tea?' she asked, with a twinkle in her eye.

'I wouldn't miss our tradition for anything, Miss Truelace,' Gramps replied. 'Not even for all the swollen, rolling sprouts in Sprouts-ville!'

And with that, they jumped into Tacita's racing car and scooted off.

2

The Volca-nut Eruption

While Martha Mayhem, Griselda Gritch and Jack Joke were busy soaring above Lumpy Lane in a pair of magical flying knickers, and while Professor Gramps and Tacita Truelace were busy whizzing along Lumpy Lane, something else was busy in Gramps's garden. That something was small and scarlet and about to go **COMPLETELY CRACKERS . . .**

In the middle of the garden, a curious

cracking noise was coming from the potion-drenched nutmeg. **Crk-crk-craaaaaaaack**, it went, not unlike the sound of a boiled sweet being crunched by a sharp-fanged vampire.

Crk-crk-craaaaaaaack, it went again, this time louder so it sounded more like the early stages of a volcanic eruption. Then the shell fell away and scarlet smoke spurted from the fruit. And in the midst of the scarlet spurts stood a little lady dressed in a lacy red petticoat.

'How **DARE** they insult me?' shrilled the Nutmeg Lady, who was most certainly *nut* to be messed with. From inside the shell, she'd heard all of Jack's and Griselda's nutmeg-related insults, but they'd gone before she was able to crack her way out and give them a piece of her mind. (In case you're wondering, the reason the potion hadn't worked immediately was because little ladies are more complicated organisms than, for example, Gramps's sprouts.) 'I'll show them **NUTMEG NONSENSE!**' she shrieked.

Helga-Holga's hairy ears pricked up at the sound of the Nutmeg Lady's piercing voice, while her usually perky tail flopped down in fear when she saw its source.

Aaawwwwww– ooooooh–
aaahhhooo ww!

yelped the handsome hog before bolting over her pen and dashing down Lumpy Lane as fast as her trotters would carry her, leaving the Nutmeg Lady going, well, utterly **NUTS** in Gramps's garden.

3

The Witch on the Pitch and the Cow-tastrophic Kick

'I have some bad news,' Mr Trumpton announced as his team gathered round. 'We're a player down.' (As well as being headmaster of Cherry Hillsbottom Village School, Mr Trumpton was also the coach of Cherry Hillsbottom Football Club, otherwise known as CHFC.) 'Peter Pickle tripped over a broom in his mum's beauty parlour and twisted his ankle, so he'll be out of action for a while.'

'That *is* bad news. We have to play Plumtum United the day after tomorrow,' moaned Nathaniel Hackett Crisp Packet, the team's goalkeeper, who was called 'Nathaniel Hackett Crisp Packet' partly because it rhymed, and partly because of the large quantities of crisps he consumed. 'You know what this means, don't you, lads?'

'Yep,' sighed Felix Tharton, their left-winger. 'It means we won't win the Derby

Cup for yet another year. Plumtum Town will never let us live this down.'

In case you're wondering, Plumtum Town (often known as Plum*bum* Town to the pupils of Cherry Hillsbottom Village School) was the next village along from Cherry Hillsbottom, and matches between Plumtum United (otherwise known as PU) and CHFC always meant big score lines and even bigger crowds.

'That's rotten luck for Peter but, lucky for *us*, and *unluckily* for PU, I've recruited an amazing new player!' said Jack. 'She's over there by the gate.'

The team turned to look, imagining that Jack, their captain, had recruited an athletic youngster with exceptional ball skills. But all they saw was a bony old lady with twiggy legs and a shock of hair that resembled a brambly bush. And, to make matters worse, she appeared to be wearing a massive pair of granny pants.

'Come off it, Jack! This has to be one of your jokes,' said Nathaniel. 'Did you recruit her from Nanny Nuckey's knitting group? You can't be serious.'

'He's *totally* serious,' said Martha quickly,

nervously fiddling with her fingers. Martha knew the grouchy witch would *really* kick off if she heard them talking about her like this. 'She's Miss Truelace's sister, and you should give her a chance. She really is very good.'

'Martha's right,' said Jack. 'I reckon with her on our team we have a chance of winning back the Derby Cup.'

'We haven't beaten PU for FIVE seasons,' groaned Felix. 'And they're even stronger this season. Their new sponsor has bought them flashy kits and boots, and you must have heard about their new training centre. They even have a thermo-whatsit pool.'

'How do you know Miss Gritch isn't good enough to beat Plumtum?' asked Martha. 'It's not right to judge people before you really know them. Remember how we used to think Mr Trumpton's office stank of foul fishiness and rotten rats and mouldy mice because he did tons of trumps?'

'Martha!' yelled the whole team.

'Sorry, Mr Trumpton. We didn't *mean* to be mean,' Martha explained. 'We only said it because you play the trumpet.'

'Trumping trumpets aside,' said Mr Trumpton, his cheeks flashing cherry red with embarrassment, 'Martha has made an excellent point. We shouldn't judge this potential player until we've seen her in action. And here she is! Welcome to CHFC.'

'I think I've already seen enough,' said Nathaniel. 'Like that pointy, hairy nose.'

'All the better to sniff out goalkeepers that STINK!' Griselda snarled.

'And those bristly, twiggy legs,' said Felix.

'All the better to fly down the wing with!' And with that, Griselda kicked a ball from under Nathaniel's feet, sped down the pitch and scored a screamer from the halfway line.

'That was quite a display!' praised Mr Trumpton. 'We'd love to have you on board, Mrs . . . ?'

'I'm not *Mrs* anything,' panted the witch. 'I'm Griselda Gritch, and I was born for the pitch! Got it?'

The team nodded, all of them open-mouthed. They'd got it, all right. Griselda had displayed an undeniable ability to sprint at speed while controlling the ball. Maybe she *could* save them from another season of humiliation at the hands (or, more accurately, the feet) of ~~Plumbum~~ Plumtum United.

'Let's see you in action with the whole team,' said Mr Trumpton. 'Martha, would you mind going in goal to make up the numbers? I promise there'll be no trumping,' he added with a smile.

'Of course not, Mr Trumpton,' Martha replied, her own cheeks now cherry red. 'I've never played in goal before, but I LOVE trying new things, so I'll try my best to help.'

The game got off to a lively start, with Griselda zooming and zipping around the pitch. She scored TEN goals in under ten minutes and, since they were on the same side, Martha didn't have to make a single save.

'Very impressive, Miss Gritch,' said Mr Trumpton. 'But remember to pass the ball from time to time. This is a team game, after all.'

When the game restarted, Griselda lost control of the ball to Felix Tharton, who darted off towards the goal and Martha. Forgetting that they were on the same team, Griselda and Martha both went for the ball at EXACTLY the same time. Their twiggy legs entwined, the ball careered off them and flew all the way across Foxglove Field. It landed in Paddlepong Pond with such a splash that it shocked the herd of cows that were basking on its bank.

'It looks like you two well and truly *hoofed* the ball!' Jack joked. 'Get it, Martha? Cows, hooves, hoofing?'

'I get it,' Martha replied. 'And in normal circumstances I'd be laughing my plaits off, but these are not normal circumstances, Jack. Look how crazy the cows are going!'

'Pull the *udder* one, Martha!' Jack continued to joke. **'BLIMEY!'** he yelled, noticing that the cows were, indeed, going crazy. After being frightened by the splash, they were now stampeding towards the gate.

'CRIPES!' cried Martha, remembering the unfortunate encounter she'd had with a ghastly Gate Ghoul last Halloween (you may well recall this incident yourself.

If not, you are urged, again, to read the pandemonium-packed *Martha Mayhem and the Witch from the Ditch* at the earliest opportunity).

Thankfully, the cows stormed through the gate without disturbing any Gate Ghouls. But they *had* gained momentum and were now thundering towards the village at alarming speed . . .

As the wayward herd stampeded onto Raspberry Road, Miss Parpwell (Martha and Jack's teacher, who was also known as Parp*smell*) and her pet poodle (Polly) turned onto the road. (At this point, it's worth pointing out that Miss Parpwell was famed throughout Cherry Hillsbottom Village School for being a mean, moody lady with a mean, moody face. If asked to name something she wasn't fond of, that thing would almost certainly be mayhem, which makes what was about to happen especially unfortunate . . .)

Confronted with the crazy cows, Miss Parpwell's poodle started yipping and yapping so loudly that a few fear-induced parps and, regrettably, some plops, erupted from the cows' bottoms.

'Bad Polly!' barked Miss Parpwell as the poodle pulled on its lead. 'Stop this INSTANT!' But Polly did the exact opposite of stopping. That is to say, she kept pulling and ended up dragging Miss Parpwell through the plops of cow poo. **'DISGUSTING!'** she screeched through gritted teeth. Her lips were even more turned down than usual, and her nose was even more turned up, as if it was trying to stretch away from a truly terrible smell (which, for once, it actually was). **'STOP RIGHT NOW!'**

But Polly continued to ignore Miss Parpwell's protests and so the troubled teacher continued to skid down Raspberry Road, not unlike an Olympic speed skater, only with a rink surfaced in cow plop in place of the more conventional ice. (If any parents or teachers are reading this, please be assured that no plop came into contact with Miss Parpwell's ACTUAL skin.)

Meanwhile, the ploppy poodle palaver had attracted the attention of pretty much everyone in the village. Peggy Pickle (the village hairdresser) and Thelma Tharton (the village florist) had broken off their chat. Nanny Nuckey (the village knitting shop owner and former chief detective) had put down her knitting needles.

Herbert and Sheila Sherbet (Jack's mum and dad, who also owned the village butcher shop) had stopped playing hide-and-seek. Mrs Gribble (the school dinner lady) had turned off her favourite TV show (which, in case you're wondering, was a show called *Animal Operatics*). And all of them hurried outside.

‘That Martha May girl must have something to do with this,’ said Peggy, shaking her head at the sight of Miss Parpwell skidding through the plops.

‘Martha never *means* to make mayhem, Mum,’ said Peter Pickle, leaning on his crutches. ‘And you can’t be sure it’s her fault.’

‘Oi, Jack!’ shouted Herbert, spotting the whole football team racing after the cows, along with Martha. ‘What’s going on?’ But before Jack had a chance to answer, the increasingly cranky cows picked up speed and Herbert saw the need for URGENT action. He opened the doors to the village hall. 'Take shelter in here, everyone!' he called. **'Quick!'**

Unfortunately, before any of the villagers had a chance to get inside, the cows rushed into the hall.

'Phew!' said Herbert, as he closed the doors on them. 'That wasn't exactly my plan, but at least they're contained. This could have been a whole lot worse.'

'WORSE?' parped Miss Parpwell. 'It's impossible for this to be any worse.'

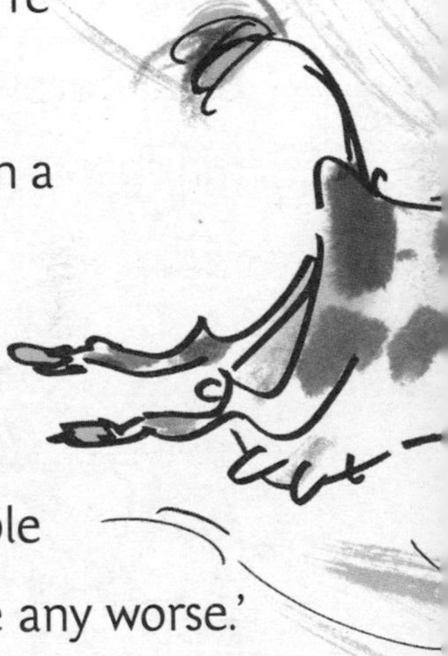

As things turned out, both Herbert Sherbet and Miss Parpwell had spoken too soon . . .

The ancient village hall began to creak and groan and, with a chorus of creaks and moos, its walls fell down entirely, to reveal a crowd of confused cows draped in bunting.

'It looks like I spoke too soon,' said Herbert. He sniffed the air. 'What's that pong? Oh. I see you've had a little accident, Miss Parpwell.' Herbert turned to Jack. 'I understand

why you kids call her Parp*smell* now, son!'

'Mr Sherbet!' exclaimed Miss Parpwell. 'That is NOT amusing.'

'She's right, Dad. It's not amusing,' Jack whispered. 'It's a-*moo*-sing. In fact, it's *udder*-ly a-*moo*-sing!'

'I heard that, Jack Sherbet! How **DARE** you . . .'

Luckily for Jack, Miss Parpwell's fury was drowned out by a *splut-splut-splutter*ing sound.

'Hello there!' called Professor Gramps. 'We spotted a trail of you-know-what all along Raspberry Road and wondered what had happened. I see there's been a bit of bovine bother.'

'It looks like there's been more than a *bit* of bother, Professor,' said Tacita, removing her racing goggles and headscarf. 'Where will we do our flamenco dancing classes now?'

'And what about bingo?' gasped Thelma Tharton and Peggy Pickle.

'And bongo practice,' added Horace Hackett, Nathaniel's father, and the village grocer.

'And where will I hold my Knitting for Novices lessons?' wondered Nanny Nuckey.

'May I suggest we all CALM DOWN?' called Professor Gramps over the villagers' worried cries. 'We should deal with one problem at a time, beginning with returning these cows to their rightful place.'

'Good thinking, Professor,' replied Tacita. 'With the Old Girl's help, I'll have the cows herded back into Foxglove Field in no time. And may *I* suggest that you all head to my teashop for some restorative refreshments? On the house, of course, given the distressing circumstances.'

So that's what they did.

4

The Plan from Planet Idea-upiter

Having herded the cows safely back to their field, Tacita Truelace and Professor Gramps arrived at Tacita's Tearoom to find Miss Parpwell's poopy plimsolls outside the door and the villagers inside (and in tremendous turmoil). They were moaning about the loss of the village hall, and arguing ever more loudly over who should have the last slice of Tacita's triple cherry chocolate cake.

'QUIET!'

roared Professor Gramps, and everyone suddenly stopped talking.

'Oh my!' admired Tacita. 'That worked!'

'Just a throat-singing technique I learned while doing fieldwork with a Kazakh tribe, Miss Truelace,' Professor Gramps explained. 'Now, it seems to me that rather than getting in a tizz, we should focus on finding a solution to our problem. We simply need to rebuild the hall,' he suggested helpfully.

'It doesn't take a genius to work *that* out,' scoffed Peggy Pickle, unhelpfully. 'The question is, how can we pay to rebuild it?

We spent our entire social budget on the Halloween party.'

'Yes,' agreed Thelma Tharton, waddling over to the cake counter to see if the last slice of triple cherry chocolate cake was still there. 'It could be *years* until we have enough money. It looks to me like the fate of our community is doomed!'

'Wa-zooooooo!' cried Martha Mayhem. Struck by the force of An Incredible Idea, she shot from her chair as if a comet from Planet Idea-upiter had zapped her brain with beams of brainpower. 'I know! I know! I know! We should hold a fundraising fête, with games and stalls!'

'I do believe you've found our solution, my Idea Apple!' exclaimed Professor Gramps.

'The whole village can get involved. For example, I could sell some homegrown vegetables, or have a Fascinating Fact Booth.'

A wave of excitement rippled round the room.

'I'll do a floral-themed tombola,' volunteered Thelma Tharton.

'I could set up a coconut shy,' offered Horace Hackett.

'And what about a tug-of-war game?' suggested Herbert Sherbet.

'And a Knitted Niceties stall,' said Nanny Nuckey.

'I could do five-minute makeovers!' exclaimed Peggy Pickle.

'And I'd be delighted to bake sweet treats, or take people for a whizz in the Old Girl,' said Tacita Truelace. 'What a marvellous plan, Martha!'

'Don't you mean a *Martha*-lous plan?' joked Jack. 'It sounds like it will be a right laugh too. We could call it a *fun*-raising fundraising fête!'

'That's a great joke, lovey,' said Mrs Gribble, who was a huge fan of Jack's jokes. 'And this *is* a *Martha*-lous plan. I'll make some of my *spice*-tacular savoury snacks.'

Just then, a series of attention-seeking coughs came from the corner of the tearoom, where Griselda Gritch was alternating between shoving the last crumbs of triple cherry chocolate cake into her mouth and trying to draw attention to herself.

'Grrr-ffffff,' went the noise. **'Grrrr-ruuuuuufffff.** I can do something better than all of you put together,' bragged Griselda, spraying crumbs of triple cherry chocolate cake with every word.

Tacita dabbed her lips with a flowery napkin and took a deep breath. 'Mrs Tharton, I don't believe you've been formally introduced to my sister. She only recently arrived in Cherry Hillsbottom.'

'I could do a sp—'

'Let's get back to the fête, shall we?' suggested Professor Gramps, hastily interrupting Griselda. 'When and where shall we hold it?'

'How about in Foxglove Field the day after tomorrow?' suggested Mr Trumpton. 'We're playing Plumtum United that afternoon, so we could hold the fête there in the morning, and people could stay on for the match. That gives us a day to prepare.'

'We could even make it a fundraising football match!' burst out Martha. 'All the money from the ticket sales could go towards the new village hall.'

'You're on fire today, Martha!' said Mr Trumpton. 'What an excellent idea.'

'But what about school?' parped Miss Parpwell. 'Can the pupils afford to miss a whole day of lessons, Willy?' (In case you're wondering, Willy was Mr Trumpton's first name.)

'Seeing as this is such a worthwhile cause, I'm more than happy for the pupils of Cherry Hillsbottom Village School to take part,' said Mr Trumpton. 'I'm sure they'll learn lots of valuable life lessons from the experience.'

'Isn't it remarkable what can be accomplished when people work together?' said Professor Gramps. 'Now everything's settled, I think a toast is in order, don't you, Miss Truelace?'

While Tacita and Gramps served celebratory cups of tea, Martha turned to Jack. 'Isn't this *exciting*?' she beamed. 'Jack? Are you listening?'

But Jack hadn't heard a word Martha had said. Jack was staring through the tearoom window, looking like he'd seen some kind of scary, hairy beast, which, as things were about to turn out, wasn't *too* far from the truth . . .

5

The Case of the Curious ~~Foot~~ Nut Prints

'L-l-l-loook!' Jack jittered, wobbling a finger in the direction of the scary, hairy beast.

To be completely honest, it wasn't *exactly* a scary, hairy beast. It was more of a *scared,* hairy beast in the form of Helga-Holga, who was stamping and snorting outside the tearoom.

Martha dashed to see what was wrong with her. 'What is it, Helga-Holga?'

The hairy hog released a mammoth moan that sounded something like this:

Aaawwwwww– oooooh– aaahhhooo ww!

'CRUMBS!' cried Martha. 'Fetch Gramps and the witch sisters. It sounds like something's **SERIOUSLY** wrong.'

Helga-Holga tugged on Martha's raggedy cape and pulled her homeward at great speed, with Gramps, Jack, Tacita and Griselda hastening behind (and overhead) in the ENORMOUS puffy purple polka-dot pants.

☆

When they reached home, the reason behind Helga-Holga's scared behaviour became as clear as a crystal glass containing crystal-clear water from a crystal-clear lake on Planet Crystalia. Professor Gramps's garden was in complete chaos. There were carrots in the cabbage patch, curly cabbages in the cucumbers and radishes in the rock garden.

'What a mess!' said Martha. 'Maybe the cows came here. What do you think, Gramps? Perhaps we should consider the reasons for and against the cows being responsible, just in case.'

'It's always good to consider all the evidence,' agreed Professor Gramps, looking sadly round his devastated vegetable patch.

'Can't we just have tea instead?' suggested Griselda Gritch. 'That cake didn't fill me up half as much as I'd hoped.'

Ignoring greedy Griselda, Martha thought up a list of reasons for and against the cows being responsible:

Reasons to think the cows ARE responsible:
1) The cows caused a crazy commotion in the village and this is also a crazy commotion.

Reasons to think the cows
ARE NOT responsible:

1) Cows have hooves, not hands.

2) There's no evidence of any cows having been here. For example, there are no: i) plops ii) hoof prints.

3) CRIPES! THERE AREN'T ANY HOOF PRINTS, BUT I CAN SEE ANOTHER KIND OF PRINT!

Martha yelled this last reason aloud. While considering all the evidence, she'd spotted a trail of TINY human footprints running across the lawn. She followed their trail to just outside the back door. *Why did they stop here?* she wondered. *And how can a person be SO SMALL?*

Just then, Martha's thoughts were interrupted by an ear-piercing sound. **'Eeek-eeek! Eek-eek-eeeeeek!'** it went, like an extremely angry mouse.

'It's coming from your primrose pot, Gramps!' Martha yelled, her own eyes now boggling like those of a baffled frog. She took a deep breath and crouched down.

'I'm down here!' squeaked the voice.

And then Martha saw. There, among the primroses, was a little old lady. She was wearing a red petticoat and an expression of EXTREME DISTRESS (not to mention anger) on her face.

'Uh-oh,' said Martha, chewing her lip. 'Are you thinking what I'm thinking, Gramps?'

'I think I probably am, my Pineapple Princess,' replied Professor Gramps. 'The spell that makes things move must have made the nutmeg move after we left.'

'But it's done more than make a nutmeg move. It's ACTUALLY made a Nutmeg Lady COME TO LIFE! I'm so sorry, Gramps. She's ruined your garden, and look at how upset she is. It's all my fault for shaking the nutmeg from the tree. Is there anything I can do to help?' Martha asked the little lady, gently picking her up.

As she was raised into the air, the Nutmeg Lady wriggled and wiggled, shrieked and struggled SO much that she shot from Martha's hand and into . . . THE BREW THAT MAKES THINGS SWELL TO TEN TIMES THEIR USUAL SIZE!

'CRIPES!', 'CRACKERS!', 'CREEPERS!', 'CRAZY!' cried Martha, Gramps, Jack and the witch sisters in quick succession, all of them watching with their hands over their mouths as the Nutmeg Lady SWELLED TO TEN TIMES HER USUAL SIZE! But she didn't stop there. She kept swelling and swelling until she was approximately the same height as Martha (which was probably around FIFTY times her usual size).

'I'm really sorry I dropped you into the

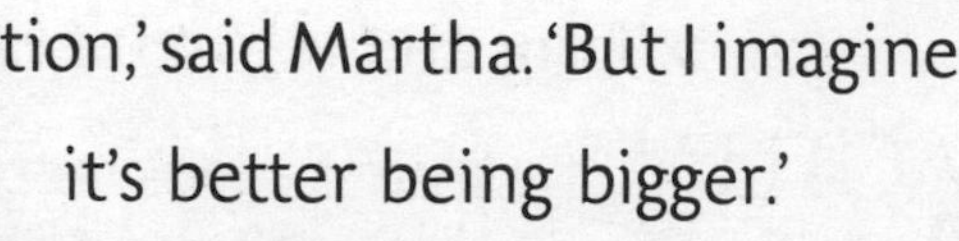

potion,' said Martha. 'But I imagine it's better being bigger.'

'Never mind that. Would you like to explain why you insulted nutmegs?' demanded the Nutmeg Lady, doing her best to retain some dignity as she clambered from the cauldron.

'Not really,' replied Griselda Gritch, rudely (although this was the honest truth, and for that she might be commended).

'It's not your fault, Martha,' said Jack. 'She's mad because of what I said about nutmegs.'

'You've got it, Nasty Nutmeg-Hater!' said the Nutmeg Lady. 'Do you have anything to say for yourself?'

'I was talking about *football* nutmegs, not ACTUAL nutmegs,' Jack explained. '*This* is a football nutmeg.' To demonstrate, he did a nutmeg on Martha.

But the Nutmeg Lady wasn't listening. She was too busy tackling the ball from Jack.

'I'll show you NUTMEG!' she yelled, before zooming back towards him and nutmegging him with considerable style.

'That was amazing!' said Jack. 'Incredible tekkers.'

'It wasn't *that* good,' snapped Griselda Gritch. 'And I don't suppose she can score screamers from the halfway line.'

'Bet I can,' said the Nutmeg Lady.

‘Bet I can do a reversal spell that will make you shrink and freeze.’

‘Griselda! How rude!’ said Tacita Truelace. ‘Apologise immediately.’

Just then, Helga-Holga erupted into a huge howl. It sounded something like this:

Aaawwwwww – oooooh –
aaahhhooo ww!

While the witch sisters were busy bickering, and while Gramps, Martha and Jack were busy trying to calm them, Helga-Holga was the only being (human, hog or otherwise) to see the Nutmeg Lady hurry away.

'I think Helga-Holga's trying to tell us something,' said Martha, scanning the garden for a clue. It was only then that Martha noticed the lady had gone. 'She was trying to tell us that the Nutmeg Lady was leaving! Shall we go after her?'

'It might be best to let her find her own way in the world,' said Professor Gramps. 'She didn't seem happy here.'

'You could be right, Gramps,' Martha agreed. 'And at least she's not just a tiny nut any more. Actually, why do you think the potion made her grow even BIGGER than ten times her usual size?'

'I'm not sure,' said Tacita. 'Perhaps she was exposed to the potion longer than the sprout was. Any ideas, Grizzie?'

'How should I know?' Griselda shrugged. 'It was the first time I tried that spell.'

'Then I guess you don't know why she came to life as an ACTUAL lady either,' Martha sighed.

'There are many mysteries in the world, my Rockarella Rainbow,' remarked Professor Gramps, mysteriously. 'But it seems to me that the people of Grenada knew what they were talking about when they decided to call nutmegs "ladies in red petticoats".'

'I just hope she's all right,' said Martha. 'It must be very strange suddenly coming to life in Cherry Hillsbottom.'

'It's strange for me here too, you know,' huffed Griselda Gritch as she gathered up all her spell supplies and tucked them into her puffed-out polka-dot pants. 'Can we go home now? I'm *starving*.'

'Very well, Griselda,' sighed Tacita. 'Would you like a lift home, Jack?'

Feeling slightly less full of fear, Jack climbed into the puffy polka-dot pants and he, Griselda and Tacita sailed up, up and away. Then, after tucking Helga-Holga in for the night, Martha and Gramps linked arms and went inside as the sun slipped from the sky, like a giant orange sliding down a slide.

6

The Picture ~~*Flopfect*~~ Perfect Portrait of Miss Parpwell

Next morning, while the banana-bright sun was bobbing above the horizon, something else was alternating between hopping happily and mooching miserably down Lumpy Lane. **Hop-hop-mooch**, it went. **Hop-hop-mooch**, like an extremely confused rabbit. And that something else was Martha Mayhem. The reason she felt hoppy-happy was because she was looking forward to the Fun Fundraising Fête. The reason she felt miserably-moochy was because the Nutmeg Lady was out there somewhere, on her own. Oh, and on top of feeling hoppy-happy and miserably-moochy, Martha *also* felt like she was trapped inside a toilet roll, thanks to her itchy grey school tights.

'I wish I'd been able to make the Nutmeg Lady feel welcome,' Martha sighed as she **hop-hop-mooched** through the school gate. Then, as she stepped into her classroom, Martha saw something that changed her mood in an instant. That something was a Funny Thing pinned to the board. In fact, it was possibly the Funniest Thing Martha had EVER seen. It was *definitely* the Funniest Thing she'd seen for at least a week. (In case you're wondering, one week ago Martha had seen Griselda Gritch's puffy purple polka-dot pants blow off a washing line and fly over Foxglove Field on their own, which, as you can imagine, was an extremely Funny Thing to see, especially when Miss Truelace had flown after the knickers in her hot-air balloon to recover them.)

'Who drew *that*?!'

The Funny Thing was a portrait of Miss Parpwell surrounded by piles of plops. In fact, the ploppy portrait made Martha giggle so much, she felt like her face might laugh itself loose. It also made her shake so much that she slipped into the recycling bin.

'Will you help me, Jack? I seem to be stuck,' she called, between giggling and trying to jiggle her way out of the bin. But then, as if being trapped in a bin wasn't bad enough, Martha heard something that could only mean one thing: *everything* was about to get much worse.

'MARTHA MAY!' parped Miss Parpwell. 'What on EARTH are you doing?'

'I just sort of fell in, Miss Parpwell,' Martha explained.

'And are you to blame for that . . . that OUTRAGEOUS image on the board?'

'I only just arrived, Miss Parpwell. It couldn't have been me.'

'She's telling the truth, Miss Parpwell,' said Jack, rushing to Martha's rescue as the whole class agreed. Well, not *quite* the entire class. One girl – Sally Sweetpea – did not. Instead, she swished her golden hair and snorted. It's probably useful to know that Sally Sweetpea and Martha Mayhem were the opposite of being as alike as two peas in a pod. That is to say, they were nothing like each other. Or, to put it another way, they were as alike as a muffin and a mule, or a lemon and a lemur. For example, Sally Sweetpea's hair was always neat, she *never* felt like a toilet-roll tube and she didn't like hairy hogs or solving footprint-based mysteries. But, while she was sweet by name, Sally was **SOUR** by nature and so Jack and Martha usually called her 'Sally *Sour*pea'.

'QUIETEN down, or you'll ALL be sent to Mr Trumpton's office!' shrieked Miss Parpwell.

At this point Mr Trumpton's voice crackled through the PA system.

'Fellow teachers and pupils of Cherry Hillsbottom Village School, you will devote today to planning your contributions to tomorrow morning's Fun Fundraising Fête, a marvellous idea thought up by one of our pupils . . .'

Jack nudged Martha. 'He means *you!*'

'*. . . in order to raise money for the construction of a new village hall. Everyone in Cherry Hillsbottom is working together to create a day we'll never forget, and this is a wonderful opportunity for all you pupils to shine. Good luck!*'

'Then we'd better get planning,' said Miss Parpwell. 'Mr Trumpton clearly expects big things from us. Sally, why don't you tell us your idea?'

'I thought people would *love* to pay to see me perform a piece of ballet,' boasted Sally Sweetpea, with another (annoying) swish of her hair. 'And Mummykins suggested that the Sweetpea Sisters, my best friends forever and eternity, could be in my chorus line.'

'Excellent idea, Sally,' praised Miss Parpwell. 'Anyone else?'

Jack's hand shot into the air. 'I was thinking I could do a sponsored Keepy Uppy Challenge. You know, people could pay to guess how long I can keep a football in the air for.'

'I was thinking I'd try to get sponsored too, for my attempt to break the world record for Most Crisps Eaten in a Single Sitting,' said Nathaniel Hackett.

'Nice one, Nathaniel!' said Jack. 'You could make a *packet*. I just hope you're up to it, when it comes to the *crunch*.'

At Jack's jokes, everyone burst out laughing. Well, everyone except sour Sally Sweetpea, of course.

'Kindly control yourselves!' parped Miss Parpwell. 'You will continue to come up with ideas in SILENCE before lunch.'

Wondering what she should do, Martha Mayhem scratched her itchy toilet-roll legs. She decided to make a list:

List of possible things I could make for the Fun Fundraising Fête:

- Chocolate milkshake
- Scrambled eggs
- Witches' hats
- A sign for the gate
- Signs for all the stalls

'I must be able to create something else to make it *really* fun,' Martha murmured. 'Got it!' she said, as another idea burst into her head.

- A FUN outfit. For example, a red cape decorated with smiling mouths to represent people smiling and having fun

No sooner had Martha's idea burst into her head, than Mrs Gribble burst into the classroom with the force of a ball fired from the biggest cannon in the entire universe.

'Come quick, loveys!' cried Mrs Gribble, her fluffy white hair bobbing about on her head, which, for some reason, had a pinky-red tinge to it. 'The canteen is in a state of CRIMSON CHAOS!'

7

The Riotous Return of the Scarlet Swirl

Mrs Gribble was right. The canteen was indeed in a state of CRIMSON CHAOS, although due to the swirls of smoke that had filled the room, no one could see *exactly* how chaotic this state was.

'Are you thinking what I'm thinking, Martha?' said Jack, his forehead creased into walrus-like wrinkles.

'I think I probably am, Jack. I think the Nutmeg Lady might have been here.'

'What a palaver!' panicked Mrs Gribble. 'I was taking my first dish of nut roast from the oven when something came behind me and knocked it from my hands.'

At the words 'nut roast', Martha and Jack shared a Meaningful Glance.

'By the time I turned round,' Mrs Gribble continued, 'the room was full of these red puffs. I could hear a lot of clattering and shouting, but couldn't see a thing. What AM I going to do?'

'Gramps always says that panicking never helps,' said Martha, doing her best not to panic. 'Gramps also says it's best to look on the bright side,' she added, doing her best to think of a bright side to this murky situation.

'I can think of one bright thing that's come out of all this chaos, Mrs Gribble,' said Jack. 'Your hair! It looks like a pink candyfloss cloud. The swirls must have stained it.'

'If we work together, we'll have this place cleared up in no time,' said Martha. 'And I know *exactly* how we should do it. Mr Trumpton!' she called. 'If we open the windows and flap our arms, and if you do lots of trumping, with your *trumpet*,' she explained, to make sure he didn't

think she was talking about any other kind of trumping, 'we could easily gust out these swirls.'

'Another fine idea, Miss May!' Mr Trumpton beamed, before rushing to fetch his trumpet. On his return, he trumped like never before (using his trumpet) while the pupils flapped their arms like a flock of enthusiastic eagles. As the red swirls cleared, everyone saw *exactly* how chaotic a state the canteen was in.

There were forks on the floor, spoons on the stools, and right in the middle of the canteen was what could only be described as a Silly Spud Scarecrow. Its body was a broom and its head was a knobbly potato. It was wearing one of Mrs Gribble's aprons, its mouth was a messy squirt of tomato ketchup and its hair was a heap of potato peelings. And the following words had been squirted on the floor in front of it:

This Silly Spud Scarecrow is silly.

Nutmegs are not.

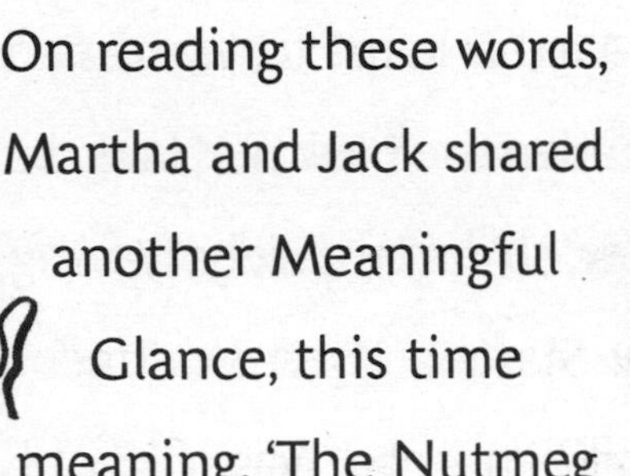

On reading these words, Martha and Jack shared another Meaningful Glance, this time meaning, 'The Nutmeg Lady has *definitely* been here.'

Once order had been restored, Mrs Gribble let out a long sigh of relief. 'Thank you, loveys! A second batch of nut roast should be ready now, so we're back to normal.'

But as Mrs Gribble bent down to fetch the second roast, Martha saw a flash of red lace peeping out from behind the cooker. *Think fast, think fast,* Martha told herself, but the naughty Nutmeg Lady was already leaping towards Mrs Gribble.

Martha leapt forward and managed to nudge the Nutmeg Lady back behind the cooker. Unfortunately, having saved Mrs Gribble, Martha then skidded and collided into Mrs Gribble, which caused the second batch of nut roast to fly from the dinner lady's hands.

'YIKES!' yelped Martha at the sight of the dish's contents spraying the room like a shower of nutty hailstones.

'How **DARE** you cook nuts!' squeaked the rage-filled Nutmeg Lady from behind the cooker.

'That's a funny voice, Martha,' remarked Mrs Gribble, smoothing down her apron. 'And you just needed to say if you had a problem, rather than pushing me over. I thought you liked my nourishing nut roasts.' Mrs Gribble looked offended.

'I *do* like them. I'm so sorry, Mrs Gribble. It was an accident. I couldn't help skidding, and I was ACTUALLY trying to help, and . . .'

'Trying to *help*?' interrupted Sally Sweetpea, whose usually silky-smooth hair now looked a LOT like an explosion in a nut factory, as most of the nutty mixture had landed on her head.

'Martha May!' parped Miss Parpwell, her cheeks purple with anger. 'Once again, you seem to be the maker of mayhem.'

'I'm sure it was an accident,' said Mrs Gribble. 'Martha would never do a thing like that on purpose, and she wasn't even here when the first incident happened.'

After dismissing Mrs Gribble with a glare

that could have withered Gramps's prize-winning primroses, Miss Parpwell fixed a laser-beam stare on Martha. 'Martha May, you are to go home immediately to think VERY CAREFULLY about what you've done. I shall be having SERIOUS words with your grandfather, and goodness knows what your parents will think of your ABOMINABLE behaviour when they return from wherever they are.'

'There aren't any abominable snowmen where they are,' Martha explained. 'They're exploring the islands of French Polynesia.'

'But, Miss Parpwell, this *wasn't* Martha's fault,' Jack protested. 'It was the Nutmeg Lady.' As the words slipped from his mouth, Jack realised how NUTS that sounded.

'Nutmeg Lady? What kind of nonsense is that? You can go home too, Jack Sherbet. I haven't forgotten yesterday's SHOCKING conversation between you and your father. I expect you both to be on your best behaviour at tomorrow's fête.'

Feeling like a pair of clowns who'd been wrongly blamed for bringing down the Big Top, Martha and Jack mooched miserably onto Raspberry Road.

'It's not fair,' sighed Jack. 'This wasn't our fault and now we're missing out planning the Fun Fundraising Fête. I bet the Nutmeg Lady drew that picture of Miss Parpwell surrounded by piles of plops.'

'We don't know that for certain, and it was sort of my fault,' Martha admitted.

'If I hadn't made the naughty Nutmeg Lady come to life, none of this would have happened. But, as Gramps would say, you can't turn back the clock and you have to face up to facts and, the fact is, she *has* been brought to life, and she *is* making mischief, and who knows where she is now? I saw her scamper off through the back door of the canteen . . .' Martha's eyes lit up. 'We should sneak back into school like super spies and try to find her!'

Martha transformed herself into a super spy (she pulled up her coat collar, spun around sharply and began to tiptoe towards the school gate).

'Come back, Martha!' Jack called,

hoping his voice hadn't carried too far (he didn't fancy facing up to the naughty Nutmeg Lady OR getting caught by Miss Parpwell). 'I'm not sure that's a good idea. She could have gone *anywhere*, and what would we do if we found her? She didn't listen to us yesterday. Perhaps we should see what Professor Gramps thinks.'

'All right, Jack. You could be right. Let's go to Tacita's Tearoom. Gramps usually goes there for lunch.'

And so they continued up Raspberry Road, Martha still doing her best impression of a super spy, and Jack feeling somewhat less like a tangle of scratchy nerves.

8

An Argumentative Interlude

Meanwhile, all manner of Fun Fête planning was taking place in Tacita's Tearoom.

Tacita Truelace had already made dozens (if not ba-zillions) of sweet treats for her cake stall and was now decorating her fifth fruity flan, while Professor Gramps was writing a list of Fun Fascinating Facts.

'What do you think of this one?' he asked, twirling the ends of his moustache. 'Despite their name, peanuts aren't actually nuts.

They grow underground and are, in fact, legumes.'

'I'm *nut* sure that's fascinating and it's definitely *nut* fun!' Griselda Gritch grinned through a mouthful of treacle tart. (Griselda had noticed how much admiration Jack attracted when he said these kinds of things, and she was always keen to attract admiration.)

'She's back!' cried Martha, whirling into the room with the force of a twirling tornado.

'We can see you're back, Whirl Girl,' said Griselda, annoyed Martha had stolen the limelight. 'But aren't small humans like you supposed to be at school on Monday afternoons?'

'Yes, why *are* you back, my Precious Pumpkin?' asked Professor Gramps.

'I meant that the naughty Nutmeg Lady is back, Gramps, but she's actually the reason we're back here too,' Martha explained. 'Miss Parpwell told us to go home to think VERY CAREFULLY about what we've done, except we didn't really do anything, so I'm not exactly sure what I should be thinking about, apart from how we can find the Nutmeg Lady and stop her from making more nutty mischief, and it's really not fair that we were sent home . . .'

'Steady on, Bursty Bubble!' said Professor Gramps. 'You sound like you're about to explode!'

Gramps had a point. Martha DID sound (and look) like she was about to explode, so while she took several great gulps to try to get her breath back, and while Miss Truelace gave her a Merry Martha Muffin to take her mind off things, Jack took over the retelling of this morning's calamitous events.

'Great gooseberries!' exclaimed Professor Gramps. 'She *actually* constructed a Silly Spud Scarecrow in the centre of the canteen? What a mischief-maker! But I must admit I do understand why she took offence to the nut roast, what with her being born from a nut, or actually being a nut. I'm not entirely sure, to be honest. Goodness to gracious! I feel like I'm about to explode now too.'

'Try not to get yourself in a tizz, Professor,' said Tacita, hurriedly handing Gramps a cup of calming camomile tea and a slice of Jazzy Ginger Cake. 'I think we should put all thoughts of the nuisance nutmeg from our minds and concentrate on preparing for the fête. We're running out of time!'

'You're right about us running out of time,' Martha sighed. 'I need to make my special Cape of Many Smiles and signs for the stalls. What are you going to do, Griselda?'

'Not a lot, by my reckoning,' remarked Tacita Truelace in a decidedly disapproving tone.

'Griselda's sole contribution has been chomping my cakes. I can barely bake fast enough to keep up with her.'

'I could contribute more than anyone in less than the blink of a bat's eye,' Griselda boasted, before biting into a coconut macaroon (thankfully, the Nutmeg Lady wasn't there). 'For example, I could do a spell to fix the hall, or magic a new one, so we wouldn't have to bother with this fête at all.'

'Your spell-casting skills are far from perfect, as the existence of the naughty Nutmeg Lady proves,' warned Tacita. 'And I think holding the fête might be every bit as fun as magically making a new hall. I can't wait to zoom people around Cherry Hillsbottom in my racing car!'

'Hills*bum*, more like,' muttered Griselda Gritch. 'I could give people rides in my magic flying knickers. Beat that, sister!'

'A generous gesture, Miss Gritch,' said Professor Gramps, brushing crumbs of Jazzy Ginger Cake from his moustache, 'but I think it's probably best that you don't. The villagers might guess you're a witch, and I fear that would cause them considerable distress.'

'You said this was supposed to be fun, but you're not letting me do ANYTHING fun!' said Griselda Gritch, with a twitch. She seized a slice of Lovely Lemon Fizz Flan and sank sulkily into an armchair.

'If we're *nut* going to search for the Nutmeg Lady, I think I should go home,' said Jack. 'Miss Parpwell might have called Mum and Dad, which means I might have some explaining to do.'

'We'll come with you,' offered Professor Gramps. 'I'll tell them there was a mix-up on Miss Parpwell's part. I'm sure I can furnish them with a satisfactory explanation without going into the *precise* details about unpredictable potions and naughty nutmegs,' he chuckled.

'Thanks for the muffin, Miss Truelace,' said Martha. 'Until the FUN Fundraising Fête!'

'Until the FUN Fundraising Fête!' everyone chorused in unison. Well, not *quite* everyone. Rather than joining in, Griselda Gritch performed a sulky solo of huffs, puffs and lemon-fizz-flavoured tuts, which Martha, Gramps and Jack could *still* hear as they approached the Sherbets' butcher's shop.

9

In Which Professor Gramps Narrowly Averts Another Nut-mare

Having provided Sheila and Herbert Sherbet with a more than satisfactory explanation for Jack's early arrival from school, Gramps and Martha headed home to feed Helga-Holga a hearty tea, before getting down to some serious preparation for the Fun Fundraising in Gramps's library shed. (In case you're wondering, Gramps's explanation went something like this:

'I'm afraid Jack and Martha were sent home due to a mix-up caused by Miss Parpwell's general meanness and moodiness.' To which Mr Sherbet had replied, *'I can see why Miss Parp*smell *isn't very* plop*ular,'* at which everyone burst out laughing.)

'Let's make a start, my Buzzy Brainiac!' said Professor Gramps, cracking his knuckles before searching his shelves for books that might contain Fun Fascinating Facts.

'I wish Mum and Dad were here for the fête,' said Martha, laying out an assortment of sign-making material. 'They'd definitely do something fun to help raise money, like give a talk on "The World's Most Curious Creeping Creatures".'

'Why don't you write a letter telling them

all about it?' Gramps suggested, glancing up from a book (a book called *Yellow Peril: The Vicious Venom of Eyelash Vipers.* Unfortunately, while this book did contain many Fascinating Facts, none of them were fun, which isn't surprising considering that book's subject matter was the opposite of fun. That is to say, the subject of vicious venom is an extremely serious one). 'They'll be proud to hear that the fête was your superb idea,' he continued, now flicking through a book called *The Cultural Curiosities of Curaçao.*

'That's a superb idea too, Gramps!' Martha agreed, so she put her sign-making material aside, picked up a pencil and began to write her letter.

Dear Mum and Dad,

I hope you are enjoying exploring the islands of French Polynesia and I hope you've discovered LOADS of incredible creeping creatures.

'Woo-hoo!' hooted Professor Gramps. 'What do you think of this as a FUN Fascinating Fact, my Daring Dumpling? On the island of Curaçao, people often paint their kitchen walls red with white polka dots as protection against mosquito bites. It says the dots make them too muddled and dotty to bite.'

'That IS a Fascinating Fact, Gramps, and dots are always fun, so I think it's also a Fun Fact. Actually, Mum and Dad would probably find it useful on their tropical travels. I'd better tell them in my letter.'

By the way, if you happen to be in a place where there are lots of mosquitoes, you should DEFINITELY wear red-and-white polka-dot suits to protect yourselves from their bites. I don't have time to explain everything now, but Gramps read about it while researching Fun Fascinating Facts. The reason he's researching Fun Fascinating Facts is because we're having a FUN Fundraising Fête (which is also the reason I don't have time to explain everything . . .)

Just then, a strange non-human sound surprised Martha SO much that her pencil skidded across the paper and made a wild, wiggly line.

Aaawwwwww– oooooh–
aaahhhooowww!

went the non-human sound, and it was closely followed by the sound of a shrieking human(ish) voice.

'You **nut-nibbling nincompoop**!' shrieked the human(ish) voice.

'Jeepers!' said Martha, her eyes wide with alarm. 'Are you thinking what I'm thinking, Gramps?' she asked.

'I think I probably am, my Thoughtsome Froglet,' Gramps replied. 'And I'm thinking that we might be facing another *nut*-mare!'

Regrettably, a *nut*-mare was *exactly*

what Martha and Gramps faced when they dashed to the garden and found the naughty Nutmeg Lady going **UTTERLY NUTS** in Helga-Holga's pen. She was chasing the humble hog, her eyes ablaze with rage and her mouth yelling **'nut-nibbling nincompoop'** at regular intervals. At one point, she went even further and accused Helga-Holga of being a **'murderous**

muncher', and it was at this point that Gramps took Drastic Action.

'SILENCE!' he thundered, throatily (using another Kazakh tribe throat-singing technique), which caused the Nutmeg Lady to silence herself faster than a sailfish in pursuit of a tasty tuna (as sailfish are the fastest fish in the world, this was an exceptionally fast speed at which to silence oneself).

'Dear lady,' said Gramps, respectfully, 'while I fully understand why you might be offended by Helga-Holga eating nuts, and by Mrs Gribble roasting nuts, and by Jack and Griselda mocking nutmegs (even though they were referring to an entirely different kind of nutmeg), I wonder if *you* understood why we might take offence to *your* behaviour.'

'What do you mean?' asked the naughty Nutmeg Lady, her eyes now dimmed to a smoulder.

'I mean, dear lady, that you are causing us no end of trouble. My granddaughter and her best friend were sent home from school because of you. Mrs Gribble's canteen was spoiled by your Silly Spud Scarecrow.

You've ruined my garden, and this handsome hog has been transformed into a shivering wreck by your, dare I say it, *aggressive* behaviour.'

The Nutmeg Lady smoothed down her lacy petticoat and tilted her head at Gramps. Thankfully, even the most hotheaded of beings (human, witch, nut or otherwise) tend to find themselves soothed by Gramps's considerable charms.

'I'm sorry,' she said. 'I just sort of did all those things without thinking.'

'That happens to me sometimes,' Martha sympathised.

'To be honest,' the Nutmeg Lady

continued, 'I don't know what to think about *anything* at the moment. In fact, I feel rather lost. This place is very different from where I previously lived.'

'Where was that?' asked Professor Gramps, wondering if she'd ever lived on the Spice Island of Grenada.

'Inside a nutmeg, of course,' replied the lady, looking at Gramps as if he'd gone nuts himself.

'Oh, yes. What a silly sausage I am.'

'But my family are from the sunny island of Grenada,' she added, which put a smile on Professor Gramps's face – he'd thought as much! 'Anyway, the upshot is, I don't know anyone here, and everyone seems to be a nasty nut-hater.'

'We don't hate nuts,' Martha gasped. 'I'm really sorry. I shook the tree that made your shell fall into a potion that makes things move, and it was me who dropped you into a potion that makes things grow.'

The lady shrugged. 'I suppose it's better to be free than shut up, although I still feel rather alone.'

'We'll be your friends,' Martha offered. 'Won't we, Gramps?'

'Of course,' Gramps agreed. 'And you're welcome to stay with us, if you promise to stop causing trouble.'

The Nutmeg Lady thought carefully before accepting Gramps's offer, but she had a few conditions of her own.

'I'll stop causing trouble, but *only* if you promise to stop being nasty about nuts,' she insisted, sounding almost as grumpy as Griselda Gritch. In fact, Martha and Gramps exchanged a Meaningful Glance that meant, 'She rather reminds me of a certain twitchy witch.'

'It's a deal,' said Professor Gramps. 'And please be assured that we had no intention of being nasty about nuts.' Gramps then told her a Fascinating nut-related Fact (which, in case you're wondering, was that in the country of Costa Rica they have an insect called the Peanut-headed Bug).

'I've just realised we haven't even introduced each other!' Martha exclaimed.

'I'm Martha, and this is Professor Gramps. What's your name?'

'I don't have one,' replied the Nutmeg Lady. 'Should I?'

'Names are quite useful,' said Martha. 'How about Meg?' she suggested. 'I've always liked that name, and you are a nut*meg*.'

'Meg,' repeated the Nutmeg Lady, trying the name on for size and discovering that it fitted her well. 'OK. Name accepted!'

'Ooh!' cried Martha. 'I've just realised something else. You'll be able to make more friends tomorrow at our Fun Fundraising Fête.'

'What's that?' wondered the Nutmeg Lady, who'd never heard of fundraising fêtes, fun or otherwise.

After Martha and Gramps had explained what fundraising fêtes were, they all went to the library shed to finish preparing. As the Nutmeg Lady finished funny-fying Martha's cape by sticking the final smiling mouth onto the red material, her own mouth spread into a wide smile.

'What's so funny?' asked Martha.

'I . . . I . . . just remembered a picture I drew of a mean, moody woman surrounded by piles of plops!'

'So it *was* you?' Martha asked, her eyes flashing. 'The picture *was* funny, but being blamed for it *wasn't*.'

'I'm sorry,' said the Nutmeg Lady. 'I didn't mean to get you in trouble. I . . . I just couldn't help it after overhearing people talking about her skidding through splats of cow plop.'

Despite having been WRONGLY blamed for creating it, Martha couldn't help but laugh at the memory of Parp*smell*'s ploppy portrait. 'That's OK-K-K,' she stuttered though her chuckles. 'J-j-just don't do it again.'

Fourteen minutes later, when they'd both calmed down enough to be able to talk properly, the Nutmeg Lady rubbed her tummy. 'I don't suppose you have anything to eat? I'm *starving*.'

At this, Martha and Gramps and Helga-

Holga exchanged Meaningful Glances that meant, 'She *very much* reminds me of a certain twitchy witch.'

'I'm sure I can rustle something up,' said the Professor. 'And then we should get an early night. We need to feel as fresh as dancing daisies for the Fun Fundraising Fête.' And so they went to the house to enjoy a batch of buttery crumpets as the sun dropped beneath Cherry Hillsbottom's hills, like an enormous basketball falling through a hoop.

10

The Grouchy Gate* Gathering

** Please note that although this Grouchy Gathering occurs at a gate, it does NOT involve Gate Ghouls*

The next morning, Martha Mayhem, Professor Gramps and Helga-Holga made their way to Foxglove Field. Even though the Fun Fundraising Fête wasn't yet underway, Martha was already having fun whirling around in her Cape of Many Smiles, while Professor Gramps was also already having fun reciting the Fun Fascinating Facts he'd found. It was the same for Helga-Holga and the Nutmeg Lady, who were having fun with the wonky-wheeled barrow that had been harnessed to Helga-Holga's brawny, bristly back.

'Zoom, zoom, zoom!' called the Nutmeg Lady from the back of the barrow. She was sitting atop Martha's stall signs with her lacy petticoat puffed out around her like fluffy red feathers, making her look a LOT like a baby robin (only without wings, or a beak).

'Hrumpha-hroom! Hrumpha-hroom!'

snorted the handsome hog in reply. If these snorts were translated into any of the human languages, one suspects they would translate into something along the lines of, **'I'm zooming! I'm zooming!'**

While Martha whirled her cape down Lumpy Lane to the *crick-crick-crack*ing of Professor Gramps's creaky bones and the *tickedy-tack* trundling of the barrow's wonky wheels, she made a list of everything she needed to do:

List of things I need to do:

- Put up the signs for the Fun Fundraising Fête
- Help anyone who needs help on their stalls
- Help the Nutmeg Lady feel at home in Cherry Hillsbottom
- Keep my fingers and toes crossed that the Fun Fundraising Fête will raise enough money for us to build a new village hall
- Do ALL I can to make sure the Nutmeg Lady and Griselda Gritch don't argue too much

Unfortunately, when she and Gramps reached Foxglove Field, Martha had to put the last point on her list into **IMMEDIATE ACTION** . . .

'Morning, Professor. Lovely day for it!' called Tacita, over the familiar splutter of the Old Girl.

'Morning, ladies!' replied Professor Gramps. 'Don't you two look a picture in your spring finery. You're like a pair of blooming beauties!'

'More like a pair of drooping daisies,' grumped Griselda Gritch, who wasn't at all happy with the matching daisy-print blouses and scratchy straw bonnets Tacita had **INSISTED** they wear. In fact, she was truly *un*happy with the entire ensemble (apart from the puffy purple polka-dot pants and stripy tights she'd **INSISTED** on wearing on the bottom half of her bony body).

'I completely agree,' remarked the Nutmeg Lady as Helga-Holga zoomed her towards the field. 'You DO look like a drooping daisy!'

'Look out!' yelled Martha, leaping in front of the zooming barrow, which was on course to collide with the Old Girl. While Martha's **IMMEDIATE ACTION** successfully steered the barrow away from the Old Girl, it wasn't *completely* successful. That is to say, the barrow collided with Martha, before tipping over and sending the Nutmeg Lady rolling along the ground. She only stopped when Griselda Gritch used a football shot-stopping technique on her.

'I hoped I'd seen the last of you,' griped Griselda Gritch. 'And how **DARE** you insult me!'

'Now you know how it feels,' replied the Nutmeg Lady, fluffing out her flattened petticoat. 'Being insulted isn't very nice, is it?'

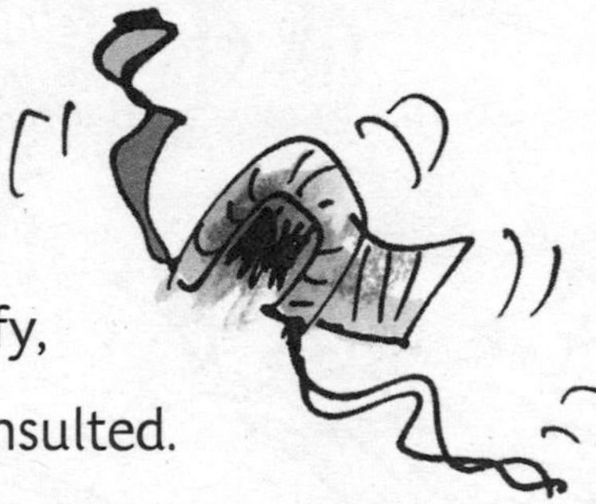

Griselda threw down her bonnet. 'You look like a . . . like a . . . fluffy, flappy, nutty bird,' she insulted.

'And *you* look like a hedge that's been dragged through a hedge backwards,' counter-insulted the Nutmeg Lady. 'And, for your information,' she added, 'fluffy, flappy, nutty birds aren't even a thing.'

This on-going argument prompted

Martha to put the fifth point of her List of things I need to do into action. (In case you've forgotten, this fifth point was: Do ALL I can to make sure the Nutmeg Lady and Griselda Gritch don't argue too much.)

'Stop arguing!' Martha shouted, doing her best approximation of Gramps's Kazakh throat-singing technique. At the sound of Martha's outburst, both ladies fell silent.

'Now,' said Martha. 'The Nutmeg Lady has said she is not going to make any more trouble. We made friends last night, but don't worry, Miss Gritch.' Martha reached up and patted Griselda's matted hair. 'I'm still *your* friend too.'

'I'm very glad you've made friends.' Tacita

Truelace smiled sweetly at the Nutmeg Lady before grudgingly smiling at her sister, somewhat less sweetly.

'That's the spirit!' cheered Professor Gramps.

'Yes, today is all about working together and having fun, and having fun is much MORE fun with friends,' said Martha, before sticking her sign to the gate.

WELCOME
to the
Cherry Hillsbottom
Fun Fundraising Fête!

She and the Nutmeg Lady had decorated it with glittery cherries, and smiling lips that matched Martha's Cape of Many Smiles.

'Snazzy sign, Martha,' said Jack, who'd just arrived at Foxglove Field with his mum and dad. 'Cool cape too!'

'I can't wait for the fun to begin!' said Sheila Sherbet.

'I have just the joke to get things started, Mum. What do you call a scary signpost?'

'I'm not sure,' said Martha. 'What *do* you call a scary signpost?'

'A sign-*ghost*!' Jack joked. 'Get it?'

'That's a good one, son,' said Herbert Sherbet, ruffling Jack's scrambled-egg hair. 'Hello, there!' he said, offering the Nutmeg Lady his hand. 'I don't think we've met. Are you in town for the fête?'

While Jack stared at Martha as if to say, 'What's s-s-she doing back?' and while Martha stared at Jack as if to say, 'I'll explain at the earliest possible opportunity,' Professor Gramps *actually* said:

'This is Meg. Meg . . . um . . . Meg Nutfield, an old friend of mine. We met at a tropical tree convention.'

At this, Martha could scarcely contain her giggles. In fact, she didn't contain them at all. Giggles spilled from her as if she were an overflowing water tank.

'Blimey, Martha! It looks like you're already in a fun frame of mind,' said Herbert. 'We'd best get things ready for the tug-of-war game, Sheila. See you all later.'

With Jack's mum and dad out of earshot, Martha explained the Nutmeg Lady's reappearance to Jack.

'So we've decided to become friends and have fun together,' Martha concluded.

'Did someone mention fun?' said Nanny Nuckey, who'd just pulled up on her bicycle. Its basket was full to the brim with knitted niceties, from stripy scarves and hats to scarlet shawls, and it was one of these scarlet shawls that grabbed the Nutmeg Lady's attention.

'These are absolutely lovely,' said Meg. 'Can I have one?'

'They cost five pounds, with all proceeds going to the new village hall.'

'I'm afraid I don't have any money,' Meg sighed.

'Take this,' said Tacita, thrusting a five-pound note into Nanny Nuckey's hand before Meg said anything that might reveal her unusual background.

'Super!' said Nanny Nuckey. 'I wasn't expecting to make my first sale of the day before setting up my stall,' she said happily, before cycling off.

'I have a feeling that today is going to be a day we'll never forget!' said Martha, flapping out her Cape of Many Smiles. The smiles fluttered like a kaleidoscope of lip-shaped butterflies, but the smiliest smile of all was on Martha's actual face. 'Let the fun of the Fun Fundraising Fête begin!'

11

If It's ~~Nut~~ Not One Thing, It's ~~A-nut-her~~ Another

Once the villagers had arrived and Foxglove Field was buzzing with excitement, Mr Trumpton took to the stage. He raised his trumpet to his lips and blew so hard that his cheeks puffed out like they were packed with forty-nine purple grapes. The resulting blast was so explosive that everyone froze and stared in astonishment, which was Mr Trumpton's intention (well, without the astonishment part).

'Good morning, fellow Cherry Hillsbottomers,' he announced. 'Without further ado, I declare our first Fun Fundraising Fête open! Today's activities will begin with a tug-of-war game. Over to you, Mr Sherbet.'

After splitting into two teams, with Peggy Pickle, Sheila Sherbet, Thelma Tharton and Felix Tharton on one side, and Martha, Jack, Meg and Griselda on the other, the eager participants took their positions.

'Start tugging on the count of three,' Herbert instructed. 'One, two, three, TUG!'

'I thought today was supposed to be about everyone pulling together!' Jack joked as the teams pulled *apart* from one another.

'You're right, Jack!' Martha agreed, yanking the rope with all her might while giggling and jiggling at Jack's joke. No doubt enhanced by the giggling and jiggling, Martha's might turned out to be considerable. It was, in fact, so mighty that it made Felix Tharton lose his footing, and then his grip.

'Waaaaaaaaah!' wailed Felix as he skidded across the field. He hit a clump of

grass, flew upwards and landed in Nanny Nuckey's bicycle basket.

'What's happened to my boy?' wailed Thelma Tharton. 'He looks all wonky.'

Thelma was right. Felix did, indeed, look 'all wonky'. His head was wobbling like the yolks in fried eggs, and his eyes were looking in opposite directions like those of a crafty chameleon.

'Where there's Martha May, there's always some kind of mayhem,' huffed Miss Parpwell.

'Oi! Don't blame Martha!' barked Griselda Gritch. 'It's not her fault that silly boy let go of the rope.'

'And it wasn't her fault that he can't keep his feet on the ground,' added Meg.

'Leave this to me,' griped Griselda. 'Martha was *my* friend first.'

'Gracious me! We need to put a stop to this arguing,' Tacita Truelace remarked to Gramps.

'I think it's time we gave the stage to Sally Sweetpea,' said Miss Parpwell.

'That's not a bad idea,' Mr Trumpton

replied. 'After such a physically demanding game, I think people will appreciate a slower pace. Felix, you need to rest and recover for this afternoon's match. I'll fetch my trumpet.'

With a swish of her hair, Sally Sweetpea took to the stage and curtseyed, with Mr Trumpton accompanying her on his tooting, trumping trumpet.

'This dance is actually ALL my own work,' boasted Sally. 'It's an improvement on a piece from *The Nutcracker* ballet.

'Nut cracker!' shrieked Meg, leaping onto the stage. 'That's cruelty against nuts, you nasty nut-hating nincompoop!'

Martha decided to take **IMMEDIATE ACTION** before 1) Meg's identity as a magically animated nut was revealed and 2) something untoward happened to Sally Sweetpea (Martha Mayhem and Sally Sweetpea were far from being the best of friends, but even so, Martha didn't want anything BAD to happen to Sally).

Unfortunately, while thinking fast is often wise, acting fast can come with risks, as Martha discovered when she climbed onto the stage and speedily swept Meg inside her Cape of Many Smiles. While this *was* successful in keeping Meg quiet, it wasn't at all successful in preventing further mayhem. The further mayhem occurred when she and Meg became caught in the whirling wind created by Sally Sweetpea's powerful pirouetting.

As they continued to spin at tremendous speed, Griselda Gritch started to spin with envy. *Everyone* was watching the spinning spectacle, which meant NO ONE was paying any attention to her.

Since she hated being upstaged, there was only one thing for it. She had to get *on* the stage!

'Giddy goats!' remarked Professor Gramps at the sight of Griselda clambering onto the stage. 'We need to put a stop to this.'

'Step aside, Professor,' said Tacita Truelace. 'What I'm about to do is the kind of thing that should only be undertaken by a big sister.' She rolled up the sleeves of her flowery blouse and grabbed hold of her sister's puffy purple polka-dot pants. 'Stop this instant, Grizzie!' she ordered. 'You're making things worse.' Unfortunately, then things really *did* get worse.

'PING!' went the elastic on the puffy pants.

'BLEEP!' cursed Griselda Gritch as she felt a ping on her bottom.

Worse still, the shock of the ping made Griselda grab Martha, which made Martha fly backwards, which made Martha, Meg and Griselda tumble into a heap at the foot of the stage.

'Are you all right, loveys?' called Mrs Gribble from her Spicy Savoury Snack Stall.

'Yes, thank you, Mrs Gribble,' said Martha, as she picked herself up and led her friends over to the stall and away from Sally Sweetpea's sour face glaring down at them (on account of her pirouetting being ruined). 'Crumbs!' said Martha, under her breath. She'd spied a plate of doughNUTS on Tacita's sweet-treat table. 'You two go ahead,' she said (this time over her breath). 'I'll just be a minute.'

Martha quickly covered the doughnut display with a cloth, but . . . **'OH! OH! OH!'**

'What's wrong, lovey?' asked Mrs Gribble, putting an arm around Meg's quivering body.

'Your Spicy Savoury Snack Stall is making me homesick for the island of Grenada,' she sobbed. 'It's making me think of spices, you see.'

'Grenada is also known as the Spice Island, Mrs Gribble,' Martha explained, recalling Gramps's Fascinating Fact. 'And that's where Miss Nutfield is originally from.'

'I know just the thing that will cheer you both up!' said Mrs Gribble.

'What about me?' grumped Griselda Gritch.

'You too, lovey.'

Mrs Gribble linked arms with Meg and Griselda and took them to Horace Hackett's stall, where a large crowd was shouting things like, **'Knock their blocks off!'**

This was Meg's worst NUTmare yet, because Horace Hackett's stall was, in fact, a cocoNUT shy. To you or me, Horace's cocoNUT shy may well have looked like a perfect picture of fun, especially since the nuts had faces painted on them. However, to a member of the nut family, watching wooden balls being hurled at a row of cocoNUT heads was an extremely upsetting sight.

'You beasts!' Meg shrieked, dashing to

save the poor heads that were falling to the floor like hairy hailstones. Luckily, Peter Pickle was slow to collect his balls from Horace (due to being somewhat hindered by his crutches) and Meg managed to rescue the last remaining coconut.

'I'll look after you!' she said, clutching the salvaged head to her chest, happy that she'd managed to save one of her nut comrades (and a particularly handsome one at that).

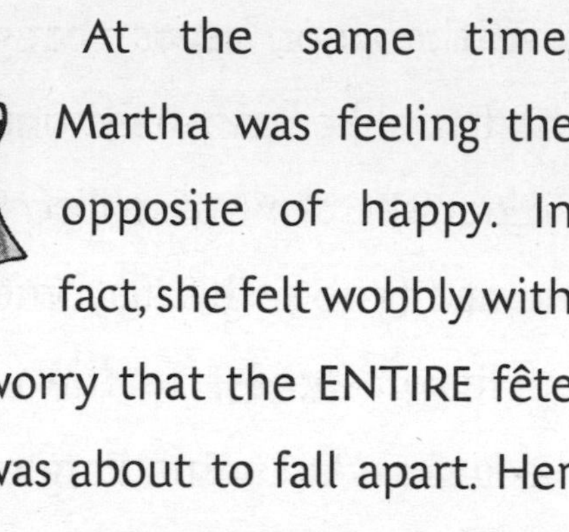

At the same time, Martha was feeling the opposite of happy. In fact, she felt wobbly with worry that the ENTIRE fête was about to fall apart. Her worries grew when Miss Parpwell opened her down-turned mouth, which was now practically drooping onto her collar.

'In my opinion, we should quit while we're ahead, if we *are* still ahead. So far we've seen Felix Tharton inflicted with a terrible tug-of-war-induced injury, Sally Sweetpea's show transformed into a shambles and now this coconut shy calamity! And, may I add,' Miss Parpwell added, 'Martha seems to have something to do with ALL these mishaps.'

The crowd's murmur of agreement made Martha's heart sink. She turned to Jack, her eyes on the brink of spilling tears. 'I was right about this being a day we'd never forget, but it will be for all the wrong reasons. I have to save our Fun Fundraising Day.'

'No, Martha,' said Jack, wiping a tear from his best friend's cheek. '*You* don't have to. We're a team, remember? You did your best and now it's my turn. It's my job to make sure we win the football match.'

'Thanks, Jack,' Martha sniffed and flung her arms around his neck. 'You're the best. And I just know CHFC can do it!'

'I'm not so sure about that,' said Jack, frowning. 'Look at Felix! His eyes are still focusing in different directions. There's no way he can play in that state.'

'What about Meg?' Martha suggested. 'She was pretty impressive the other day, and she promised she wouldn't make any more mischief. Let's ask her!'

12

The Hair-raising Hullabaloo

'I thought you said today was going to be fun, and I'd make lots of new friends,' said Meg, sadly. She stroked the hairy coconut head. 'It hasn't been fun at all.'

'The day isn't over yet,' said Martha. 'We still have the fundraising football match to enjoy. Actually, Jack has something to ask you about that.' She nudged him.

'Um. Yes. We'd like you to be in our football team.'

'What's going on?' asked Griselda Gritch, spraying crumbs of Lovely Lemon Fizz Flan with every word. 'Why didn't you tell *me* about this? You aren't dropping me, are you? Have you already forgotten that screamer I scored?'

'I haven't forgotten,' said Jack. 'You're *definitely* in the team, but now Felix is injured, we need someone else too. The match can't go ahead without Meg.'

'Then I suppose we have no choice.' Griselda turned to Meg. 'You *have* to play. You're not making me miss my first chance to play in an ACTUAL match and be a trailblazer.

I'll be the first Witch on a Pitch in the entire history of both witches and pitches!'

'So, what do you say, Miss Nutfield?' Jack asked. 'Are you in?'

Meg chewed her nutty lip as she considered Jack's offer. She did enjoy playing football, but she had a lot on her mind, and was always keen to strike a bargain.

'I suppose I might be persuaded, but I'll need something in return to cheer me up.'

'Being in a team is all working together. It's not about getting stuff for yourself,' scoffed Griselda, demonstrating the knowledge she'd learned during the training session. 'And besides,' she added, 'if you don't play, I could do some reversal spells to make you shrink and stop moving.'

'You wouldn't, would you?' asked Meg, nervously.

'I would,' Griselda replied, with certainty. (It's probably worth pointing out that while Griselda wasn't entirely certain she was able to cast reversal spells, she *was* certain that she *would* cast them, if she *was* able to.)

'It's very mean of you to threaten me with that, but you leave me with little choice,' said Meg. 'I'll play, but I must insist on having something in return.' She held out the salvaged coconut head. 'Will you do magic to make *this* move? He looks like *such* a friendly chap, and I could do with some friends and I really don't think I can play if you won't make it move.' Meg paused and smirked. 'And if I don't play, you can't be a trailblazing Witch on a Pitch.'

Griselda growled and scratched her matted hair. She felt as if she was caught in a trap set by troublesome trolls.

'All right,' she grumped. But then a de-grumpifying spark of delight struck her as she realised that everything was working out pretty well for her. Actually, it was working out INCREDIBLY well. Her magic skills were in demand, her football skills were ALSO in demand and she was about to become a trailblazer!

With these sparks of delight shooting around in her head (which felt far better than feeling as if you were trapped by troublesome trolls), Griselda took the potion that made things move from the pocket of her puffy pants. 'A good witch is always potion-prepared,' she remarked, before sprinkling some onto the coconut head.

'His hairs are moving!' cried Meg. 'And I can feel him quaking and quivering . . . and shuddering and shaking! And goodness me! One of his eyes just closed and opened. What IS he doing?'

To answer Meg's question, winking is what he was doing.

'I'm delighted to make your acquaintance,' said the head in a husky voice (it should be noted that since coconuts have husks, him having a husky voice is hardly surprising). 'I'm Coconut Carlos. Coco Carl to my friends.' He smiled, slightly lopsidedly, due to the fact that Horace Hackett was a grocer by trade, rather than an artist. 'You can call me Coco Carl.' Then he winked at Meg a second time.

'COCO-CRIPES!' cried Martha Mayhem. 'Pleased to meet you, Coco Carl.'

'Blimey!' said Jack Joke. 'This is beyond crazy!'

'Hrumph,' huffed Griselda Gritch. 'I've done as you asked, so shouldn't we be preparing for the match?'

'Keep your knickers on,' said Meg. She gazed down at Coco Carl. 'I wish I could stay and chat, but I've promised to play in a football match. Would you mind if I left you here with the other coconuts for a little while?'

'Of course not,' replied Coco Carl. 'I look forward to getting to know you later. Your scarlet glow has already warmed my soul. The colour suits you well.'

'Thank you.' Meg smiled. 'As it happens, I wear nothing but scarlet.' She paused for thought, then turned to the others. 'I have one more request. I won't play unless the whole team wears red. In fact, I insist everyone wears one of these.' She stretched out her new shawl. 'That Nanny Nuckey person had a load of them.'

'WHAAAAAAAT?' shrieked Griselda, sounding a LOT like a hungry baby. 'I did as you asked and made this hairy head move, and now you're asking for something else? I've never met ANYONE so greedy.'

'It's a deal-breaker.' Meg shrugged, as Martha and Jack shared a Meaningful Glance that meant, 'I know someone else who's just as greedy.' (That someone else was, of course, Griselda Gritch.)

'Hang on,' said Jack. 'I'm not sure wearing

these shawls is a good idea.' In fact, he thought it was a terrible idea. He knew *exactly* how Plumtum United would react to seeing CHFC wearing the kind of clothes an old lady would wear. His team would be a laughing stock.

'I don't think you have much choice,' said Martha. 'Think of it as being for the greater good; that's what Gramps would say.'

Jack wrinkled his nose in thought. Much like Griselda before him, he felt trapped, but not in a trap set by troublesome trolls, because that wasn't something he'd ever experienced. He felt more like he was trapped by one of Miss Parpwell's maths puzzles, which was something he *had* experienced. 'OK,' Jack agreed, reluctantly.

'I'll *try* to persuade the rest of the team, but you have to wear our stripy black-and-purple socks.'

'I suppose that would be all right,' said Meg.

'Well done!' said Martha. 'We're ALL showing amazing team spirit! Now everything's settled, Meg and Griselda, you need to ask Nanny Nuckey for enough shawls for the whole team, and I'll tell Gramps what's going on. Jack, you tell Mr Trumpton that you've found a replacement for Felix. Maybe this will turn out to be a day we'll never forget for all the RIGHT reasons after all.'

13

The Gargantuan Gamble

While Martha and Jack had been busy persuading Meg to join CHFC, Mr Trumpton had been busy dealing with a last-minute demand from Joseph Especialuno, the nastily slippery manager of Plumtum United . . .

Especialuno knew that his team had been in excellent form lately, no doubt helped by their flashy new kits, boots, training centre and thermo-whatsit pool, and so he'd come up with a cunning plan.

'So, Trumpton, if you win, the Derby Cup will be yours and, in addition, we'll donate a hundred pounds to your fundraising fund for every goal scored by *either* team.'

'Seriously?' Mr Trumpton felt a strong urge to do a celebratory parp on his trumpet. He hadn't expected such generosity from this notoriously mean manager.

'But there's a catch,' Especialuno added, sneering down the phone. 'If you lose, you have to give us ALL the proceeds.'

Mr Trumpton gulped. This was a truly Gargantuan Gamble, but it was a risk he *had* to take. He had to have faith in his team. 'Agreed.'

'Good,' Especialuno sniggered. 'In the meantime, I suggest you prepare your team for the clash of their lives, Trumpton.' Then the phone went dead.

After taking several deep breaths and doing a series of advanced yogic exercises to shake off his nerves, Mr Trumpton felt invigorated. Determined to lead his team to victory, he grabbed his trumpet, raised it to his lips and blew so hard that his cheeks puffed out like they were packed with approximately eighty-three purple grapes. The resulting blast was so explosive that everyone stopped what they were doing and stared in astonishment.

'Citizens of Cherry Hillsbottom,' he announced, his voice echoing across Foxglove Field, down Lumpy Lane and even onto Raspberry Road. 'It is time for our Fundraising Football Match. Plumtum United and their fans are on their way here as I speak. We need to show them what us Cherry Hillsbottomers are made of. The return of the Derby Cup is at stake, not to mention our new village hall.'

Plumtum United . . . Derby Cup. The villagers whispered these four words over and over. There was nothing like a match between these teams to get everyone excited. Well, not quite everyone. Miss Parpwell had an entirely different take on the situation.

'Have you taken leave of your senses, Willy?' parped Miss Parpwell. 'Do you enjoy losing?'

'Give it a rest, Miss Parpwell,' said Herbert Sherbet. 'Where's your faith in our team? My son is a fine captain. I have a feeling this is going to be our day. We just need to show our support.' He puffed out with pride and looked over to the pitch, where the CHFC players had assembled around Jack. 'Blimey!' said Herbert, under his breath, feeling his pride puff away like air from a punctured tyre. 'By the looks of things, they're going to need more than our support. They'll need a miracle!'

Herbert Sherbet had seen what CHFC were planning to wear for the match, as had the team.

'You can't be serious, Jack,' said Nathaniel Hackett. 'Are you saying we have to wear these granny shawls? They'll laugh at us, mate. We'll look like old ladies. No offence,' he added, in response to the glares he was getting from Griselda Gritch and Meg Nutfield.

Jack didn't know what to say. He agreed with *everything* Nathaniel had said. The shawls were **EXACTLY** the kind of things old ladies wore, and Plumtum United would **DEFINITELY** laugh them off the pitch.

Sensing Jack's dilemma, Martha jumped to his rescue. 'Think of it as a superhero shawl. I mean *cape*,' she suggested, helpfully.

'I suppose they are a *bit* like superhero capes,' said Nathaniel. 'But we'll be boiling. They're *so* woolly!'

'Um . . . They'll be great for thermo-muscular distribution,' Jack fibbed (in such circumstances, such a small fib can surely be forgiven). 'All the top teams are using thermo-muscular distribution methodology these days.'

'That's true,' agreed Mr Trumpton. 'There's no harm in giving them a try. Now, we really need to get ourselves in shape before PU arrive. Onto the pitch for a quick training game!'

As it happens, Meg and Griselda had rushed onto the pitch before Mr Trumpton had finished speaking. 'That's it, Meg! Great dribbling,' he praised. 'Griselda's waiting. Make the pass. Nice one, Griselda. What a goal!'

The session continued like this for some time. Their passing was accurate, their pace was, well, pacy, and Griselda, Meg and Jack were striking up a great rapport. Things were looking good, until they were suddenly struck by something else. That something was a **MASSIVE** mountain of sick Nathaniel Hackett had done right behind his goal.

'I feel awful,' moaned Nathaniel, hanging onto a goalpost for support. 'I think I've eaten too much. I spent all morning practising my attempt to break the world record for Most Crisps Eaten in a Single Sitting.'

'You've gone all green, mate,' said Jack. 'You don't look fit enough to play.'

At this, Mr Trumpton also turned green,

because PU were due to arrive at ANY MOMENT and he was without a goalkeeper. 'What can we do?' he panicked. 'We can't call off the match!'

'Martha,' said Jack, 'how do you feel about playing in goal? You did really well the other day.'

'I'd LOVE to help, but I'm not sure I'm good enough.' Martha twirled her twiggy plaits.

'My Shining Starfruit,' said Professor Gramps, his knees creaking as he lowered himself to Martha's level. 'While I have limited experience in the field of football, I have much experience of navigating my way through challenging situations. In such situations, it's important to focus your mind on what you *can* do, rather than what you can't do. Believe in yourself and the rest of your team. You're not alone.'

'Thanks, Gramps,' said Martha. 'But there's *so* much at stake, and this is Plumtum United we're talking about.'

'Plum-*bum*, more like!' joked Jack. 'You can do it, Marf. I know you can.'

At these words, Martha was transformed from feeling like a saggy sack into feeling like she'd soared one thousand and three miles into the sky, which is the kind of feeling that only comes from knowing that your best friend believes in you.

'Thanks, Jack. If you think I can do it, I'll try my best, but I suppose I should get some practice in.' She glanced around the field. **'JEEPERS!** Look how many people have come!'

Martha was right. Foxglove Field was full of CHFC supporters singing their favourite football chants (including, for example, 'There's only one Jack Sherbert' and 'Mr Trumpton's stripy-sock army'), or munching snacks from the food stalls. The atmosphere was lively and fun. But, unfortunately, atmospheres can change more swiftly than the sea on a windy day, and that's exactly what happened when the Plumtum United team arrived.

As the PU players emerged from their

fancy gold coach, wearing their fancy blue-and-silver kit, it was as if a grey cloud had blown over the sun and turned a beautiful blue sea into a slosh of sludge. The last person to emerge from the coach was a tall, slim man wearing an expensive suit.

'We meet again, Trumpton,' said Especialuno, slightly lowering his dark sunglasses.

'May the best team win,' replied Mr Trumpton, stuffing his hands into his tracksuit bottoms to hide how much they were shaking with fear.

The PU players strutted onto the pitch like they owned the place. Even their menacing lion mascot had swagger. It kept flicking out its tail while rudely roaring into the faces of the CHFC supporters.

'What's this, lads?' snorted the PU team captain at the sight of Jack's team. 'No one told us we were playing Oldies FC!'

'I'd rather be old than have a bum made from plums!' said Griselda.

'And I'd rather have a hairless nose. Have you seen her hooter, lads? It's gross!'

Luckily, the referee summoned the players into position before this rude argument escalated any further.

'I guess this is it,' said Martha, nervously fidgeting with the fringes on her shawl.

'Then let's do it!' said Jack confidently, while secretly wishing he felt even a quarter as confident as he sounded.

14

In a Nutshell:

a Cracking Conclusion involving a Witch on a Pitch, a Coconut Incantation, Tracksuit Trouble and Perilous Pe-nut-ies

On the blast of the referee's whistle, the match kicked off. Fired up by the PU captain's RUDE remarks abut Oldies FC, not to mention his comment about her hairy hooter, Griselda wasted no time in seizing possession and whizzing down the wing at remarkable speed.

'Excellent run!' called Mr Trumpton.

'That's my sister,' said Tacita proudly.

'She's brilliant,' praised Herbert Sherbet. 'Maybe we *will* witness a miracle today! She deserves her own song . . .' He thought for a moment. 'How about this?

'Griselda Gritch is magic,
She wears a magic hat.
And when she saw the Derby Cup
She said, "I'm having that!"'

At these words, and as the rest of the CHFC supporters joined this rousing chant, Griselda's ears began to waggle.

'Why is everyone singing about me being magic and wearing a magic hat?' she asked Jack, who'd sprinted down the pitch after her. 'Do you think they've worked out that I'm an ACTUAL witch?'

'It's a fun football song,' Jack explained. 'It means they like you. It doesn't mean they think you're actually magical, or have an actual magic hat.'

'But I actually do have one.'

While this discussion was taking place, the PU captain swept in, took the ball from her and sped down the centre of the pitch towards Martha.

'Keep calm, keep calm,' Martha muttered to herself (although in truth, she felt anything but calm. Her knees were knocking with desperation).

The PU captain took a powerful shot from the edge of the box. The ball soared up and spun wildly towards the goal.

'CRUMBS!' cried Martha. 'I don't know

which way to go!' Thinking fast, she flapped and flailed her arms like a newly hatched bird, hoping to cover as much of the goal area as possible. However, while this flapping and flailing *did* enable Martha to cover more of the goal area, it also made her giddy, which in turn made her vision blurry, which in turn meant she had no chance of making a save.

'Get in!' cheered the PU fans as the ball hit the back of the net.

'No way!' groaned the CHFC supporters.

'How typical of Martha to mess things up!' scoffed Sally Sweepea, with a swish of her annoying hair.

'Sorry!' Martha apologised. 'I'll do better next time.'

‘Doubt it,’ sneered the PU captain. ‘Not with my level of skill.’

‘Zip it, Plum Bum!’ snapped Griselda Gritch. ‘I’ll show you skill!’ And that’s exactly what she did when the game restarted and she whizzed off again, this time weaving her way through the PU midfield with the expertise of a Premier League orb-weaver spider, if orb-weaver spiders had such a

thing as a Premier League. Unfortunately, Griselda was thwarted when the PU defenders swarmed around her and she couldn't see a way through them.

'Over here!' shrieked Meg. She picked up Griselda's pass, dribbled out wide and took a shot from the halfway line, her silver-brown bun glinting in the sun as her foot struck the ball.

'GOAL!' yelled the CHFU supporters.

'BLAST!' cursed Especialuno, shaking his fists.

'PERFECTO!" praised Coco Carl, before launching into a spontaneously composed chant for his new friend.

'Scarlet Meg is magic,
She wears a scarlet shawl.
Her nutty nutmeg powers
Will keep you off the ball.'

'Who's crooning that charming chant?' asked Peggy Pickle.

'It sounds like it's coming from Horace's coconut shy,' said Thelma Tharton. 'And whoever it is has a handsomely husky voice,' she swooned.

While this discussion as to the source of the coconut incantation was taking place, the game started up again. Within seconds, another goal-scoring opportunity came Meg's way. But, just as she went to strike the ball, Mrs Gribble struck up an unfortunately themed conversation with Mr Trumpton . . .

'Your team is certainly giving a good account of themselves,' said Mrs Gribble. 'Fancy some celebratory peanuts?'

'Thank you, Mrs Gribble. I'm very partial to munching on a crunchy nut or two.'

At these words, Meg's ears began to itch with anger. **'Munching nuts? Munching NUTS?** Let me at that **murderous nut-muncher!'**

'CRIKEY!' cried Martha as Meg stormed off the pitch towards Mr Trumpton, who was happily munching nuts. In order to avert a(nother) nut-astrophe, Martha took **IMMEDIATE ACTION** and raced after Meg. By the time she reached her, Meg was already grappling the nuts from Mr Trumpton's hand. Martha pulled Meg away from the shocked headmaster-cum-football-manager but, unfortunately, the naughty Nutmeg Lady was now gripping on to Mr

Trumpton's tracksuit with the force of the World's Toughest Nutcracker and so, as Martha pulled on Meg she **ACCIDENTALLY** made Meg pull Mr Trumpton's tracksuit bottoms down.

'Mr Trumpton!' parped Miss Parpwell, her cheeks flashing bubblegum-pink at the sight of his baggy pants.

Before the CHFC manager had a chance to respond, the PU supporters released a roar. PU had scored while Martha had left her goal area (and Mr Trumpton's baggy pants) exposed.

'Sorry, team,' said Martha. 'I didn't mean to make Mr Trumpton's tracksuit bottoms come down. And I didn't mean to let in that goal either.'

'It wasn't all your fault,' said Jack. 'Meg, you can't go running off in the middle of a game like that. You let us down.'

‘But he was munching . . .’

‘Just concentrate on the game,’ Jack interrupted.

Sadly, when the game got going again, CHFC did everything but concentrate. PU scored another goal just before the referee blew the halftime whistle. They were 1–3 down and felt as flat as a stack of skinny pancakes as Mr Trumpton summoned them for a team talk.

‘Right,’ he said, glancing at his clipboard. ‘For the second half, we’re going to shift to a counter-attacking strategy. We need to tighten our defence and try to take them on the break. Got it?’

‘I’m not inclined to take instructions from a man who wears his tracksuit bottoms around his ankles, and **munches nuts**,' said Meg, moodily.

'But no nuts were harmed during his munching, Miss Nutfield. **They don't feel things like you do**,' Martha whispered. 'And Mr Trumpton's not to blame for his tracksuit bottoms falling down.'

'No offence, Martha,' Meg replied, somewhat offensively, 'but I'm not inclined to take advice from you either. We have no chance with you in goal. You're just not up to it.'

'We don't have a chance if that's your attitude,' snapped Griselda. 'This is a team game, which means *everyone* is responsible and *everyone* has to pull together.

And have you forgotten that if it wasn't for Martha, you wouldn't be here now?'

While Martha and Jack exchanged a Meaningful Glance that meant, 'Who'd have thought Griselda Gritch would be talking about teamwork?' Meg's cheeks turned as scarlet as her shawl.

'Sorry, Martha. I am grateful for what you did for me. I just got carried away.'

'You need to take Professor Gramps's advice,' Griselda continued. 'You have to believe in yourself *and* the rest of your team.'

'She's right,' agreed Jack, gathering everyone into a huddle. 'We CAN do this!' he said confidently. And this time he felt *almost* as confident as he sounded.

Thanks to Griselda's inspiring team talk, the second half turned out to be an entirely different game. History's first Witch on a Pitch scored a twenty-five-yard screamer within the first five minutes and, just a few moments later, Jack scored CHFC's third goal with a MAGNIFICENT header to bring the score to 3–3.

'Jack in the box,
He's our Jack in the bo-ox,
His name's Jack Sherbet,
He's our Jack in the box,'

sang the CHFC supporters, so loud they would have been heard in Plumtum Town.

The remainder of the game was tense, with both teams desperate to score the winning goal, but it ended with a 3–3 scoreline after extra time had been played.

'Pe-*nut*-ty shoot-out time!' Jack joked to his teammates.

'You're kidding, right?' said Meg. 'If this **"pe-nut-ty shoot-out"** business involves shooting nuts, I'm quitting the team and calling the police.'

'Jack was joking,' explained Griselda. 'He means there's going to be a penalty shoot-out, which means each team has to take it in turns to shoot from the penalty mark. Striker against keeper.'

'I'm not sure I can do this,' Martha

jittered, feeling daunted by the Terrifying Task Ahead.

Martha's jiggly jittering was interrupted by a loud noise from the sidelines.

Aaawwwwww– oooooh–
aaahhhooo ww!

went Helga-Holga's heartening hullabaloo, and it was shortly followed by Professor Gramps and Tacita Truelace singing a special new song:

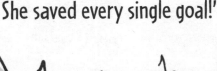

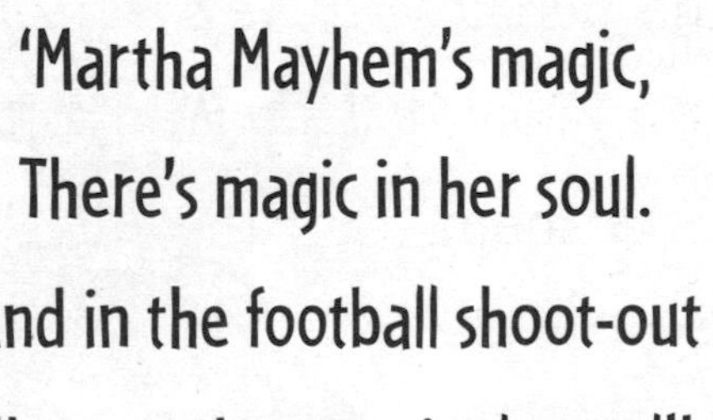
'Martha Mayhem's magic,
There's magic in her soul.
And in the football shoot-out
She saved every single goal!'

This cheering chant made Martha feel a little better about the Terrifying Task Ahead, so she focused on Gramps and Tacita's words – *she saved every single goal, she saved every single goal* – and determined to do just that.

Unfortunately, when the shoot-out started, Martha didn't save every single goal. In fact, she didn't save any. But fortunately the PU keeper didn't save any either. At 4–4, Meg Nutfield stepped up to the penalty spot.

'I'll show them **pe-nut-ty shoot-out**,' she raged.

'I'll shoot this ball into the heavens!'

Regrettably, that's exactly what Meg did. She massively over-struck the ball and it shot over the goalposts and into the sky in the direction of Paddlepong Pond (thankfully missing the cows, whose calamitous behaviour had set this whole chain of events in ~~*moo-tion*~~ motion).

'I'm sorry,' Meg muttered, looking more scarlet than ever.

'We all make mistakes,' said Griselda. 'And it's not over yet.'

'Miss Gritch is right,' agreed Jack. 'It isn't over. Not quite. Martha, this is your moment. Save this next shot, and we're still in it.'

Feeling considerable weight on her shoulders (only some of which was due to her wearing both a woolly shawl and a Cape of Many Smiles), Martha took her position on the goal line. The whistle went and the ball flew towards the top right-hand corner at exceptional speed. While it looked as if Martha had no chance of even getting a touch of the ball, she jumped and stretched like she'd never stretched before and the tips of her fingers made contact with it. But then, as she went to get a better grip, she was dragged down by the weight of wearing both a woolly shawl and her Cape of Many Smiles.

'Aaaaaaaaaaaaah!'

gasped the CHFC supporters, most of them covering their eyes, fearful that the ball was about to go in.

'What have I done?' said Mr Trumpton, fearful that the ball was about to go in, and also fearful that his Gargantuan Gamble was about to go wrong and they'd have to give PU ALL the proceeds from the match.

But then, as their hope was about to be puffed out like the candles on a birthday cake, the hood on Martha's Cape of Many Smiles puffed up and CAUGHT THE BALL! Martha retrieved it and clutched it to her chest as the CHFU supporters cheered a mighty cheer.

Enraged by Martha's unusual means of saving a penalty, Especialuno stormed up to the referee.

'This is an outrage!' he roared. 'What

does the rulebook say about using cape hoods to save goals?'

Quiet fell over both sets of supporters as the referee referred to his rulebook.

'The rulebook makes no mention of accidental cape-catches,' he confirmed. 'And so this counts as a save.'

At this news, the CHFC supporters released another mighty cheer, but the match wasn't yet won. The shoot-out score-line was still 4–4 and they were in a sudden-death situation – whoever scored next would win. It was now Griselda's turn to take a penalty and, with the fate of the village hall in her hands (or, strictly speaking, her feet), she strode to the penalty spot with her ENORMOUS puffy polka-dot pants billowing in the breeze.

Time seemed to stand still when Griselda took her shot and the ball flew directly at the PU keeper. It looked like it was going to be an easy save. The keeper leaned forward to catch the ball. His knees buckled and bowed and then . . .

THE BALL ROLLED RIGHT THROUGH HIS LEGS AND OVER THE LINE!

'NUTMEG!' shouted Griselda, Meg, Martha and Jack in unison.

'I'm Griselda Gritch, and I was *born for the pitch*!' Griselda added, while Martha punched the air triumphantly, almost as if she'd triumphed at An Important Sporting Event (which, to be fair, she had).

'We've only gone and won!' cheered Herbert. 'This *IS* a miracle!'

'Well done, Willy,' praised Miss Parpwell. 'I never doubted you for a moment.'

Since he was so happy with the result, and since he was a polite person, Mr Trumpton chose to ignore Miss Parpwell's BAREFACED LIE (namely, that she hadn't doubted him for a moment), and instead he trumped a series of celebratory trumpet trumps RIGHT INTO MISS PARPWELL'S BAREFACED-LYING FACE.

While CHFC were presented with the Derby Cup, and while Griselda Gritch and Martha Mayhem were jointly awarded the Player of the Match trophy, the PU players sneaked onto their fancy coach, leaving the people of Cherry Hillsbottom to party. Not only had they raised more than enough money to build a fancy new village hall, but they'd also reclaimed the Derby Cup from Plum*BUM* United!

'I'm so happy, Gramps,' Martha beamed. 'This *has* turned out to be a day we'll never forget, and for all the RIGHT reasons.'

'I'm so proud of you, my Magnifico Match-winner!' said Professor Gramps. 'Your team performance has made *everyone* feel utterly overjoyed!'

Well, to be completely honest, not quite *everyone* felt utterly overjoyed. Two people felt somewhat different. The first was Sally Sweetpea, who was angry that Martha had won a trophy, while her dance recital at the Fun Fundraising Fête had been RUINED.

And the second was Meg Nutfield, who, despite having enjoyed playing football, didn't feel *utterly* overjoyed because:

1. *Griselda had won the game by nutmegging the PU keeper (being an ACTUAL nutmeg, Meg felt strongly that SHE should have been the one to win the match with a nutmeg).*

2. *Griselda and Martha had jointly received the Player of the Match trophy (being a good footballer, Meg felt strongly that her skills should have been recognised).*

3. *She had other things on her mind . . .*

After giving further thought to these 'other things', Meg knew what she had to do. She collected Coco Carl from Horace Hackett's stall and made an Important Announcement.

'Coco Carl and I are going to take a trip to my Spice Island homeland,' she announced, importantly.

'Are you sure?' asked Martha. 'It's been extremely fascinating having you around.'

'Don't you mean fasci-*nut*-ing?' joked Jack.

'Fasci-*nut*-ing?!' repeated Meg, which caused everyone to hold their breath, fearful she was about to have another nutty outburst. Which is exactly what happened. But this time she burst out in a fit of giggles, much to everyone's relief. 'I'm going to miss you lot,' she said. 'I'll never forget how you made me move, and how you brought my new friend to life.'

'Blimey!' said Jack. 'My dad was right about this being a day for miracles! I thought you were a tough nut to crack, but it turns out that you do have a soft centre after all!'

At this, everyone chuckled cheerily. Well, everyone except Coco Carl (who rasped huskily), Helga-Holga (who snorted sunnily) and Martha Mayhem (who sniffed sadly).

'What is it, Marf?' asked Jack.

'I'm sorry I didn't make Meg feel at home here,' she explained.

'You made me feel most welcome,

Martha, and for that I am thankful, but my real home is somewhere else, and I miss it.'

Martha wiped her nose. She knew what Meg meant. Her mum and dad always said there were few things nicer than going home, no matter how exciting their adventures had been.

Martha pecked Meg on the cheek. 'Goodbye, Martha. Goodbye, all my friends.'

'Adios!' added Coco Carl, huskily, as Meg strolled off with his handsome, hairy head tucked under her arm.

Griselda turned to Martha. 'Fancy a spot of hoofing practice?' she asked, with a sparkle in her eyes.

'Uh-oh,' said Martha. 'You know what happened last time someone hoofed a ball in this field?'

'I do.' Griselda grinned. 'And just think how bored we'd have been if we hadn't?'

Martha couldn't help smiling, but she'd had enough mayhem – for the time being at least. 'Shall we go for a ride in your magic knickers instead?'

'I don't see why *nut*,' said Griselda.

She billowed out her ENORMOUS puffy purple polka-dot pants to a tremendous size, Martha leapt in and they sailed up, up and away, with the banana-bright sun glowing before them, and their scarlet CHFC shawls billowing behind.

ACKNOWLEDGEMENTS

Heartfelt thanks to the following fabulous family, friends and accomplices:

Catherine Clarke, agent extraordinaire; Jenny Jacoby, Emma Matthewson, Nicola Chapman and Tina Mories of Piccadilly Press; John and Joan, my perfect parents; Katie and James, my superlative siblings, and their awesome other halves, Dan and Katie; the sensational Susannah Curran (née Nuckey) for lending Nanny Nuckey's name; my incomparable Highbury comrades, Rod, Tarig, Andy, Jo and Tim. And to my husband Stephen for a big BUNCH of everything.

The Incredible Martha Mayhem Personality Puzzle!

Which character from the Martha Mayhem books are YOU most like?

Answer these questions to find out.

1 **What would you like to do?**

a) Something crafty – I LOVE making things!

b) Read an exciting story

c) Have fun with my friends

d) Spellbinding science experiments

2 **Which weather are you most like?**

a) A wild whirlwind

b) A gentle breeze

c) A ray of sunshine

d) A puffy storm cloud

Mostly a: YIKES and CRIPES! Since you LOVE making things and have the whirly energy of an adventurous explorer, you're most like Martha Mayhem herself!

Mostly b: GOODNESS TO GRACIOUS! You're wise and calm, and LOVE reading and discovering new things, which means you're most like charming Fascinating Fact-lover, Professor Gramps.

3 **I'd most like to…**

a) Explore the ENTIRE world

b) Discover new knowledge

c) Win the World Cup

d) Be a famous magician

4 **Pick an animal**

a) Lively Labrador puppy

b) Wise owl

c) Funny monkey

d) Snappy crocodile

5 **Select some snacks**

a) Milkshake and muffins

b) Crumpets with jam

c) Sausage rolls and scrambled eggs

d) I refuse to select some – I want them all!

6 **I do a lot of…**

a) Whirling, twirling, giggling and jiggling

b) Thinking, calming, cheering and charming

c) Joking, jittering, quivering and quavering

d) Huffing, puffing, twitching and bristling

Mostly c: COOL! Being full of fun and a HUGE sports fan, we reckon you're most like Martha Mayhem's best friend Jack Sherbet (also known as Jack Joke, or Scrambled Egg Head).

Mostly d: CREEPERS! Being a snappy, stormy, snack-loving kind of person, not to mention a fan of doing spellbinding experiments, you're most like everyone's favourite twitchy witch, Griselda Gritch!

Design your Own Picture-perfect Puffy Pants!

Griselda Gritch, the grumpy, grouchy witch from the ditch, is the proud owner of a pair of ENORMOUS puffy purple polka-dot pants. But these are no ordinary pants – they're MAGICAL FLYING KNICKERS!

Decorate the pants on the right to create your very own blooming brilliant bloomers!

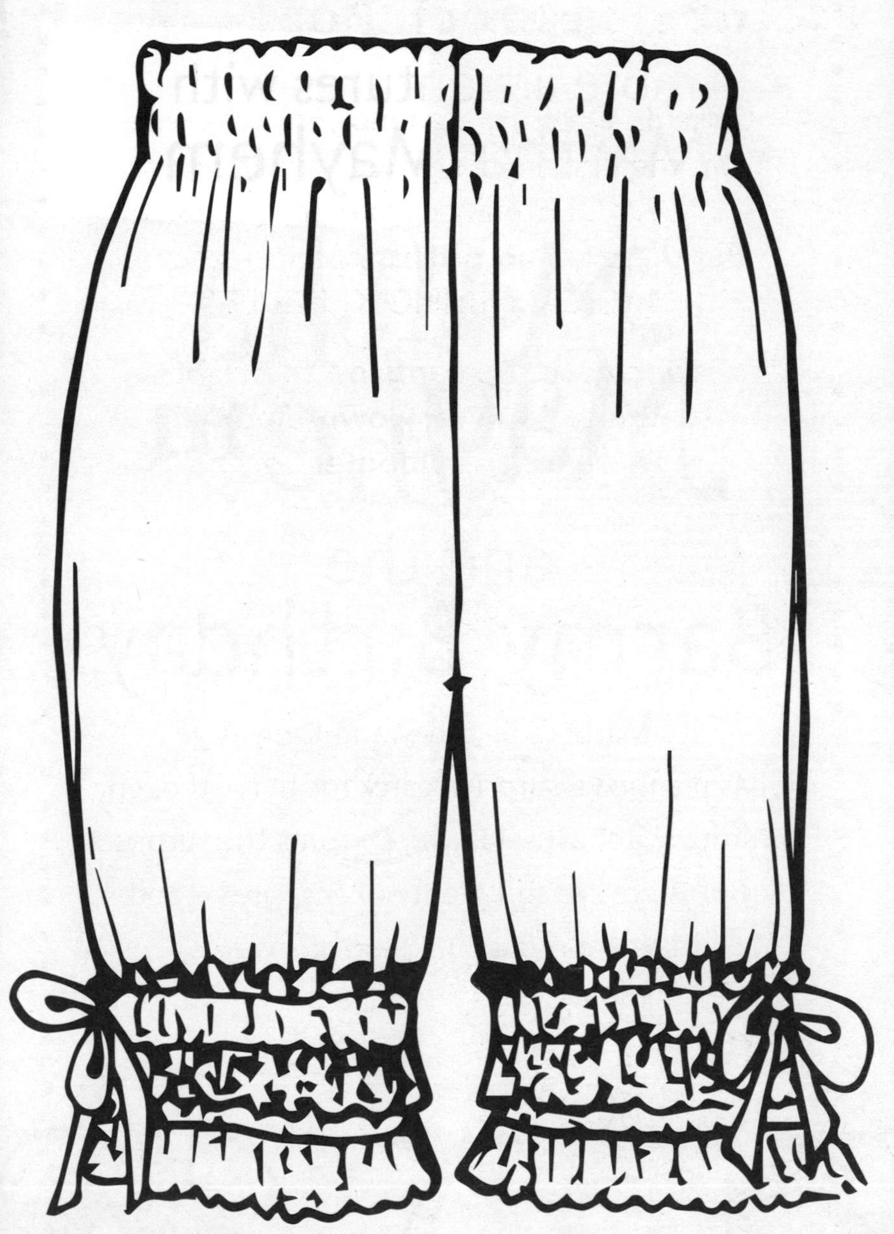

Look out for

more adver

Martha M

Martha Mayhem

and the Barmy Birthday

It's Martha's birthday and the village has planned a surprise party for her – though grumpy witch Griselda Gritch ruins the surprise! But there are still plenty of surprises – and mayhem – heading Martha's way . . .

點，那正合乎戲台上的丑角；眼睛大得那樣可怕，比起牛的眼睛來更大，而且臉上也有不定的花紋。

土房的窗子，門，望去那和洞一樣。麻面婆踏進門，她去找另一件要洗的衣服，可是在炕上，她抓到日影，但是不能拿起，她知道她的眼睛是暈花了！好像在光明中忽然走進滅了燈的夜。她休息下來，感到非常涼爽。過了一會在蓆子下面她抽出一條自己的褲子。她用褲子抹著頭上的汗，一面走回樹蔭放著盆的地方，她把褲子也浸進泥漿去。

褲子在盆中大概還沒有洗完，可是搭到籬牆上了！也許已經洗完？麻面婆的事是一件跟緊一件，有必要時，她放下一件又去做別的。

鄰屋的煙筒，濃煙衝出，被風吹散著，佈滿全院。煙迷著她的眼睛了！她知道家人要回來吃飯，慌張著心弦，她用泥漿浸過的手去牆角拿茅草，她貼了滿手的茅草，就那樣，她燒飯，她的手從來沒用清水洗過。她家的煙筒也冒著煙了。過了一會，她又出來取柴，茅草在手中，一半拖在地面，另一半在圍裙下，她是擁著走。頭髮飄了滿臉，那樣，麻面婆是一隻母熊了！母熊帶著草類進洞。

濃煙遮住太陽，院中一霎幽暗，在空中煙和雲似的。

籬牆上的衣裳在滴水滴，蒸著汙濁的氣。全個村莊在火中窒息。午間的太陽權威著一切了！

「他媽的，給人家偷著走了吧？」

二里半跌腳厲害的時候，都是把屁股向後面斜著，跌出一定的角度來。他去拍一拍山羊睡覺的草棚，可是羊在哪裡？

「他媽的，誰偷了羊……混帳種子！」

麻面婆聽著丈夫罵，她走出來凹著眼睛：

「飯晚啦嗎？看你不回來，我就洗些個衣裳。」

讓麻面婆說話，就像讓豬說話一樣，也許她喉嚨組織法和豬相同，她總是發著豬聲。

「唉呀！羊丟啦！我罵你那個傻老婆幹什麼？」

聽說羊丟了，她去揚翻柴堆，她記得有一次羊是鑽過柴堆。但，那在冬天，羊為著取暖。她沒有想一想，六月天氣，只有和她一樣傻的羊才要鑽柴堆取暖。她翻著，她沒有想。全頭髮灑著一些細草，她丈夫想止住她，問她什麼理由，她始終不說。她為著要做出一點奇蹟，今後要人看重她。表明她不傻，表明她的智慧是在必要的時節出現，於是像狗在柴堆上耍得疲乏了！手在扒著髮間的草稈，她坐下來。她意外的感到自己的聰明不夠用，她意外的對自己失望。

過了一會鄰人們在太陽底下四面出發，四面尋羊；麻面婆的飯鍋冒著氣，但，她也跟在後面。

二里半走出家門不遠，遇見羅圈腿，孩子說：

「爸爸，我餓！」

二里半說：「回家去吃飯吧！」

可是二里半轉身時老婆和一捆稻草似的跟在後面。

「你這老婆，來幹什麼？領他回家去吃飯！」

他說著不停的向前跌走。

黃色的，近黃色的麥地只留下短短的根苗。遠看來麥地使人悲傷。在麥地盡端，井邊什麼人在汲水。二里半一隻手遮在眉上，東西眺望，他忽然決定到那井的地方，在井沿看下去，什麼也沒有，用井上汲水的桶子向水底深深的探試，什麼也沒有。最後，絞上水桶，他伏身到井邊喝水，水在喉中有聲，像是馬在喝。

老王婆在門前草場上休息：

「麥子打得怎樣啦？我的羊丟了！」

二里半青色的面孔爲了丟羊更青色了！

咩……咩……羊叫？不是羊叫，尋羊的人叫。

林蔭一排磚車經過，車伕們嘩鬧著。山羊的午睡醒轉過來，牠迷茫著用犄角在周身剔毛。爲著樹葉綠色的反映，山羊變成淺黃。賣瓜的人在道旁自己吃瓜。那一排磚車揚起浪般的灰塵，從林蔭走上進城的大道。

山羊寂寞著，山羊完成了牠的午睡，完成了牠的樹皮餐，而歸家去了。山羊沒有歸家，牠經過每棵高樹，也聽遍了每張葉子的刷鳴，山羊也要進城嗎！牠奔向進城的大道。

咩……咩……羊叫？不是羊叫，尋羊的人叫，二里半比別人叫出來更大聲，那不像是羊叫，像是一條牛了！

最後，二里半和鄉鄰動打，那樣，他的帽子，像斷了線的風箏，飄搖著下降，從他頭上飄搖到遠處。

「你踏碎了俺的白菜！——你……你……」

那個紅臉長人，像是魔王一樣，二里半被打得眼睛暈花起來，他去抽拔身邊的一棵小樹；小樹無由的被害了，那家的女人出來，送出一支攪醬缸的耙子，耙子滴著醬。

他看見耙子來了，拔著一棵小樹跑回家去，草帽是那般孤獨的丟在井邊，草帽他不知戴過了多少年頭。

二里半罵著妻子：「混蛋，誰吃你的焦飯！」

他的面孔和馬臉一樣長。麻面婆驚惶著，帶著愚蠢的舉動，她知道山羊一定沒能尋到。

過了一會，她到飯盆那裡哭了！「我的……羊，我一天一天餵餵……大的，我撫摸著長起來的！」

麻面婆的性情不會抱怨。她一遇到不快時，或是丈夫罵了她，或是鄰人與她拌嘴，就連小孩子們擾煩她時，她都是像一灘蠟消融下來。她的性情不好反抗，不好爭鬥，她的心像永遠貯藏著悲哀似的，她的心永遠像一塊衰弱的白棉。她哭抽著，任意走到外面把曬乾的衣裳搭進來，但她絕對沒有心思注意到羊。

可是會旅行的山羊在草棚不斷的搔癢，弄得板房的門扇快要掉落下來，門扇搴擺的響著。

下午了，二里半仍在炕上坐著。

「媽的，羊丟了就丟了吧！留著牠不是好兆相。」

但是妻子不曉得養羊會有什麼不好的兆相，她說：

「哼！那麼白白地丟了？我一會去找，我想一定在高粱地裡。」

「你還去找？你別找啦！丟就丟了吧！」

「我能找到牠呢！」

「唉呀，找羊會出別的事哩！」

他腦中迴旋著挨打的時候：——草帽像斷了線的風箏飄搖著下落，醬耙子滴著醬。快抓住小樹，快抓住小樹。……二里半心中翻著這不好的兆相。

他的妻子不知道這事。她朝高粱地去了：蝴蝶和別的蟲子熱鬧著，田地上有人工作了。她不和田上的婦女們搭話，經過留著根的麥地時，她像微點的爬蟲在那裡。陽光比正午鈍了些，蟲鳴漸多了；漸飛漸多了！

老王婆工作剩餘的時間，盡是述說她無窮的命運。她的牙齒爲著述說常常切得發響，那樣她表示她的憤恨和潛怒。在星光下，她的臉紋綠了些，眼睛發青，她的眼睛是大的圓形。有時她講到興奮的話句，她發著嗄而沒有曲折的直聲。鄰居的孩子們會說她是一頭「貓頭鷹」，她常常爲著小孩子們說她「貓頭鷹」而憤激：她想自己怎麼會成個那樣的怪物呢？像啐著一件什麼東西似的，她開始吐痰。

孩子們的媽媽打了他們，孩子跑到一邊去哭了！這時王婆她該終止她的講說，她從窗洞爬進屋去過夜。但有時她並不注意孩子們哭，她不聽見似地，她仍說著那一年麥子好；她多買了一條牛，牛又生了小牛，小牛後來又怎樣？……她的講話總是有起有落；關於一條牛，她能有無量的言詞：牛是什麼顏色？每天要吃多少水草？甚至要說到牛睡覺是怎樣的姿勢。

但是今夜院中一個討厭的孩子也沒有，王婆領著兩個鄰婦，坐在一條餵豬的槽子上，她們的故事便流水一般地在夜空裡延展開。

天空一些雲忙走，月亮陷進雲圍時，雲和煙樣，和煤山樣，快要燃燒似地。再過一會，月亮埋進雲山，四面聽不見蛙鳴；只是螢蟲閃閃著。

屋裡，像是洞裡，響起鼾聲來，布遍了的聲波旋走了滿院。天邊小的閃光不住的在閃合。王婆的故事對比著天空的雲：

「……一個孩子三歲了，我把她摔死了，要小孩子我會成了個廢物。……那天早晨……我想一想！……早晨，我把她坐在草堆上，我去餵牛；草堆是在房後。等我想起孩子來，我跑去抱她，我看見草堆上沒有孩子；我看見草堆下有鐵犁的時候，我知道，這是惡兆，偏偏孩子跌在鐵犁一起，我以爲她還活著呀！等我抱起來的時候……啊呀！」

一條閃光裂開來，看得清王婆是一個興奮的幽靈。全麥田，高粱地，菜圃，都在閃光下出現。婦人們被惶惑著，像是有什麼冷的東西，撲向她們的臉去。閃光一過，王婆的話聲又連續下去：

「……啊呀！……我把她丟到草堆上，血盡是向草堆上流呀！她的小手顫顫著，血在冒著汽從鼻子流出，從嘴也流出，好像喉管被切斷了。我聽一聽她的肚子還有響；那和一條小狗給車輪壓死一樣。我也親眼看過小狗被車輪軋死，我什麼都看過。這莊上的誰家養小孩，一遇到孩子不能養下來，我就去拿著鉤子，也許用那個掘菜的刀子，把那孩子從娘的肚子裡硬攪出來。孩子死，不算一回事，你們以爲我會暴跳著哭吧？我會嚎叫吧？起先我心也覺得發顫，可是我一看見麥田在我眼前時，我一點都不後悔，我一滴眼淚都沒淌下。以後麥子收成很好，麥子是我割倒的，在場上一粒一粒我把麥子拾起來，就是那年我整個秋天沒有停腳，沒講閒話，像連口氣也沒得喘似的，冬天就來了！到冬天我和鄰人比著麥粒，我的麥粒是那樣大呀！到冬天我的背曲得有些厲害，在手裡拿著大的麥粒。可是，鄰人的孩子卻長起來了！……到那時候，我好像忽然才想起我的小鐘。」

王婆推一推鄰婦，蕩一蕩頭：

「我的孩子小名叫小鐘呀！……我接連著煞苦了幾夜沒能睡，什麼麥粒？從那時起，我連麥粒也不怎樣看重了！就是如今，我也不把什麼看重。那時我才二十幾歲。」

閃光相連起來，能言的幽靈默默坐在閃光中。鄰婦互望著，感到有些寒冷。

狗在麥場張狂著咬過來，多雲的夜什麼也不能告訴人們。忽然一道閃光，看見的黃狗捲著尾巴向二里半叫去，閃光一過，黃狗又回到麥堆，草莖折動出細微的聲音。

「三哥不在家裡？」

「他睡著哩！」王婆又回到她的默默中，她的答話像是從一個空瓶子或是從什麼空的東西發出。豬槽上她一個人化石一般地留著。

「三哥！你又和三嫂鬧嘴嗎？你常常和她鬧嘴，那會敗壞了平安的日子的。」

二里半，能寬容妻子，以他的感覺去衡量別人。

趙三點起煙火來，他紅色的臉笑了笑：「我沒和誰鬧嘴哩！」

二里半他從腰間解下煙帶，從容著說：

「我的羊丟了！你不知道吧？牠又走了回來。要替我說出買主去，這條羊留著不是什麼好兆相。」

趙三用粗嘎的聲音大笑，大手和紅色臉在閃光中伸現出來：

「哈……哈，倒不錯，聽說你的帽子飛到井邊團團轉呢！」

忽然二里半又看見身邊長著一棵小樹，快抓住小樹，快抓住小樹。他幻想終了，他知道被打的消息是傳布出來，他捻一捻煙火，解辯著說：

「那家子不通人情，哪有丟了羊不許找的勾當？她硬說踏了她的白菜，你看，我不能和她動打。」

搖一搖頭，受著辱一般的冷沒下去，他吸煙管，切心地感到羊不是好兆相，羊會傷著自己的臉面。

來了一道閃光，大手的高大的趙三，從炕沿站起，用手掌擦著眼睛。他忽然響叫：

「怕是要落雨吧！——壞啦！麥子還沒打完，在場上堆著！」

趙三感到養牛和種地不足，必須到城裡去發展。他每日進城，他漸漸不注意麥子，他夢想著另一樁有望的事業。

「那老婆，怎不去看麥子？麥子一定要給水沖走呢？」

趙三習慣的總以爲她會坐在院心，閃光更來了！雷響，風聲。一切翻動著黑夜的村莊。

「我在這裡呀！到草棚拿蓆子來，把麥子蓋起吧！」

喊聲在有閃光的麥場響出，聲音像碰著什麼似的，好像在水上響出，王婆又震動著喉嚨：

「快些，沒有用的，睡覺睡昏啦！你是摸不到門啦！」

趙三為著未來的大雨所恐嚇，沒有與她拌嘴。

高粱地像要倒折，地端的榆樹吹嘯起來，有點像金屬的聲音，為著閃的原故，全莊忽然裸現，忽然又沉埋下去。全莊像是海上浮著的泡沫。鄰家和距離遠一點的鄰家有孩子的哭聲，大人在嚷吵，什麼醬缸沒有蓋啦！驅趕著雞雛啦！種麥田的人家嚷著麥子還沒有打完啦！農家好比雞籠，向著雞籠投下火去，雞們會翻騰著。

黃狗在草堆開始做窩，用腿扒草，用嘴扯草。王婆一邊顫動，一邊手裡拿著耙子。

「該死的，麥子今天就應該打完，你進城就不見回來，麥子算是可惜啦！」

二里半在電光中走近家門，有雨點打下來，在植物的葉子上稀疏的響著。雨點打在他的頭上時，他摸一下頭頂而沒有了草帽。關於草帽，二里半一邊走路一邊怨恨山羊。

早晨了，雨還沒有落下。東邊一道長虹懸起來；感到濕的氣味的雲掠過人頭，東邊高粱頭上，太陽走在雲後，那過於艷明，像紅色的水晶，像紅色的夢。遠看高粱和小樹林一般森嚴著；村家在早晨趁著氣候的涼爽，各自在田間忙。

趙三門前，麥場上小孩子牽著馬，因為是一條年輕的馬，牠跳著蕩著尾巴跟牠的小主人走上場來。小馬歡喜用嘴撞一撞停在場上的「石磙」，牠的前腿在平滑的地上踩打幾下，接著牠必然像索求什麼似的叫起不很好聽的聲來。

王婆穿的寬袖的短襖，走上平場。她的頭髮毛亂而且絞捲著，朝晨的紅光照著她，她的頭髮恰像田上成熟的玉米纓穗，紅色並且蔫捲。

馬兒把主人呼喚出來，牠等待給牠裝置「石磙」，「石磙」裝好的時候，小馬搖著尾巴，不斷的搖著尾巴，牠十分馴順和愉快。

王婆摸一摸蓆子潮濕一點，蓆子被拉在一邊了；孩子跑過去，幫助她，麥穗佈滿平場，王婆拿著耙子站到一邊。小孩歡跑著立到場子中央，馬兒開始轉跑。小孩在中心地點也是轉著。好像畫圓周時用的圓規一樣，無論馬兒怎樣跑，孩子總在圓心的位置。因爲小馬發瘋著，飄揚著跑，牠和孩子一般地貪玩，弄得麥穗濺出場外。王婆用耙子打著馬，可是走了一會牠遊戲夠了，就和廝耍著的小狗需要休息一樣，休息下來。王婆著了瘋一般地又揮著耙子，馬暴跳起來，牠跑了兩個圈子，把「石磙」帶著離開鋪著麥穗的平場；並且嘴裡咬嚼一些麥穗。繫住馬勒帶的孩子挨著罵：

「呵！你總偷著把牠拉上場，你看這樣的馬能打麥子嗎？死了去吧！別煩我吧！」

小孩子拉馬走出平場的門；到馬槽子那裡，去拉那個老馬。把小馬束好在桿子間。老馬差不多完全脫了毛，小孩子不愛牠，用勒帶打著牠走，可是牠仍和一塊石頭或是一棵生了根的植物那樣不容搬運。

老馬是小馬的媽媽，牠停下來，用鼻頭偎著小馬肚皮間破裂的流著血的傷口。小孩子看見他愛的小馬流血，心中慘慘的眼淚要落出來，但是他沒能曉得母子之情，因爲他還沒能看見媽媽，他是私生子。脫著光毛的老動物，催逼著離開小馬，鼻頭染著一些血，走上麥場。

村前火車經過河橋，看不見火車，聽見隆隆的聲響。王婆注意著旋上天空的黑煙。前村的人家，驅著白菜車去進城，走過王婆的場子時，從車上抛下幾個柿子來，一面說：「你們是不種柿子的，這是賤東西，不值錢的東西，麥子是發財之道呀！」驅著車子的青年結實的漢子過去了；鞭子甩響著。

老馬看著牆外的馬不叫一聲，也不響鼻子。小孩去拿柿子吃，柿子還不十分成熟，半青色的柿子，永遠被人們摘取下來。

馬靜靜地停在那裡，連尾巴也不甩擺一下。也不去用嘴觸一觸石磙；就連眼睛牠也不遠看一下，同時牠也不怕什麼工作，工作來的時候，牠就安心去開始；一些繩索束上身時，牠就跟住主人的鞭子。主人的鞭子很少落到牠的皮骨，有時牠過分疲憊而不能支持，行走過分緩慢；主人打了牠，用鞭子，或是用別的什麼，但是牠並不暴跳，因爲一切過去的年代規定了牠。

麥穗在場上漸漸不成形了！

「來呀！在這兒拉一會馬呀！平兒！」

「我不願意和老馬在一塊，老馬整天像睡著。」

平兒囊中帶著柿子走到一邊去吃，王婆怨怒著：

「好孩子呀！我管不好你，你還有爹哩！」

平兒沒有理誰，走出場子，向著東邊種著花的地端走去。他看著紅花，吃著柿子走。

灰色的老幽靈暴怒了：「我去喚你的爹爹來管教你呀！」

她像一隻灰色的大鳥走出場去。

清早的葉子們！樹的葉子們，花的葉子們，閃著銀珠了！太陽不著邊際地圓輪在高粱棵的上端，左近的家屋在預備早飯了。

老馬自己在滾壓麥穗，勒帶在嘴下拖著，牠不偷食麥粒，牠不走脫了軌，轉過一個圈，再轉過一個，繩子和皮條有次序的向牠光皮的身子摩擦，老動物自己無聲的動在那裡。

種麥的人家，麥草堆得高漲起來了！福發家的草堆也漲過牆頭。福發的女人吸起煙管。她是健壯而短小，煙管隨意冒著煙；手中的耙子，不住的耙在平場。

侄兒打著鞭子行經在前面的林蔭，靜靜悄悄地他唱著寂寞的歌；她為歌聲感動了！耙子快要停下來，歌聲仍起在林端：

「昨晨落著毛毛雨，……小姑娘，披蓑衣……小姑娘，……去打魚。」

二、菜圃

菜圃上寂寞的大紅的西紅柿，紅著了。小姑娘們摘取著柿子，大紅大紅的柿子，盛滿她們的筐籃；也有的在拔青蘿蔔、紅蘿蔔。

金枝聽著鞭子響，聽著口哨響，她猛然站起來，提好她的筐子驚驚怕怕的走出菜圃。在菜田東邊，柳條牆的那個地方停下，她聽一聽口笛漸漸遠了！鞭子的響聲與她隔離著了！她忍耐著等了一會，口笛婉轉地從背後的方向透過來；她又將與他接近著了！菜田上一些女人望見她，遠遠的呼喚：

「你不來摘柿子，幹什麼站到那兒？」

她搖一搖她成雙的辮子，她大聲擺著手說：「我要回家了！」

姑娘假裝著回家，繞過人家的籬牆，躲避一切菜田上的眼睛，朝向河灣去了。筐子掛在腕上，搖搖搭搭。口笛不住的在遠方催逼她，彷彿她是一塊被引的鐵跟住了磁石。

靜靜的河灣有水濕的氣味，男人等在那裡。

迷迷蕩蕩的一些花穗顫在那裡，背後的長莖草倒折了！不遠的地方打柴的老人在割野草。

他們受著驚擾了！發育完強的青年的漢子，帶著姑娘，像獵犬帶著捕捉物似的，又走下高粱地去。……

吹口哨，響著鞭子，他覺得人間是溫存而愉快。他的靈魂和肉體完全充實著，嬸嬸遠遠的望見他，走近一點，嬸嬸說：

「你和那個姑娘又遇見嗎？她真是個好姑娘。……唉……唉！」

嬸嬸像是煩躁一般緊緊靠住籬牆。侄兒向她說：

「嬸娘你唉唉什麼呢？我要娶她哩！」

「唉……唉……」

嬸嬸完全悲傷下去，她說：

「等你娶過來，她會變樣，她不和原來一樣，她的臉是青白色；你也再不把她放在心上，你會打罵她呀！男人們心上放著女人，也就是你這樣的年紀吧！」

嬸嬸表示出她的傷感，用手按住胸膛，她防止著心臟起什麼變化，她又說：

「那姑娘我想該有了孩子吧？你要娶她，就快些娶她。」

侄兒回答：「她娘還不知道哩！要尋一個做媒的人。」

牽著一條牛，福發回來。嬸嬸望見了，她急旋著走回院中，假意收拾柴欄。叔叔到井邊給牛喝水，他又拉著牛走了！嬸嬸好像小鼠一般又抬起頭來，又和侄兒講話：

「成業，我對你告訴吧！年輕的時候，姑娘的時候，我也到河邊去釣魚，九月裡落著毛毛雨的早晨，我披著蓑衣坐在河沿，沒有想到，我也不願意那樣；我知道給男人做老婆是壞事，可是你叔叔，他從河沿把我拉到馬房去，在馬房裡，我什麼都完啦！可是我心也不害怕，我歡喜給你叔叔做老婆。這時節你看，我怕男人，男人和石塊一般硬，叫我不敢觸一觸他。」

「你總是唱什麼落著毛毛雨，披蓑衣去打魚……我再也不願聽這曲子，年輕人什麼也不可靠，你叔叔也唱這曲子哩！這時他再也不想從前了！那和死過的樹一樣不能再活。」

年輕的男人不願意聽嬸嬸的話，轉走到屋裡，去喝一點酒。他爲著酒，大膽把一切告訴了叔叔。福發起初只是搖頭，後來慢慢的問著：

「那姑娘是十七歲嗎？你是二十歲。小姑娘到咱們家裡，會做什麼活計？」

爭奪著一般的，成業說：

「她長得好看哩！她有一雙亮油油的黑辮子。什麼活計她也能做，很有氣力呢！」

成業的一些話，叔叔覺得他是喝醉了，往下叔叔沒有說什麼，坐在那裡沉思過一會，他笑著望著他的女人。

「啊呀……我們從前也是這樣哩！你忘記嗎？那些事情，你忘記了吧！……哈……哈，有趣的呢，回想年輕真有趣的哩。」

女人過去拉著福發的臂，去撫媚他。但是沒有動，她感到男人的笑臉不是從前的笑臉，她心中被他無數生氣的面孔充塞住，她沒有動，她笑一下趕忙又把笑臉收了回去。她怕笑的時間長，會要挨罵。男人叫把酒杯拿過去，女人聽了這話，聽了命令一般把杯子拿給他。於是丈夫也昏沉的睡在炕上。

女人悄悄地躡著腳走出了，停在門邊，她聽著紙窗在耳邊鳴，她完全無力，完全灰色下去。場院前，蜻蜓們鬧著向日葵的花。但這與年輕的婦人絕對隔礙著。

紙窗漸漸的發白，漸漸可以分辨出窗櫺來了！進過高粱地的姑娘一邊幻想著一邊哭，她是那樣的低聲，還不如窗紙的鳴響。

她的母親翻轉身時，哼著，有時也挫響牙齒。金枝怕要挨打，連在黑暗中把眼淚也拭得乾淨。老鼠一般地整夜好像睡在貓的尾巴下。通夜都是這樣，每次母親翻動時，像爆裂一般地，向自己的女孩的枕頭的地方罵了一句：

「該死的！」

接著她便要吐痰，通夜是這樣，她吐痰，可是她並不把痰吐到地上；她願意把痰吐到女兒的臉上。這次轉身她什麼也沒有吐，也沒罵。

可是清早，當女兒梳好頭辮，要走上田的時候，她瘋著一般奪下她的筐子：

「你還想摘柿子嗎？金枝，你不像摘柿子吧？你把筐子都丟啦！我看你好像一點心腸也沒有，打柴的人幸好是朱大爺，若是別人拾去還能找出來嗎？若是別人拾得了筐子，名聲也不能好聽哩！福發的媳婦，不就是在河沿壞的事嗎？全村就連孩子們也是傳說。唉！……那是怎樣的人呀？以後婆家也找不出去。她有了孩子，沒法做了福發的老婆，她娘為這事羞死了似的，在村子裡見人，都不能抬起頭來。」

母親看著金枝的臉色馬上蒼白起來，臉色變成那樣脆弱。母親以為女兒可憐了，但是她沒曉得女兒的手從她自己的衣裳裡邊偷偷的按著肚子，金枝感到自己有了孩子一般恐怖。母親說：

「你去吧！你可別再和小姑娘們到河沿去玩，記住，不許到河邊去。」

母親在門外看著姑娘走，她沒立刻轉回去，她停住在門前許多時間，眼望著姑娘加入田間的人群。母親回到屋中一邊燒飯，一邊嘆氣，她體內像染著什麼病患似的。

農家每天從田間回來才能吃早飯。金枝走回來時，母親看見她手在按著肚子：

「你肚子疼嗎？」

她被驚著了，手從衣裳裡邊抽出來，連忙搖著頭：「肚子不疼。」

「有病嗎？」

「沒有病。」

於是她們吃飯。金枝什麼也沒有吃下去，只吃過粥飯就離開飯桌了！母親自己收拾了桌子說：

「連一片白菜葉也沒吃呢！你是病了吧？」

等金枝出門時，母親呼喚著：

「回來，再多穿一件夾襖，你一定是著了寒，才肚子疼。」

母親加一件衣服給她，並且又說：

「你不要上地吧？我去吧！」

金枝一面搖著頭走了！披在肩上的母親的小襖沒有扣鈕子，被風吹飄著。

金枝家的一片柿地，和一個院宇那樣大的一片。走進柿地嗅到辣的氣味，刺人而說不定是什麼氣味。柿秧最高的有兩尺高，在枝間掛著金紅色的果實。每棵，每棵掛著許多，也掛著綠色或是半綠色的一些。除了另一塊柿地和金枝家的柿地連接著，左近全是菜田了！八月裡人們忙著扒「土豆」；也有的砍著白菜，裝好車子進城去賣。

二里半就是種菜田的人。麻面婆來回的搬著大頭菜，送到地端的車子上。羅圈腿也是來回向地端跑著，有時他抱了兩棵大形的圓白菜，走起來兩臂像是架著兩塊石頭樣。

麻面婆看見身旁別人家的倭瓜紅了。她看一下，近處沒有人，起始把靠菜地長著的四個大倭瓜都摘落下來了。兩個和小西瓜一樣大的，她叫孩子抱著。羅圈腿臉累得脹紅和倭瓜一般紅，他不能再抱動了！兩臂像要被什麼壓掉一般。還沒能到地端，剛走過金枝身旁，他大聲求救似的：

「爹呀，西……西瓜快要摔啦，快要摔碎啦！」

他著忙把倭瓜叫西瓜。菜田許多人，看見這個孩子都笑了！鳳姐望著金枝說：

「你看這個孩子，把倭瓜叫成西瓜。」

金枝看了一下，用面孔無心的笑了一下。二里半走過來，踢了孩子一腳；兩個大的果實墜地了！孩子沒有哭，發愣地站到一邊。二里半罵他：

「混蛋，狗娘養的，叫你抱白菜，誰叫你摘倭瓜啦？……」

麻面婆在後面走著，她看到兒子遇了事，她巧妙的彎下身去，把兩個更大的倭瓜丟進柿秧中。誰都看見她做這種事，只是她自己感到巧妙。二里半問她：

「你幹的嗎？糊塗蟲！錯非你……」

麻面婆哆嗦了一下，口齒比平常更不清楚了：「……我沒……」

孩子站在一邊尖銳地嚷著：「不是你摘下來叫我抱著送上車去嗎？不認帳！」

麻面婆她使著眼神，她急得要說出口來：「我是偷的呢！該死的……別嚷叫啦，要被人抓住啦！」

平常最沒有心腸看熱鬧的，不管田上發生了什麼事，也沉埋在那裡的人們，現在也來圍住她們了！這裡好像唱著武戲，戲台上要著他們一家三人。二里半罵著孩子：

「他媽的混帳，不能幹活，就能敗壞，誰叫你摘倭瓜？」

羅圈腿那個孩子，一點也不服氣的跑過去，從柿秧中把倭瓜滾弄出來了！大家都笑了，笑聲超過人頭。可是金枝好像患著傳染病的小雞一般，霎著眼睛蹲在柿秧下，她什麼也沒有理會，她逃出了眼前的世界。

二里半氣憤得幾乎不能呼吸，等他說出「倭瓜」是自家種的，爲著留種子時候，麻面婆站在那裡才鬆了一口氣。她以爲這沒有什麼過錯，偷摘自己的倭瓜。她仰起頭來向大家表白：「你們看，我不知道，實在不知道倭瓜是自家的呢！」

麻面婆不管自己說話好笑不好笑，擠過人圍，結果把倭瓜抱到車子那裡。於是車子走向進城的大道，彎腿的孩子拐拐歪歪跑在後面。馬，車，人漸漸消失在道口了！

田間不斷的講著偷菜棵的事。關於金枝也起著流言：

「那個丫頭也算完啦！」

「我早看她起了邪心，看她摘一個柿子要半天工夫；昨天把柿筐都忘在河沿！」

「河沿不是好人去的地方。」

鳳姐身後，兩個中年的婦人坐在那裡扒胡蘿蔔。可是議論著，有時也說出一些淫汙的話，使鳳姐不大明白。

金枝的心總是悸動著，時間像蜘蛛縷著絲線那樣綿長；心境壞到極點。金枝臉色脆弱朦朧得像罩著一塊面紗。她聽一聽口哨還沒有響。遼闊的可以看到福發家的圍牆，可是她心中的哥兒卻永不見出來。她又繼續摘柿子，無論青色的柿子她也摘下。她沒能注意到柿子的顏色，並且筐子也滿著了！她不把柿子送回家去，一些雜色的柿子被她散亂的鋪了滿地。那邊又有女人故意大聲議論她：

「上河沿去跟男人，沒羞的，男人扯開她的褲子？……」

金枝關於眼前的一切景物和聲音，她忽略過去；她把肚子按得那樣緊，彷彿肚子裡面跳動了！忽然口哨傳來了！她站起來，一個柿子被踏碎，像是被踏碎的蛤蟆一樣，發出水聲。她被跌倒了，口哨也跟著消滅了！以後無論她怎樣聽，口哨也不再響了。

金枝和男人接觸過三次；第一次還是在兩個月以前，可是那時母親什麼也不知道，直到昨天筐子落到打柴人手裡，母親算是渺渺茫茫的猜度著一些。

金枝過於痛苦了，覺得肚子變成個可怕的怪物，覺得裡面有一塊硬的地方，手按得緊些，硬的地方更明顯。等她確信肚子裡有了孩子的時候，她的心立刻發嘔一般顫索起來，她被恐怖把握著了。奇怪的，兩個蝴蝶疊落著貼落在她的膝頭。金枝看著這邪惡的一對蟲子而不拂去牠。金枝彷彿是米田上的稻草人。

母親來了，母親的心遠遠就繫在女兒的身上。可是她安靜的走來，遠看她的身體幾乎呈出一個完整的方形，漸漸可以辨得出她尖形的腳在袋口一般的衣襟下起伏的動作。在全村的老婦人中什麼是她的特徵呢？她發怒和笑著一般，眼角集著愉快的多形的紋皺。嘴角也完全愉快著，只是上唇有些差別，在她真正愉快的時候，她的上唇短了一些。在她生氣的時候，上唇特別長，而且唇的中央那一小部分尖尖的，完全像鳥雀的嘴。

母親停住了。她的嘴是顯著她的特徵，——全臉笑著，只是嘴和鳥雀的嘴一般。因爲無數青色的柿子惹怒她了！金枝在沉想的深淵中被母親踢打了：

「你發傻了嗎？啊……你失掉了魂啦？我撕掉你的辮子……」

金枝沒有掙扎，倒了下來，母親和老虎一般捕住自己的女兒。金枝的鼻子立刻流血。

她小聲罵她，大怒的時候她的臉色更暢快笑著，慢慢的掀著尖唇，眼角的線條更加多的組織起來。

「小老婆，你真能敗毀。摘青柿子。昨夜我罵了你，不服氣嗎？」

母親一向是這樣，很愛護女兒，可是當女兒敗壞了菜棵，母親便去愛護菜棵了。農家無論是菜棵，或是一株茅草也要超過人的價值。

該睡覺的時候了！火繩從門邊掛手巾的鐵線上倒垂下來，屋中聽不著一個蚊蟲飛了！夏夜每家掛著火繩。那繩子緩慢而綿長的燃著。慣常了，那像廟堂中燃著的香火，沉沉的一切使人無所聽聞，漸漸催人入睡。艾蒿的氣味漸漸織入一些疲乏的夢魂去。蚊蟲被艾蒿煙驅走。金枝同母親還沒有睡的時候，有人來在窗外，輕慢的咳嗽著。

母親忙點燈火，門響開了！是二里半來了。無論怎樣母親不能把燈點著，燈心處爆著水的炸響，母親手中舉著一枝火柴，把小燈列得和眉頭一般高，她說：

「一點點油也沒有了呢！」

金枝到外房去倒油。這個時間，他們談說一些突然的事情。母親關於這事驚恐似的，堅決的，感到羞辱一般的蕩著頭：

「那是不行，我的女兒不能配到那家子人家。」

二里半聽著姑娘在外房蓋好油罐子的聲音，他往下沒有說什麼。金枝站在門限向媽媽問：

「豆油沒有了，裝一點水吧？」

金枝把小燈裝好，擺在炕沿，燃著了！可是二里半到她家來的意義是爲著她，她一點不知道，二里半爲著煙袋向倒懸的火繩取火。

母親，手在按住枕頭，她像是想什麼，兩條直眉幾乎相連起來。女兒在她身邊向著小燈垂下頭。二里半的煙火每當他吸過了一口便紅了一陣。艾蒿煙混加著煙葉的氣味，使小屋變做地下的窖子一樣黑重！二里半作窘一般的咳嗽了幾聲。金枝把流血的鼻子換上另一塊棉花。因爲沒有言語，每個人起著微小的潛意識的動作。

就這樣坐著，燈火又響了。水上的浮油燒盡的時候，小燈又要滅，二里半沉悶著走了！二里半爲人說媒被拒絕，羞辱一般的走了。

中秋節過去，田間變成殘敗的田間；太陽的光線漸漸從高空憂鬱下來，陰濕的氣息在田間到處撩走。南部的高粱完全睡倒下來，接接連連的望去，黃豆秧和揉亂的頭髮一樣蓬蓬在地面，也有的地面完全拔禿似的。

早晨和晚間都是一樣，田間憔悴起來。只見車子，牛車和馬車輪輪滾滾的載滿高粱的穗頭，和大豆的稈秧。牛們流著口涎愚直的掛下著，發出響動的車子前進。

福發的侄子驅著一條青色的牛，向自家的場院載拖高粱。他故意繞走一條曲道，那裡是金枝的家門，她心漲裂一般的驚慌，鞭子於是響來了。

金枝放下手中紅色的辣椒，向母親說：

「我去一趟茅屋。」

於是老太太自己串辣椒，她串辣椒和紡織一般快。

金枝的辮子毛毛著，臉是完全充了血。但是她患著病的現象，把她變成和紙人似的，像被風飄著似的出現房後的圍牆。

你害病嗎？倒是爲什麼呢？但是成業是鄉村長大的孩子，他什麼也不懂得問。他丟下鞭子，從圍牆宛如飛鳥落過牆頭，用腕力擄住病的姑娘；把她壓在牆角的灰堆上，那樣他不是想要接吻她，也不是想要熱情的講些情話，他只是被本能支使著想動作一切。金枝打廝著一般的說：

「不行啦！娘也許知道啦，怎麼媒人還不見來？」

男人回答：

「噯，李大叔不是來過嗎？你一點不知道！他說你娘不願意。明天他和我叔叔一道來。」

金枝按著肚子給他看，一面搖頭：「不是呀！……不是呀！你看到這個樣子啦！」

男人完全不關心，他小聲響起：「管他媽的，活該願意不願意，反正是幹啦！」

他的眼光又失常了，男人仍被本能不停的要求著。

母親的咳嗽聲，輕輕的從薄牆透出來。牆外青牛的角上掛著秋空的游絲。

母親和女兒在吃晚飯，金枝嘔吐起來，母親問她：「你吃了蒼蠅嗎？」

她搖頭，母親又問：「是著了寒吧！怎麼你總有病呢？你連飯都嚥不下去。不是有癆病啦?!」

母親說著去按女兒的腹部，手在夾衣上來回的摸了陣。手指四張著在肚子上思索了又思索：

「你有了癆病吧？肚子裡有一塊硬呢！有癆病人的肚子才是硬一塊。」

女兒的眼淚要垂流一般的掛到眼毛的邊緣。最後滾動著從眼毛滴下來了！就是在夜裡，金枝也起來到外邊去嘔吐，母親迷濛中聽著叫娘的聲音。窗上的月光差不多和白晝一般明，看得清金枝的半身拖在炕下，另半身是彎在枕上。頭髮完全埋沒著臉面。等母親拉她手的時候，她抽扭著說起：

「娘……把女兒嫁給福發的侄子吧！我肚裡不是……病，是……」

到這樣時節母親更要打罵女兒了吧？可不是那樣，母親好像本身有了罪惡，聽了這話，立刻麻木著了，很長的時間她像不存在一樣。過了一刻，母親用她從不用過溫和的聲調說：

「你要嫁過去嗎？二里半那天來說媒，我是頂走他的，到如今這事怎麼辦呢？」

母親似乎是平息了一下，她又想說，但是淚水塞住了她的嗓子，像是女兒窒息了她的生命似的，好像女兒把她羞辱死了！

三、老馬走進屠場

老馬走上進城的大道，「私宰場」就在城門的東邊。那裡的屠刀正張著，在等待這個殘老的動物。

老王婆不牽著她的馬兒，在後面用一條短枝驅著牠前進。

大樹林子裡有黃葉迴旋著，那是些呼叫著的黃葉。望向林子的那端，全林的樹棵，彷彿是關落下來的大傘。淒沉的陽光，曬著所有的禿樹。田間望遍了遠近的人家。深秋的田地好像沒有感覺的光了毛的皮革，遠近平鋪著。夏季埋在植物裡的家屋，現在明顯的好像突出地面一般，好像新從地面突出。

深秋帶來的黃葉，趕走了夏季的蝴蝶。一張葉子落到王婆的頭上，葉子是安靜的伏貼在那裡。王婆驅著她的老馬，頭上頂著飄落的黃葉；老馬，老人，配著一張老的葉子，他們走在進城的大道。

道口漸漸看見人影，漸漸看見那個人吸煙，二里半迎面來了。他長形的臉孔配起擺動的身子來，有點像一個馴順的猿猴。他說：「唉呀！起得太早啦！進城去有事嗎？怎麼驅著馬進城，不裝車糧拉著？」

振一振袖子，把耳邊的頭髮向後撫弄一下，王婆的手顫抖著說了：「到日子了呢！下湯鍋去吧！」王婆什麼心情也沒有，她看著馬在吃道旁的葉子，她用短枝驅著又前進了。

二里半感到非常悲痛。他痙攣著了。過了一個時刻轉過身來，他趕上去說：「下湯鍋是下不得的，……下湯鍋是下不得……」但是怎樣辦呢？二里半連半句語言也沒有了！他扭歪著身子跨到前面，用手摸一摸馬兒的鬢髮。老馬立刻響著鼻子了！牠的眼睛哭著一般，濕潤而模糊。悲傷立刻掠過王婆的心孔。啞著嗓子，王婆說：「算了吧！算了吧！不下湯鍋，還不是等著餓死嗎？」

深秋禿葉的樹，為了慘厲的風變，脫去了靈魂一般吹嘯著。馬行在前面，王婆隨在後面，一步一步屠場近著了；一步一步風聲送著老馬歸去。

王婆她自己想著：一個人怎麼變得這樣厲害？年輕的時候，不是常常爲著送老馬或是老牛進過屠場嗎？她寒顫起來，幻想著屠刀要像穿過自己的背脊，於是，手中的短枝脫落了！她茫然暈昏地停在道旁，頭髮舞著好像個鬼魂樣。等她重新拾起短枝來，老馬不見了！牠到前面小水溝的地方喝水去了！這是牠最末一次飲水吧！老馬需要飲水，牠也需要休息，在水溝旁倒臥下了！牠慢慢呼吸著。王婆用低音，慈和的音調呼喚著：「起來吧！走進城去吧，有什麼法子呢？」馬仍然仰臥著。王婆看一看日午了，還要趕回去燒午飯，但，任她怎樣拉韁繩，馬仍是沒有移動。

王婆惱怒著了！她用短枝打著牠起來。雖是起來，老馬仍然貪戀著小水溝。王婆因爲苦痛的人生，使她易於暴怒，樹枝在馬兒的脊骨上斷成半截。

又安然走在大道上了！經過一些荒涼的家屋，經過幾座頹敗的小廟。一個小廟前躺著個死了的小孩，那是用一捆穀草束紮著的。孩子小小的頭頂露在外面，可憐的小腳從草梢直伸出來；他是誰家的孩子睡在這曠野的小廟前？

屠場近著了，城門就在眼前，王婆的心更翻著不停了。

五年前牠也是一匹年輕的馬，爲了耕種，傷害得只有毛皮蒙遮著骨架。現在牠是老了！秋末了！收割完了！沒有用處了！只爲一張馬皮，主人忍心把牠送進屠場。就是一張馬皮的價值，地主又要從王婆的手裡奪去。

王婆的心自己感覺得好像懸起來；好像要掉落一般，當她看見板牆釘著一張牛皮的時候。

那一條小街盡是一些要坍落的房屋；女人啦，孩子啦，散集在兩旁。地面踏起的灰粉，汙沒著鞋子；衝上人的鼻孔。孩子們拾起土塊，或是垃圾團打擊著馬兒，王婆罵道：

「該死的呀！你們這該死的一群。」

這是一條短短的街。就在短街的盡頭，張開兩張黑色的門扇。再走近一點，可以發現門扇斑斑點點的血印，被血痕所恐嚇的老太婆好像自己踏在刑場了！她努力鎮壓著自己，不讓一些年輕時所見到刑場上的回憶翻動。但，那回憶卻連續的開始織張：——一個小伙子倒下來了，一個老頭也倒下來了！揮刀的人又向第三個人作著式子。

彷彿是箭，又像火刺燒著王婆，她看不見那一群孩子在打馬，她忘記怎樣去罵那一群頑皮的孩子。走著，走著，立在院心了。四面板牆釘住無數張毛皮。靠近房檐立了兩條高桿，高桿中央橫著橫梁；馬蹄或是牛蹄折下來用麻繩把兩隻蹄端紮連在一起，做一個叉形掛在上面，一團一團的腸子也攪在上面；腸子因為日久了，乾成黑色不動而僵直的片狀的繩索。並且那些折斷的腿骨，有的從折斷處涔滴著血。

在南面靠牆的地方也立著高桿，桿頭曬著在蒸氣的腸索。這是說，那個動物是被殺死不久哩！腸子還熱著呀！

滿院在蒸發腥氣，在這腥味的人間，王婆快要變做一塊鉛了！沉重而沒有感覺了！

老馬——棕色的馬，牠孤獨的站在板牆下，牠借助那張釘好的毛皮在搔癢。此刻牠仍是馬，過一會牠將也是一張皮了！

一個大眼睛的惡面孔跑出來。裂著胸襟。說話時，可見他胸膛在起伏：

「牽來了嗎？啊！價錢好說，我好來看一下。」

王婆說：「給幾個錢我就走了！不要麻煩啦。」

那個人打一打馬的尾巴，用腳踢一踢馬蹄；這是怎樣難忍的一刻呀！

王婆得到三張票子，這可以充納一畝地租。看著錢比較自慰些，她低著頭向大門出去，她想還餘下一點錢到酒店去買一點酒帶回去，她已經跨出大門，後面發出響聲：

「不行，不行，……馬走啦！」

王婆回過頭來，馬又走在後面；馬什麼也不知道，仍想回家。屠場中出來一些男人，那些惡面孔們，想要把馬抬回去，終於馬躺在道旁了！像樹根盤結在地中。無法，王婆又走回院中，馬也跟回院中。她給馬搔著頭頂，牠漸漸臥在地面了！漸漸想睡著了！忽然王婆站起來向大門奔走。在道口聽見一陣關門聲。

她哪有心腸買酒？她哭著回家，兩隻袖子完全濕透。那好像是送葬歸來一般。

家中地主的使人早等在門前，地主們就連一塊銅板也從不捨棄在貧農們的身上，那個使人取了錢走去。

王婆半日的痛苦沒有代價了！王婆一生的痛苦也都是沒有代價。

四、荒山

冬天，女人們像松樹子那樣容易結聚，在王婆家裡滿炕坐著女人。五姑姑在編麻鞋，她爲著笑，弄得一條針丟在蓆縫裡，她尋找針的時候，做出可笑的姿勢來，她像一個靈活的小鴿子站起來在炕上跳著走，她說：

「誰偷了我的針？小狗偷了我的針？」

「不是呀！小姑爺偷了你的針！」

新娶來的菱芝嫂嫂，總是愛說這一類的話。五姑姑走過去要打她。

「莫要打，打人將要找一個麻面的姑爺。」

王婆在廚房裡這樣搭起聲來；王婆永久是一陣憂默，一陣歡喜，與鄉村中別的老婦們不同。她的聲音又從廚房打來：

「五姑姑編成幾雙麻鞋了？給小丈夫要多多編幾雙呀！」

五姑姑坐在那裡做出表情來說她：

「哪裡有你這樣的老太婆，快五十歲了，還說這樣話！」

王婆又莊嚴點說：

「你們都年輕，哪裡懂得什麼，多多編幾雙吧！小丈夫才會希罕哩。」

大家嘩笑著了！但五姑姑不敢笑，心裡笑，垂下頭去，假裝在蓆上找針。等菱芝嫂把針還給五姑姑的時候，屋子安然下來，廚房裡王婆用刀刮著魚鱗的聲響，和窗外雪擦著窗紙的聲響，混雜在一起了。

王婆用冷水洗著凍冰的魚，兩隻手像個胡蘿蔔樣。她走到炕沿，在火盆邊烘手。生著斑點在鼻子上新死去丈夫的婦人放下那張小破布，在一堆亂布裡去尋更小的一塊；她迅速的穿補。她的面孔有點像王婆，腮骨很高，眼睛和琉璃一般深嵌在好像小洞似的眼眶裡。並且也和王婆一樣，眉峰是突出的。那個女人不喜歡聽一些妖艷的詞句，她開始追問王婆：

「你的第一家那個丈夫還活著嗎？」

兩隻在烘著的手，有點腥氣；一顆魚鱗掉下去，發出小小響聲，微微上騰著煙。她用盆邊的灰把煙埋住，她慢慢搖著頭，沒有回答那個問話。

魚鱗燒的煙有點難耐，每個人皺一下鼻頭，或是用手揉一揉鼻頭。生著斑點的寡婦，有點後悔，覺得不應該問這話。牆角坐著五姑姑的姐姐，她用麻繩穿著鞋底的吵音單調地起落著。

廚房的門，因爲結了冰，破裂一般地鳴叫。

「呀！怎麼買這些黑魚？」

大家都知道是打魚村的李二嬸子來了。聽了聲音，就可以想像她稍長的身子。

「真是快過年了？真有錢買這些魚？」

在冷空氣中，音波響得很脆；剛踏進裡屋，她就看見炕上坐滿著人：「都在這兒聚堆呢！小老婆們！」

她生得這般瘦，腰，臨風就要折斷似的；她的奶子那樣高，好像兩個對立的小嶺。斜面看她的肚子似乎有些不平起來。靠著牆給孩子吃奶的中年婦人，望察著而後問：

「二嬸子，不是又有了呵？」

二嬸子看一看自己的腰身說：

「像你們呢！懷裡抱著，肚子裡還裝著……」

她故意在講騙話，過了一會她坦白告訴大家：

「那是三個月了呢！你們還看不出？」

菱芝嫂在她肚皮上摸了一下，她邪昵地淺淺地笑了：

「真沒出息，整夜盡摟著男人睡吧？」

「誰說？你們新娘婦，才那樣。」

「新娘婦……？哼！倒不見得！」

「像我們都老了！那不算一回事啦，你們年輕，那才了不得哪！小丈夫才會新鮮哩！」

每個人爲了言詞的引誘，都在幻想著自己，每個人都有些心跳；或是每個人的臉發燒。就連沒出嫁的五姑姑都感著神秘而不安了！她羞羞迷迷地經過廚房回家去了！只留下婦人們在一起，她們言調更無邊際了！王婆也加入這一群婦人的隊伍，她卻不說什麼，只是幫助著笑。

在鄉村永久不曉得，永久體驗不到靈魂，只有物質來充實她們。

李二嬸子小聲問菱芝嫂；其實小聲人們聽得更清！

菱芝嫂她畢竟是新嫁娘，她猛然羞著了！不能開口。李二嬸子的奶子顫動著，用手去推動菱芝嫂：

「說呀！你們年輕，每夜要有那事吧？」

在這樣的當兒，二里半的婆子進來了！二嬸子推撞菱芝嫂一下：

「你快問問她！」

那個傻婆娘一向說話是有頭無尾：

「十多回。」

全屋人都笑得流著眼淚了！孩子從母親的懷中起來，大聲的哭號。

李二嬸子靜默一會，她站起來說：

「月英要吃鹹黃瓜，我還忘了，我是來拿黃瓜。」

李二嬸子拿了黃瓜走了，王婆去燒晚飯，別人也陸續著回家了。王婆自己在廚房裡炸魚。爲了煙，房中也不覺得寂寞。

魚擺在桌子上，平兒也不回來，平兒的爹爹也不回來，暗色的光中王婆自己吃飯，熱氣作伴著她。

月英是打魚村最美麗的女人。她家也最貧窮，和李二嬸子隔壁住著。她是如此溫和，從不聽她高聲笑過，或是高聲吵嚷。生就的一對多情的眼睛，每個人接觸她的眼光，好比落到綿絨中那樣愉快和溫暖。

可是現在那完全消失了！每夜李二嬸子聽到隔壁慘厲的哭聲；十二月嚴寒的夜，隔壁的哼聲愈見沉重了！

山上的雪被風吹著像要埋蔽這傍山的小房似的。大樹號叫，風雪向小房遮蒙下來。一株山邊斜歪著的大樹，倒折下來。寒月怕被一切聲音撲碎似的，退縮到天邊去了！這時候隔壁透出來的聲音，更哀楚。

「你……你給我一點水吧！我渴死了！」

聲音弱得柔慘欲斷似的：

「嘴乾死了！……把水碗給我呀！」

一個短時間內仍沒有回應，於是那孱弱哀楚的小響不再作了！啜泣著，哼著，隔壁像是聽到她流淚一般，滴滴點點地。

日間孩子們集聚在山坡，緣著樹枝爬上去，順著結冰的小道滑下來，他們有各樣不同的姿勢：——倒滾著下來，兩腿分張著下來。也有冒險的孩子，把頭向下，腳伸向空中溜下來。常常他們要跌破流血回家。冬天，對於村中的孩子們，和對於花果同樣暴虐。他們每人的耳朵春天要膿脹起來，手或是腳都裂開條口，鄉村的母親們對於孩子們永遠和對敵人一般。當孩子把爹爹的棉帽偷著戴起跑出去的時候，媽媽追在後面打罵著奪回來，媽媽們摧殘孩子永久瘋狂著。

王婆約會五姑姑來探望月英。正走過山坡，平兒在那裡。平兒偷穿著爹爹的大氈靴子；他從山坡奔逃了！靴子好像兩隻大熊掌樣掛在那個孩子的腳上，平兒蹣跚著了！從上坡滾落著了！可憐的孩子帶著那樣黑大不相稱的腳，球一般滾轉下來，跌在山根的大樹幹上。王婆宛如一陣風落到平兒的身上；那樣好像山間的野獸要獵食小獸一般凶暴。終於王婆提了靴子，平兒赤著腳回家，使平兒走在雪上，好像使他走在火上一般不能停留。任孩子走得怎樣遠，王婆仍是說著：

「一雙靴子要穿過三冬，踏破了哪裡有錢買？你爹進城去都沒穿哩！」

月英看見王婆還不及說話，她先啞了嗓子。王婆把靴子放在炕下，手在抹擦鼻涕：

「你好了一點？臉孔有一點血色了！」

月英把被子推動一下，但被子仍然伏蓋在肩上，她說：

「我算完了，你看我連被子都拿不動了！」

月英坐在炕的當心。那幽黑的屋子好像佛龕，月英好像佛龕中坐著的女佛。用枕頭四面圍住她，就這樣過了一年。一年月英沒能倒下睡過。她患著癱病，起初她的丈夫替她請神，燒香，也跑到土地廟前索藥。後來就連城裡的廟也去燒香；但是奇怪的是月英的病並不為這些香火和神鬼所治好。以後做丈夫的覺得責任盡到了，並且月英一個月比一個月加病，做丈夫的感著傷心！他嘴裡罵：

「娶了你這樣老婆，真算不走運氣！好像娶個小祖宗來家，供奉著你吧！」

起初因為她和他分辯，他還打她。現在不然了，絕望了！晚間他從城裡賣完青菜回來，燒飯自己吃，吃完便睡下，一夜睡到天明；坐在一邊那個受罪的女人一夜呼喚到天明。宛如一個人和一個鬼安放在一起，彼此不相關聯。

月英說話只有舌尖在轉動。王婆靠近她，同時那一種難忍的氣味更強烈了！更強烈的從那一堆汙濁的東西，發散出來。月英指點身後說：

「你們看看，這是那死鬼給我弄來的磚，他說我快死了！用不著被子了！用磚依住我，我全身一點肉都瘦空。那個沒有天良的，他想法折磨我呀！」

五姑姑覺得男人太殘忍，把磚塊完全拋下炕去，月英的聲音欲斷一般又說：

「我不行啦！我怎麼能行，我快死啦！」

她的眼睛，白眼珠完全變綠，整齊的一排前齒也完全變綠，她的頭髮燒焦了似的，緊貼住頭皮。她像一頭患病的貓兒，孤獨而無望。

王婆給月英圍好一張被子在腰間，月英說：

「看看我的身下，髒汙死啦！」

王婆下地用條枝籠了盆火，火盆騰著煙放在月英身後。王婆打開她的被子時，看見那一些排泄物淹浸了那座小小的骨盆。五姑姑扶住月英的腰，但是她仍然使人心楚的在呼喚！

「唉呦，我的娘！……唉呦疼呀！」

她的腿像兩雙白色的竹竿平行著伸在前面。她的骨架在炕上正確的做成一個直角，這完全用線條組成的人形，只有頭闊大些，頭在身子上彷彿是一個燈籠掛在桿頭。

王婆用麥草揩著她的身子，最後用一塊濕布為她擦著。五姑姑在背後把她抱起來，當擦臀部下時，王婆覺得有小小白色的東西落到手上，會蠕行似的。藉著火盆邊的火光去細看，知道那是一些小蛆蟲，她知道月英的臀下是腐了，小蟲在那裡活躍。月英的身體將變成小蟲們的洞穴！王婆問月英：

「你的腿覺得有點痛沒有？」

月英搖頭。王婆用涼水洗她的腿骨，但她沒有感覺，整個下體在那個癱人像是外接的，是另外的一件物體。當給她一杯水喝的時候，王婆問：

「牙怎麼綠了？」

終於五姑姑到隔壁借一面鏡子來，同時她看了鏡子，悲痛沁人心魂地她大哭起來。但面孔上不見一點淚珠，彷彿是貓忽然被斬軋，她難忍的聲音，沒有溫情的聲音，開始低嘎。

她說：「我是個鬼啦！快些死了吧！活埋了我吧！」

她用手來撕頭髮，脊骨搖扭著，一個長久的時間她忙亂的不停。現在停下了，她是那樣無力。頭是歪斜地橫在肩上；她又那樣微微的睡去。

王婆提了靴子走出這個傍山的小房。荒寂的山上有行人走在天邊，她昏旋了！為著強的光線，為著癱人的氣味，為著生、老、病、死的煩惱，她的思路被一些煩惱的波所遮攔。

五姑姑當走進大門時向王婆打了個招呼。留下一段更長的路途，給那個經驗過多樣人生的老太婆去走吧！

王婆束緊頭上的藍布巾，加快了速度，雪在腳下也相伴而狂速地呼叫。

三天以後，月英的棺材抬著橫過荒山而奔著去埋葬，葬在荒山下。

死人死了！活人計算著怎樣活下去。冬天女人們預備夏季的衣裳；男人們計慮著怎樣開始明年的耕種。

那天趙三進城回來，他披著兩張羊皮回家。王婆問他：

「哪裡來的羊皮？——你買的嗎？……哪來的錢呢？……」

趙三有什麼事在心中似的，他什麼也沒言語。搖閃的經過爐灶，通紅的火光立刻鮮明著，他走出去了。

夜深的時候他還沒有回來。王婆命令平兒去找他。平兒的腳已是難於行動，於是王婆就到二里半家去。他不在二里半家，他到打魚村去了。趙三闊大的喉嚨從李青山家的窗紙透出，王婆知道他又是喝過了酒。當她推門的時候她就說：

「什麼時候了？還不回家去睡？」

這樣立刻全屋別的男人們也把嘴角合起來。王婆感到不能意料了。青山的女人也沒在家，孩子也不見。趙三說：

「你來幹麼？回去睡吧！我就去……去……」

王婆看一看趙三的臉神，看一看周圍也沒有可坐的地方，她轉身出來，她的心徘徊著：

——青山的媳婦怎麼不在家呢？這些人是在做什麼？

又是一個晚間。趙三穿好新製成的羊皮小襖出去。夜半才回來。披著月亮敲門。王婆知道他又是喝過了酒，但他睡的時候，王婆一點酒味也沒嗅到。那麼出去做些什麼呢？總是憤怒的歸來。

李二嬸子拖了她的孩子來了，她問：

「是地租加了價嗎？」

王婆說：「我還沒聽說。」

李二嬸子做出一個確定的表情：

「是的呀！你還不知道嗎？三哥天天到我家去和他爹商量這事。我看這種情形非出事不可，他們天天夜晚計算著，就連我，他們也躲著。昨夜我站在窗外才聽到他們說哩！『打死他吧！那是一塊惡禍。』你想他們是要打死誰呢？這不是要出人命嗎？」

李二嬸子撫著孩子的頭頂，有一點哀憐的樣子：

「你要勸說三哥，他們若是出了事，像我們怎樣活？孩子還都小著哩！」

五姑姑和別的村婦們帶著她們的小包袱，約會著來的，踏進來的時候，她們是滿臉盈笑。可是立刻她們轉變了，當她們看見李二嬸子和王婆默無言語的時候。

也把事件告訴了她們，她們也立刻憂鬱起來，一點閒情也沒有！一點笑聲也沒有，每個人癡呆地想了想，驚恐地探問了幾句。五姑姑的姐姐，她是第一個扭著大圓的肚子走出去，就這樣一個連著一個寂寞的走去。她們好像群聚的魚似的，忽然有釣竿投下來，她們四下分行去了！

李二嬸子仍沒有走，她爲的是囑告王婆怎樣破壞這件險事。

趙三這幾天常常不在家吃飯；李二嬸子一天來過三四次：

「三哥還沒回來？他爹爹也沒回來。」

一直到第二天下午趙三回來了，當進門的時候，他打了平兒，因爲平兒的腳病著，一群孩子集到家來玩。在院心放了一點米，一塊長板用短條棍架著，條棍上繫著根長繩，繩子從門限拉進去，雀子們去啄食穀糧，孩子們蹲在門限守望，什麼時候雀子滿集成堆時，那時候，孩子們就抽動繩索。許多飢餓的麻雀喪亡在長板下。廚房裡充滿了雀毛的氣味，孩子們在灶堂裡燒食過許多雀子。

趙三焦煩著，他看著一隻雞被孩子們打住。他把板子給踢翻了！他坐在炕沿上燃著小煙袋，王婆把早飯從鍋裡攏出來。他說：

「我吃過了！」

於是平兒來吃這些殘飯。

「你們的事情預備得怎樣了？能下手便下手。」

他驚疑。怎麼會走漏消息呢？王婆又說：

「我知道的，我還能弄支槍來。」

他無從想像自己的老婆有這樣的膽量。王婆真的找來一支老洋炮。可是趙三還從沒用過槍。晚上平兒睡了以後，王婆教他怎樣裝火藥，怎樣上炮子。

趙三對於他的女人慢慢感著可以敬重！但是更秘密一點的事情總不向她說。

忽然從牛棚裡發現五個新鐮刀。王婆意度這事情是不遠了！

李二嬸子和別的村婦們擠上門來探聽消息的時候，王婆的頭沉埋一下，她說：

「沒有那回事，他們想到一百里路外去打圍，弄得幾張獸皮大家分用。」

是在過年的前夜，事情終於發生了！北地端鮮紅的血染著雪地；但事情做錯了！趙三近些日子有些失常，一條梨木桿打折了小偷的腿骨。他去呼喚二里半，想要把那小偷丟在土坑去，用雪埋起來。二里半說：

「不行，開春時節，土坑發現死屍，傳出風聲，那是人命哩！」

村中人聽著極痛的呼叫，四面出來尋找。趙三拖著獨腿人轉著彎跑，但他不能把他掩藏起來。在趙三惶恐的心情下，他願意尋到一個井把他放下去。趙三弄了滿手血。

驚動了全村的人，村長進城去報告警所。

於是趙三去坐監獄，李青山他們的「鐮刀會」少了趙三也就衰弱了！消滅了！

正月末趙三受了主人的幫忙，把他從監獄提放出來。那時他頭髮很長，臉也灰白了些，他有點蒼老。

爲著給那個折腿的小偷做賠償，他牽了那條僅有的牛上市去賣；小羊皮襖也許是賣了？再不見他穿了！

晚間李青山他們來的時候，趙三懺悔一般地說：

「我做錯了！也許是我該招的災禍；那是一個天將黑的時候，我正喝酒，聽著平兒大喊有人偷柴。劉二爺前些日子來說要加地租，我不答應，我說我們聯合起來不給他加，於是他走了！過了幾天他又來，說：非加不可。再不然叫你們滾蛋！我說好啊！等著你吧！那個管事的，他說：你還要造反？不滾蛋，你們的草堆，就要著火！我只當是那個小子來點著我的柴堆呢！拿著桿子跑出去就把腿給打斷了！打斷了也甘心，誰想那是一個小偷？哈哈！小偷倒楣了！就是治好，那也是跌子了！」

關於「鐮刀會」的事情他像忘記了一般。李青山問他：

「我們應該怎樣鏟鋤劉二爺那惡棍？」

是趙三說的話：

「打死他吧！那個惡禍。」

還是從前他說的話，現在他又不那樣說了：

「鏟鋤他又能怎樣？我招災禍，劉二爺也向東家（地主）說了不少好話。從前我是錯了！也許現在是受了責罰！」

他說話時不像從前那樣英氣了！臉上有點帶著懺悔的意味。羞慚和不安了。王婆坐在一邊，聽了這話，她後腦上的小髮捲也像生著氣：

「我沒見過這樣的漢子，起初看來還像一塊鐵，後來越看越是一堆泥了！」

趙三笑了：「人不能沒有良心！」

於是好良心的趙三天天進城，弄一點白菜擔著給東家送去，弄一點地豆也給東家送去。爲著送這一類菜，王婆同他激烈地吵打，但他絕對保持著他的良心。

有一天少東家出來，站在門階上像訓誨著他一般：

「好險！若不爲你說一句話，三年大獄你可怎麼蹲呢？那個小偷他算沒走好運吧！你看我來著手給你辦，用不著給他接腿，讓他死了就完啦。你把賣牛的錢也好省下，我們是『地東』、『地戶』哪有看著過去的……」

說話的中間，間斷了一會，少東家把話尾落到別處去：

「不過今年地租是得加。左近地鄰不都是加了價嗎？地東地戶年頭多了，不過得……少加一點。」

過不了幾天小偷從醫院抬出來，可真的死了就完了！把趙三的牛錢歸還一半，另一半少東家說是用做雜費了。

二月了。山上的積雪現出毀滅的色調。但荒山上卻有行人來往。漸漸有送糞的人擔著擔子行過荒涼的山嶺。農民們蟄伏的蟲子樣又醒過來。漸漸送糞的車子忙著了！只有趙三的車子沒有牛挽，平兒冒著汗和爹爹並架著車轅。

地租就這樣加成了！

五、羊群

平兒被雇做了牧羊童。他追打群羊跑遍山坡。山頂像是開著小花一般，綠了！而變紅了！山頂拾野菜的孩子，平兒不斷的戲弄她們，他單獨的趕著一隻羊去吃她們筐子裡拾得的野菜。有時他選一條大身體的羊，像騎馬一樣的騎著來了！小的女孩們嚇得哭著，她們看他像個猴子坐在羊背上。平兒從牧羊時起，他的本領漸漸得以發展。他把羊趕到荒涼的地方去，招集村中所有的孩子練習騎羊。每天那些羊和不喜歡行動的豬一樣散遍在曠野。

行在歸途上，前面白茫茫的一片，他在最後的一個羊背上，彷彿是大將統帥著兵卒一般。他手耍著鞭子，覺得十分得意。

「你吃飽了嗎？午飯。」

趙三對兒子溫和了許多。從遇事以後他好像是溫順了。

那天平兒正戲耍在羊背上，在進大門的時候，羊瘋狂的跑著，使他不能從羊背跳下，那樣他像耍著的羊背上張狂的猴子。一個下雨的天氣，在羊背上進大門的時候，他把小孩撞倒，主人用拾柴的耙子把他打下半背來，仍是不停，像打著一塊死肉一般。

夜裡，平兒不能睡，輾轉著不能睡，爹爹動著他龐大的手掌拍撫他：

「跑了一天！還不睏倦，快快睡吧！早早起來好上工！」

平兒在爹爹溫順的手下，感到委屈了！

「我挨打了！屁股疼。」

爹爹起來，在一個紙包裡取出一點紅色的藥粉給他塗擦破口的地方。

爹爹是老了！孩子還那樣小，趙三感到人活著沒有什麼意趣了。第二天平兒去上工被辭退回來，趙三坐在廚房用穀草正織雞籠，他說：

「好啊！明天跟爹爹去賣雞籠吧！」

天將明，他叫著孩子：

「起來吧，跟爹爹去賣雞籠。」

王婆把米飯用手打成堅實的糰子，進城的父子裝進衣袋去，算做午餐。

第一天賣出去的雞籠很少，晚間又都背著回來。王婆弄著米缸響：

「我說多留些米吃，你偏要賣出去……又吃什麼呢？……又吃什麼呢？」

老頭子把懷中的銅板給她，她說：

「不是今天沒有吃的，是明天呀！」

趙三說：「明天，那好說，明天多賣出幾個籠子就有了！」

一個上午，十個雞籠賣出去了！只剩下三個大些的，堆在那裡。爹爹手心上數著票子，平兒在吃飯糰。

「一百枚還多著，我們該去喝碗豆腐腦來！」

他們就到不遠的那個布棚下，蹲在擔子旁吃著冒氣的食品。是平兒先吃，爹爹的那碗才正在上面倒醋。平兒對於這食品是怎樣新鮮呀！一碗豆腐腦是怎樣舒暢著平兒的小腸子呀！他的眼睛圓圓地把一碗豆腐腦吞食完了！

那個叫賣人說：「孩子再來一碗吧！」

爹爹驚奇著：「吃完了？」

那個叫賣人把勺子放下鍋去說：「再來一碗算半碗的錢吧！」

平兒的眼睛溜著爹爹把碗給過去。他喝豆腐腦作出大大的抽響來。趙三卻不那樣，他把眼光放在雞籠的地方，慢慢吃，慢慢吃終於也吃完了！他說：

「平兒，你吃不下吧？倒給我碗點。」

平兒倒給爹爹很少很少。給過錢爹爹去看守雞籠。平兒仍在那裡，孩子貪戀著一點點最末的湯水，頭仰向天，把碗扣在臉上一般。

菜市上買菜的人經過，若注意一下雞籠，趙三就說：

「買吧！僅是十個銅板。」

終於三個雞籠沒有人買，兩個分給爹爹，留下一個，在平兒的背上突起著。經過牛馬市，平兒指嚷著：

「爹爹，咱們的青牛在那兒。」

大雞籠在背上蕩動著，孩子去看青牛。趙三笑了，向那個賣牛人說：

「又出賣嗎？」

說著這話，趙三無緣的感到酸心。到家他向王婆說：

「方才看見那條青牛在市上。」

「人家的了，就別提了。」王婆整天地不耐煩。

賣雞籠漸漸的趙三會說價了；慢慢的坐在牆根他會招呼了！也常常給平兒買一兩塊紅綠的糖球吃。後來連飯糰也不用帶。

他弄些銅板每天交給王婆，可是她總不喜歡，就像無意之中把錢放起來。

二里半又給說妥一家，叫平兒去做小夥計。孩子聽了這話，就生氣。

「我不去，我不能去，他們好打我呀！」平兒爲了賣雞籠所迷戀：

「我還是跟爹爹進城。」

王婆絕對主張孩子去做小夥計。她說：

「你爹爹賣雞籠你跟著做什麼？」

趙三說：「算了吧，不去就不去吧。」

銅板興奮著趙三，半夜他也是織雞籠，他向王婆說：

「你就不好也來學學，一種營生呢！還好多織幾個。」

但是王婆仍是去睡，就像對於他織雞籠，懷著不滿似的。就像反對他織雞籠似的。

平兒同情著父親，他願意背雞籠，多背一個。爹爹說：

「不要背了！夠了！」

他又背一個，臨出門時，他又找個小一點的提在手裡。爹爹問：

「你能拿動嗎？送回兩個去吧，賣不完啊！」

有一次從城裡割一斤肉回來，吃了一頓像樣的晚餐。

村中婦人羨慕王婆：

「三哥真能幹哩！把一條牛賣掉，不能再種糧食，可是這比種糧食更好，更能得錢。」

經過二里半門前，平兒把羅圈腿也領進城去。平兒向爹爹要了銅板給小朋友買兩片油煎饅頭。又走到敲銅鑼搭著小棚的地方去擠撞，每人花一個銅板看一看「西洋景」（街頭影戲）。那是從一個嵌著小玻璃鏡，只容一個眼睛的地方看進去，裡面有一張放大的畫片活動著。打仗的，拿著槍的，很快又換上一張別樣的。耍畫片的人一面唱，一面講：

「這又是一片洋人打仗。你看『老毛子』奪城，那真是嘩啦啦！打死的不知多少……」

羅圈腿嚷著看不清，平兒告訴他：「你把眼睛閉起一個來！」

可是不久這就完了！從熱鬧的，孩子熱愛的城裡把他們又趕出來。平兒又被裝進這睡著一般的鄉村。原因，小雞初生卵的時節已經過去。家家把雞籠全預備好了。

平兒不願意跟著，趙三自已進城，減價出賣。後來折本賣。最後他也不去了。廚房裡雞籠靠牆高擺起來。這些東西從前會使趙三歡喜，現在會使他生氣。

平兒又騎在羊背上去牧羊。但是趙三是受了挫傷！

六、刑罰的日子

房後的草堆上，溫暖在那裡蒸騰起了。全個農村跳躍著氾濫的陽光。小風開始蕩漾田禾，夏天又來到人間，葉子上樹了！假使樹會開花，那麼花也上樹了！

房後草堆上，狗在那裡生產。大狗四肢在顫動，全身抖擻著。經過一個長時間，小狗生出來。

暖和的季節，全村忙著生產。大豬帶著成群的小豬喳喳的跑過，也有的母豬肚子那樣大，走路時快要接觸著地面，牠多數的乳房有什麼在充實起來。

那是黃昏時候，五姑姑的姐姐她不能再延遲，她到婆婆屋中去說：

「找個老太太來吧！覺著不好。」

回到房中放下窗簾和幔帳。她開始不能坐穩，她把蓆子捲起來，就在草上爬行。收生婆來時，她乍望見這房中，她就把頭扭著。她說：

「我沒見過，像你們這樣大戶人家，把孩子還要養到草上。『壓柴，壓柴，不能發財。』」

家中的婆婆把蓆下的柴草又都捲起來，土炕上揚起著灰塵。光著身子的女人，和一條魚似的，她趴在那裡。

黃昏以後，屋中起著燭光。那女人是快生產了，她小聲叫號了一陣，收生婆和一個鄰居的老太婆架扶著她，讓她坐起來，在炕上微微的移動。可是罪惡的孩子，總不能生產，鬧著夜半過去，外面雞叫的時候，女人忽然苦痛得臉色灰白，臉色轉黃，全家人不能安定。爲她開始預備葬衣，在恐怖的燭光裡四下翻尋衣裳，全家爲了死的黑影所騷動。

赤身的女人，她一點不能爬動，她不能爲生死再掙扎最後的一刻。天漸亮了。恐怖彷彿是殭屍，直伸在家屋。

五姑姑知道姐姐的消息，來了，正在探詢：

「不喝一口水嗎？她從什麼時候起？」

一個男人撞進來，看形象是一個酒瘋子。他的半面臉，紅而腫起，走到幔帳的地方，他吼叫：「快給我的靴子！」

女人沒有應聲，他用手撕扯幔帳，動著他厚腫的嘴唇：

「裝死嗎？我看看你還裝不裝死！」

說著他拿起身邊的長煙袋來投向那個死屍。母親過來把他拖出去。每年是這樣，一看見妻子生產他便反對。

日間苦痛減輕了些，使她清明了！她流著大汗坐在幔帳中，忽然那個紅臉鬼，又撞進來，什麼也不講，只見他怕人的手中舉起大水盆向著帳子拋來。最後人們拖他出去。

大肚子的女人，仍脹著肚皮，帶著滿身冷水無言的坐在那裡。她幾乎一動不敢動，她彷彿是在父權下的孩子一般怕著她的男人。

她又不能再坐住，她受著折磨，產婆給換下她著水的上衣。門響了她又慌張了，要有神經病似的。一點聲音不許她哼叫，受罪的女人，身邊若有洞，她將跳進去！身邊若有毒藥，她將吞下去！她仇視著一切，窗台要被她踢翻。她願意把自己的腿弄斷，宛如進了蒸籠，全身將被熱力所撕碎一般呀！

產婆用手推她的肚子：

「你再剛強一點，站起來走走，孩子馬上就會下來的，到了時候啦！」

走過一個時間，她的腿顫顫得可憐，患著病的馬一般，倒了下來。產婆有些失神色，她說：

「媳婦子怕要鬧事，再去找一個老太太來吧！」

五姑姑回家去找媽媽。

這邊孩子落產了，孩子當時就死去！用人拖著產婦站起來，立刻孩子掉在炕上，像投一塊什麼東西在炕上響著。女人橫在血光中，用肉體來浸著血。

窗外，陽光灑滿窗子，屋內婦人爲了生產疲乏著。

田莊上綠色的世界裡，人們灑著汗滴。

四月裡，鳥雀們也孵雛了！常常看見黃嘴的小雀飛下來，在簷下跳躍著啄食。小豬的隊伍逐漸肥起來，只有女人在鄉村夏季更貧瘦，和耕種的馬一般。

刑罰，眼看降臨到金枝的身上，使她短的身材，配著那樣大的肚子，十分不相稱。金枝還不像個婦人，仍和一個小女孩一般。但是肚子膨脹起了！快做媽媽了！婦人們的刑罰快擒著她。

並且她出嫁還不到四個月，就漸漸會詛咒丈夫，漸漸感到男人是炎涼的人類！那正和別的村婦一樣。

坐在河邊沙灘上，金枝在洗衣服。紅日斜照著河水，對岸林子的倒影，隨逐著紅波模糊下去！

成業在後邊，站在遠遠的地方：

「天黑了呀！你洗衣裳，懶老婆，白天你做什麼來？」

天還不明，金枝就摸索著穿起衣裳。在廚房，這大肚子的小女人開始弄得廚房蒸著氣。太陽出來，鏟地的工人掮著鋤頭回來。堂屋擠滿著黑黑的人頭，吞飯、吞湯的聲音，無紀律地在響。中午又燒飯；晚間燒飯，金枝過於疲乏了！腿子痛得折斷一般。天黑下來臥倒休息一刻。在她迷茫中她坐起來，知道成業回來了！努力掀起在睡的眼睛，她問：

「才回來？」

過了幾分鐘，她沒有得到答話。只看男人解脫衣裳，她知道又要挨罵了！正相反，沒有罵，金枝感到背後溫熱一些，男人努力低音向她說話：

「…………」

金枝被男人朦朧著了！

立刻，那和災難一般，跟著快樂而痛苦追來了。金枝不能燒飯。村中的產婆來了！她在炕角苦痛著臉色，她在那裡受著刑罰，王婆來幫助她把孩子生下來。王婆搖著她多經驗的頭顱：

「危險，昨夜你們必定是不安著的。年輕什麼也不曉得，肚子大了，是不許那樣的。容易喪掉性命！」

十幾天以後金枝又行動在院中了！小金枝在屋中哭喚她。

牛或是馬在不知覺中忙著栽培自己的痛苦。夜間乘涼的時候，可以聽見馬或是牛棚做出異樣的聲音來。牛也許是為了自己的妻子而角鬥，從牛棚撞出來了。木桿被撞掉，狂張著，成業去拾了耙子猛打瘋牛，於是又安然被趕回棚裡。

在鄉村，人和動物一起忙著生，忙著死……

二里半的婆子和李二嬸子在地端相遇：

「啊呀！你還能彎下腰去？」

「你怎麼樣？」

「我可不行了呢！」

「你什麼時候的日子？」

「就是這幾天。」

外面落著毛毛雨。忽然二里半的家屋吵叫起來！傻婆娘一向生孩子是鬧慣了的，她大聲哭，她怨恨男人：

「我說再不要孩子啦！沒有心肝的，這不都是你嗎？我算死在你身上！」

惹得老王婆扭著身子閉住嘴笑。過了一會，傻婆娘又滾轉著高聲嚷叫：

「肚子疼死了，拿刀快把我肚子給割開吧！」

吵叫聲中看得見孩子的圓頭頂。

在這時候，五姑姑變青臉色，走進門來，她似乎不會說話，兩手不住的扭絞：

「沒有氣了！小產了，李二嬸子快死了呀！」

王婆就這樣丟下麻面婆趕向打魚村去。另一個產婆來時，麻面婆的孩子已在土炕上哭著。產婆洗著剛會哭的小孩。

等王婆回來時，窗外牆根下，不知誰家的豬也正在生小豬。

七、罪惡的五月節

五月節來臨，催逼著兩件事情發生：王婆服毒，小金枝慘死。

彎月如同彎刀刺上林端。王婆散開頭髮，她走向房後柴欄，在那兒她輕開籬門。柴欄外是墨沉沉的靜甜的，微風不敢驚動這黑色的夜晝；黃瓜爬上架了！玉米響著雄寬的葉子，沒有蛙鳴，也少蟲聲。

王婆披著散髮，幽魂一般的，跪在柴草上，手中的杯子放到嘴邊。一切湧上心頭，一切誘惑她。她平身向草堆倒臥過去。被悲哀洶淘著大哭了。

趙三從睡床上起來，他什麼都不清楚，柴欄裏，他帶點憤怒對待王婆：

「爲什麼?在發瘋！」

他以爲她是悶著刺到柴欄去哭。

趙三撞到草中的杯子了，使他立刻停止一切思維。他跑到屋中，燈光下，發現黑色濃重的液體東西在杯底。他先用手拭一拭，再用舌頭拭一拭，那是苦味。

「王婆服毒了！」

次晨村中嚷著這樣的新聞。村人淒靜的斷續的來看她。

趙三不在家，他跑出去，亂墳崗子上，給她尋個位置。

亂墳崗子上活人爲死人掘著坑子了，坑子深了些，二里半先跌下去。下層的濕土，翻到坑子旁邊，坑子更深了！大了！幾個人都跳下去，鏟子不住的翻著，坑子埋過人腰。外面的土堆漲過人頭。

墳場是死的城廓，沒有花香，沒有蟲鳴，即使有花，即使有蟲，那都是唱奏著別離歌，陪伴著說不盡的死者永久的寂寞。

亂墳崗子是地主施捨給貧苦農民們死後的住宅。但活著的農民，常常被地主們驅逐，使他們提著包袱，提著小孩，從破房子再走進更破的房子去。有時被逐著在馬棚裏借宿。孩子們哭鬧著馬棚裏的媽媽。

趙三去進城，突然的事情打擊著他，使他怎樣柔弱呵！遇見了打魚村進城賣菜的車子，那個驅車人麻麻煩煩的講一些：

「菜價低了，錢帖毛荒。糧食也不值錢。」

那個車夫打著鞭子，他又說：

「只有布匹貴，鹽貴。慢慢一家子連鹹鹽都吃不起啦！地租是增加，還叫老莊戶活不活呢？」

趙三跳上車，低了頭坐在車尾的轅邊。兩條衰乏的腿子，凄涼的掛下，並且搖盪。車輪在轍道上哐啷的牽響。

城裏，大街上擁擠著了！菜市過量的紛嚷。圍著肉舖，人們吵架一般。忙亂的叫賣童，手中花色的葫蘆，隨著空氣而跳蕩，他們爲了「五月節」而癲狂。

趙三他什麼也沒看見，好像街上的人都沒有了！好像街是空街。但是一個小孩跟在後面：

「過節了，買回家去，給小孩玩吧！」

趙三不聽見這話，那個賣葫蘆的孩子，好像自己不是孩子，自己是大人了一般，他追逐。

「過節了，買回家去給小孩玩吧！」

柳條枝上各色花樣的葫蘆好像一些被繫住的蝴蝶，跟住趙三在後面跑。

一家棺材舖，紅色的，白色的，門口擺了多多少少，他停在那裏。孩子也停止追隨。

一切預備好！棺材停在門前，掘坑的鏟子停止翻揚了！

窗子打開，使死者見一見最後的陽光。王婆跳突著胸口，微微尙有一點呼吸，明亮的光線照拂著她素靜的打扮。已經爲她換上一件黑色棉褲和一件淺色短單衫。除了臉是紫色，臨死她沒有什麼怪異的現象，人們吵嚷說：

「抬吧！抬她吧！」

她微微尙有一點呼吸，嘴裏吐出一點點的白沫，這時候她已經被抬起來了。外面平兒急叫：

「馮丫頭來了！馮丫頭！」

母女們相逢太遲了！母女們永遠不會再相逢了！那個孩子手中提了小包袱，慢慢慢慢走到媽媽面前。她細看一看，她的臉孔快要接觸到媽媽臉孔的時候，一陣清脆的爆裂的聲浪嘶叫開來。她的小包袱滾滾著落地。

四圍的人，眼睛和鼻子感到酸楚和濕浸。誰能止住被這小女孩喚起的難忍的酸痛而不哭呢？不相關連的人混同著女孩哭她的母親。

其中新死去丈夫的寡婦哭得最厲害，也最哀傷。她幾乎完全哭著自己的丈夫，她完全幻想是坐在她丈夫的墳前。

男人們嚷叫：「抬呀！該抬了。收拾妥當再哭！」

那個小女孩感到不是自己家，身邊沒有一個親人，她不哭了。

服毒的母親眼睛始終是張著，但她不認識女兒，她什麼也不認識了！停在廚房板塊上，口吐白沫，她心坎尚有一點微微跳動。

趙三坐在炕沿，點上煙袋。女人們找一條白布給女孩包在頭上，平兒把白帶束在腰間。

趙三不在屋的時候，女人們便開始問那個女孩：

「你姓馮的那個爹爹多咱死的？」

「死兩年多。」

「你親爹呢？」

「早回山東了！」

「爲什麼不帶你們回去？」

「他打娘，娘領著哥哥和我到了馮叔叔家。」

女人們探問王婆舊日的生活，她們爲王婆感動。那個寡婦又說：

「你哥怎不來？回家去找他來看看娘吧！」

包白頭的女孩，把頭轉向牆壁，小臉孔又爬著眼淚了！她努力咬住嘴唇，小嘴唇偏張開，她又張著嘴哭了！接受女人們的溫情使她大膽一點，走到娘的近邊，緊緊捏住娘的冰寒的手指，又用手給媽媽抹擦唇上的泡沫。小心孔只爲母親所驚憂，她帶來的包袱踏在腳下。女人們又說：

「家去找哥哥來看看你娘吧！」

一聽說哥哥，她就要大哭，又勉強止住。那個寡婦又問：

「你哥哥不在家嗎？」

她終於用白色的包頭布攏絡住臉孔大哭起來了。借了哭勢，她才敢說到哥哥：

「哥哥前天死了呀：官項捉去槍斃的。」

包頭布從頭上扯掉。孤獨的孩子癲癇著一般用頭搖著母親的心窩哭：

「娘呀……娘呀……」

她再什麼也不會哭訴，她還小呢！

女人們彼此說：「哥哥多咱死的？怎麼沒聽……」

趙三的煙袋出現在門口，他聽清楚她們議論王婆的兒子。趙三曉得那小子是個「紅鬍子」。怎樣死的，王婆服毒不是聽說兒子槍斃才自殺嗎？這只有趙三曉得。他不願意叫別人知道，老婆自殺還關連著某個匪案，他覺得當土匪無論如何有些不光明。

搖起他的煙袋來，他僵直的空的聲音響起，用煙袋催逼著女孩：

「你走好啦！她已死啦！沒有什麼看的，你快走回你家去！」

小女孩被爹爹拋棄，哥哥又被槍斃了，帶來包袱和媽媽同住，媽媽又死了，媽媽不在，讓她和誰生活呢？

她昏迷地忘掉包袱，只頂了一塊白布，離開媽媽的門庭。離開媽媽的門庭，那有點像丟開她的心讓她遠走一般。

趙三因爲他年老。他心中裁判著年輕人：

「私姘婦人，有錢可以，無錢怎麼也去姘？沒見過。到過節，那個淫婦無法過節，使他去搶，年輕人就這樣喪掉性命。」

當他看到也要喪掉性命的自己的老婆的時候，他非常仇恨那個槍斃的小子。當他想起去年冬天，王婆借來老洋炮的那回事。他又佩服人了：

「久當鬍子哩！不受欺侮哩！」

婦人們燃柴，鍋漸漸冒氣。趙三捻著煙袋他來回踱走。過一會他看看王婆仍少少有一點氣息，氣息仍不斷絕。他好像爲了她的死等待得不耐煩似的，他睏倦了，依著牆瞌睡。

長時間死的恐怖，人們不感到恐怖！人們集聚著吃飯，喝酒，這時候王婆在地下作出聲音，看起來，她紫色的臉變成淡紫。人們放下杯子，說她又要活了吧？

不是那樣，忽然從她的嘴角流出一些黑血，並且她的嘴唇有點像是起動，終於她大吼兩聲，人們瞪住眼睛說她就要斷氣了吧！

許多條視線圍著她的時候，她活動著想要起來了！人們驚慌了！女人跑在窗外去了！男人跑去拿挑水的扁擔。說她是死屍還魂。

喝過酒的趙三勇猛著：

「若讓她起來，她會抱住小孩死去，或是抱住樹，就是大人她也有力量抱住。」

趙三用他的大紅手貪婪著把扁擔壓過去。紮實的刀一般的切在王婆的腰間。她的肚子和胸膛突然增脹，像是魚泡似的。她立刻眼睛圓起來，像發著電光。她的黑嘴角也動了起來，好像說話，可是沒有說話，血從口腔直噴，射了趙三的滿單衫。趙三命令那個人：

「快輕一點壓吧！弄得滿身血。」

王婆就算連一點氣息也沒有了！她被裝進等在門口的棺材裏。

後村的廟前，兩個村中無家可歸的老頭，一個打著紅燈籠，一個手提水壺，領著平兒去報廟。繞廟走了三周，他們順著毛毛的行人小道回來，老人念一套成譜調的話，紅燈籠伴了孩子頭上的白布，他們回家去。平兒一點也不哭，他只記住那年媽媽死的時候不也是這樣報廟嗎？

王婆的女兒卻沒能同來。

王婆的死信傳遍全村，女人們坐在棺材邊大大的哭起！扭著鼻涕，號啕著：哭孩子的，哭丈夫的，哭自己命苦的，總之，無管有什麼冤屈都到這裏來送了！村中一有年歲大的人死，她們，女人之群們，就這樣做。

將送棺材上墳場！要釘棺材蓋了！

王婆終於沒有死，她感到寒涼，感到口渴，她輕輕說：

「我要喝水！」

但她不知道，她是睡在什麼地方。

五月節了，家家門上掛起葫蘆。二里半那個傻婆子屋裏有孩子哭著，她卻蹲在門口拿刷馬的鐵耙子給羊刷毛。

二里半跛著腳。過節，帶給他的感覺非常愉快。他在白菜地看見白菜被蟲子吃倒幾棵。若在平日他會用短句咒罵蟲子，或是生氣把白菜用腳踢著。但是現在過節了，他一切愉快著，他覺得自己是應該愉快。走在地邊他看一看柿子還沒有紅，他想摘幾個柿子給孩子吃吧！過節了！

全村表示著過節，菜田和麥地，無管什麼地方都是靜靜的，甜美的。蟲子們也彷彿比平日會唱了些。

過節渲染著整個二里半的靈魂。他經過家門沒有進去，把柿子扔給孩子又走了！他要趁著這樣愉快的日子會一會朋友。

左近鄰居的門上都掛了紙葫蘆，他經過王婆家，那個門上擺蕩著的是綠色的葫蘆。再走，就是金枝家。金枝家，門外沒有葫蘆，門裏沒有人了！二里半張望好久：孩子的尿布在鍋灶旁被風吹著，飄飄的在浮游。

小金枝來到人家才夠一月，就被爹爹摔死了：嬰兒為什麼來到這樣的人間？使她帶了怨悒回去！僅僅是這樣短促呀！僅僅是幾天的小生命！

小小的孩子睡在許多死人中，他不覺得害怕嗎？媽媽走遠了！媽媽啜泣聽不見了！

天黑了！月亮也不來爲孩子做伴。

五月節的前些日子，成業總是進城跑來跑去。家來和妻子吵打。他說：

「米價落了！三月裏買的米現在賣出去折本一小半。賣了還債也不足，不賣又怎麼能過節？」

並且他漸漸不愛小金枝，當孩子夜裏把他吵醒的時候，他說：

「拚命吧！鬧死吧！」

過節的前一天，他家什麼也沒預備，連一斤麵粉也沒買。燒飯的時候豆油罐子什麼也倒流不出。

成業帶著怒氣回家，看一看還沒有燒菜。他厲聲嚷叫：

「啊！像我……該餓死啦，連飯也沒得吃……我進城……我進城。」

孩子在金枝懷中吃奶。他又說：

「我還有好的日子嗎？你們累得我，是我做強盜都沒有機會。」

金枝垂了頭把飯擺好，孩子在旁邊哭。

成業看著桌上的鹹菜和粥飯，他想了一刻又不住的說起：

「哭吧！敗家鬼，我賣掉你去還債。」

孩子仍哭著，媽媽在廚房裏，不知是掃地，還是收拾柴堆。爹爹發火了：

「把你們都一塊賣掉，要你們這些吵家鬼有什麼用……」

廚房裏的媽媽和火柴一般被燃著：

「你像個什麼？回來吵打，我不是你的冤家，你會賣掉，看你賣吧！」

爹爹飛著飯碗！媽媽暴跳起來。

「我賣？我摔死她吧！……我賣什麼！」

就這樣小生命被截止了。

王婆聽說金枝的孩子死，她要來看看，可是她只扶了杖子立起又倒臥下來。她的腿骨被毒質所侵還不能行走。

年輕的媽媽過了三天她到亂墳崗子去看孩子。但那能看到什麼呢？被狗扯得什麼也沒有。

成業他看到一堆草染了血，他幻想是捆小金枝的草吧！他倆背向著流過眼淚。

亂墳崗子不知曬乾多少悲慘的眼淚？永年悲慘的地帶，連個烏鴉也不落下。

成業又看見一個墳窟，頭骨在那裏重見天日。

走出墳場，一些棺材，墳堆，死寂死寂的印象催迫著他們加快著步子。

八、蚊蟲繁忙著

她的女兒來了！王婆的女兒來了！

王婆能夠拿著魚竿坐在河沿釣魚了！她臉上的紋褶沒有什麼增多或減少，這證明她依然沒有什麼變動，她還必須活下去。

晚間河邊蛙聲震耳。蚊子從河邊的草叢出發，嗡聲喧鬧的陣伍，迷漫著每個家庭。日間太陽也炎熱起來！太陽燒上人們的皮膚，夏天，田莊上人們怨恨太陽和怨恨一個惡毒的暴力者一般。全個田間，一個大火球在那裏滾轉。

但是王婆永久歡迎夏天。因爲夏天有肥綠的葉子，肥的園林，更有夏夜會喚起王婆詩意的心田，她該開始向著夏夜述說故事。今夏她什麼也不說了！她偎在窗下和睡了似的，對向幽邃的天空。

蛙鳴振碎人人的寂寞；蚊蟲騷擾著不能停息。

這相同平常的六月，這又是去年割麥的時節。王婆家今年沒種田。她更憂傷而悄默了！當舉著釣竿經過作浪的麥田時，她把竿頭的繩線繚繞起來，她仰了頭，望著高空，就這樣睬也不睬地經過麥田。

王婆的性情更惡劣了！她又酗酒起來。她每天釣魚。全家人的衣服她不補洗，她只每夜燒魚，吃酒，吃得醉瘋瘋地，滿院，滿屋地旋走；她漸漸要到樹林裏去旋走。

有時在酒杯中她想起從前的丈夫；她痛心看見來在身邊孤獨的女兒，總之在喝酒以後她更愛煩想。

現在她近於可笑，和石塊一般沉在院心，夜裏她習慣於在院中睡覺。

在院中睡覺被蚊蟲迷繞著，正像螞蟻群拖著已腐的蒼蠅。她是再也沒有心情了吧！再也沒有心情生活！

王婆被蚊蟲所食，滿臉起著雲片，皮膚腫起來。

王婆在酒杯中也回想著女兒初來的那天，女兒橫在王婆懷中：

「媽呀！我想你是死了！你的嘴吐著白沫，你的手指都涼了呀！……哥哥死了，媽媽也死了，讓我到那裏去討飯吃呀！……他們把我趕出時，帶來的包袱都忘下啦，我哭……哭昏啦……媽媽，他們壞心腸，他們不叫我多看你一刻……」

後來孩子從媽媽懷中站起來時，她說出更有意義的話：

「我恨死他們了！若是哥哥活著，我一定告訴哥哥把他們打死。」

最後那個女孩，拭乾眼淚說：

「我必定要像哥哥，……」

說完她咬一下嘴唇。

王婆思想著女孩怎麼會這樣烈性呢？或者是個中用的孩子？

王婆忽然停止酗酒，她每夜，開始在林中教訓女兒，在靜的林裏，她嚴峻地說：

「要報仇。要為哥哥報仇，誰殺死你的哥哥？」

女孩子想：「官項殺死哥哥的。」她又聽媽媽說：

「誰殺死哥哥，你要殺死誰，……」

女孩想過十幾天以後，她向媽媽踟躕著：

「是誰殺死哥哥？媽媽明天領我去進城，找到那個仇人，等後來什麼時候遇見他我好殺死他。」

孩子說了孩子話，使媽媽笑了！使媽媽心痛。

王婆同趙三吵架的那天晚上，南河的河水漲出了河床。南河沿嚷著：

「漲大水啦！漲大水啦！」

人們來往在河邊，趙三在家裏也嚷著：

「你快叫她走，她不是我家的孩子，你的崽子我不招留。快——」

第二天家家的麥子送上麥場。第一場割麥，人們要吃一頓酒來慶祝。趙三第一年不種麥，他家是靜悄悄的。有人來請他，他坐到別人歡說著的酒桌前，看見別人歡說，看見別人收麥，他紅色的大手在人前窘迫著了，不住的胡亂的扭攪，可是沒有人注意他，種麥人和種麥人彼此談說。

河水落了，卻帶來眾多的蚊蟲。夜裏蛤蟆的叫聲，好像被蚊子的嗡嗡壓住似的。日間蚊群也是忙著飛。只有趙三非常啞默。

九、傳染病

亂墳崗子，死屍狼藉在那裏。無人掩埋，野狗活躍在屍群裏。

太陽血一般昏紅；從朝至暮蚊蟲混同著濛霧充塞天空。高粱，玉米和一切菜類被人丟棄在田圃，每個家庭是病的家庭，是將要絕滅的家庭。

全村靜悄了。植物也沒有風搖動它們。一切沉浸在霧中。

趙三坐在南地端出賣五把新鐮刀。那是組織「鐮刀會」時剩下的。他正看著那傷心的遺留物，村中的老太太來問他：

「我說……天象，這是什麼天象？要天崩地陷了。老天爺叫人全死嗎？噯……」

老太婆離去趙三，曲背立即消失在霧中，她的語聲也像隔遠了似的：

「天要滅人呀！……老天早該滅人啦！人世盡是強盜，打仗，殺害，這是人自己招的罪……」

漸漸遠了！遠處聽見一個驢子在號叫，驢子號叫在山坡嗎？驢子號叫在河溝嗎？什麼也看不見，只能聽聞：那是，二里半的女人作嘎的不愉悅的聲音來近趙三。趙三爲著鐮刀所煩惱，他坐在霧中，他用煩惱的心思在妒恨鐮刀，他想：

「青牛是賣掉了！麥田沒能種起來。」

那個婆子向他說話，但他沒有注意到。那個婆子被腳下的土塊跌倒，她起來慌張著，在霧層中看不清她怎樣張惶。她的音波織起了網狀的波紋，和老大的蚊音一般：

「三哥，還坐在這裏？家怕是有『鬼子』來了，就連小孩子，『鬼子』也要給打針，你看我把孩子抱出來，就是孩子病死也甘心，打針可不甘心。」

麻面婆離開趙三去了！抱著她未死的，連哭也不會哭的孩子沉沒在霧中。

太陽變成暗紅的放大而無光的圓輪，當在人頭。昏茫的村莊埋著天然災難的種子，漸漸種子在滋生。

傳染病和放大的太陽一般勃發起來，茂盛起來！

趙三踏著死蛤蟆走路；人們抬著棺材在他身邊暫時現露而滑過去！一個歪斜面孔的小腳女人

跟在後面，她小小的聲音哭著。又聽到驢子叫，不一會驢子閃過去，背上馱著一個重病的老人。

西洋人，人們叫他「洋鬼子」，身穿白外套，第二天霧退時，白衣女人來到趙三的窗外，她嘴上掛著白囊，說起難懂的中國話：

「你的，病人的有？我的治病好，來。快快的。」

那個老的胖一些的，動一動鬍子，眼睛胖得和豬眼一般，把頭探著窗子望。

趙三著慌說沒有病人，可是終於給平兒打針了！

「老鬼子」向那個「小鬼子」說話，嘴上的白囊一動一動的。管子，藥瓶和亮刀從提包傾出，趙三去井邊提一壺冷水。那個「鬼子」開始擦他通孔的玻璃管。

平兒被停在窗前的一塊板上，用白布給他蒙住眼睛。隔院的人們都來看著，因爲要曉得「鬼子」怎樣治病，「鬼子」治病究竟怎樣可怕。

玻璃管從肚臍下一寸的地方插下，五寸長的玻璃管只有半段在肚皮外閃光。於是人們捉緊孩子，使他仰臥不得搖動。「鬼子」開始一個人提起冷水壺，另一個對準那個長長的橡皮管頂端的漏水器。看起來「鬼子」像修理一架機器。四面圍觀的人好像有嘆氣的，好像大家一起在縮肩膀。孩子只是作出「呀！呀」的短叫，很快一壺水灌完了！最後在滾脹的肚子上擦一點黃色藥水，用小剪子剪一塊白綿貼住破口。就這樣白衣「鬼子」提了提包輕便的走了！又到別人家去。

又是一天晴朗的日子，傳染病患到絕頂的時候！女人們抱著半死的小孩子，女人們始終懼怕打針，懼怕白衣的「鬼子」用水壺向小孩肚裏灌水。她們不忍看那腫脹起來奇怪的肚子。

惡劣的傳聞布遍著：

「李家的全家死了！」「城裏派人來檢查，有病象的都用車子拉進城去，老太婆也拉，孩子也拉，拉去打藥針。」

人死了聽不見哭聲，靜悄地抬著草捆或是棺材向著亂墳崗子走去，接接連連的，不斷……

過午二里半的婆子把小孩送到亂墳崗子去！她看到別的幾個小孩有的頭髮蒙住白臉，有的被野狗拖斷了四肢，也有幾個好好的睡在那裏。

野狗在遠的地方安然的嚼著碎骨發響。狗感到滿足，狗不再爲著追求食物而瘋狂，也不再獵取活人。

平兒整夜嘔著黃色的水，綠色的水，白眼珠滿織著紅色的絲紋。

趙三喃喃著走出家門，雖然全村的人死了不少，雖然莊稼在那裏衰敗，鐮刀他卻總想出賣，鐮刀放在家裏永久刺著他的心。

十、十年

十年前村中的山，山下的小河，而今依舊似十年前，河水靜靜的在流，山坡隨著季節而更換衣裳；大片的村莊生死輪迴著和十年前一樣。

屋頂的麻雀仍是那樣繁多。太陽也照樣暖和。山下有牧童在唱童謠，那是十年前的舊調：「秋夜長，秋風涼，誰家的孩兒沒有娘，誰家的孩兒沒有娘，……月亮滿西窗。」

什麼都和十年前一樣，王婆也似沒有改變，只是平兒長大了！平兒和羅圈腿都是大人了！

王婆被涼風飛著頭髮，在籬牆外遠聽從山坡傳來的童謠。

十一、年盤轉動了

雪天裏，村人們永沒見過的旗子飄揚起，升上天空！

全村寂靜下去，只有日本旗子在山崗臨時軍營門前，振盪的響著。

村人們在想：這是什麼年月？中華民國改了國號嗎？

十二、黑色的舌頭

宣傳「王道」的旗子來了！帶著塵煙和騷鬧來的。

寬宏的樹夾道；汽車鬧囂著了！

田間無際限的淺苗湛著青色。但這不再是靜穆的村莊，人們已經失去了心的平衡。草地上汽車突起著飛塵跑過，一些紅色綠色的紙片播著種子一般落下來。小茅房屋頂有花色的紙片在起落。附近大道旁的枝頭掛住紙片，在飛舞嘶鳴。從城裏出發的汽車又追蹤著馳來。車上站著威風飄揚的日本人，高麗人，也站著揚威的中國人。車輪突飛的時候，車上每人手中的旗子擺擺有聲，車上的人好像生了翅膀齊飛過去。那一些舉著日本旗子作出媚笑雜樣的人，消失在道口。

那一些「王道」的書篇飛到山腰去，河邊去……

王婆立在門前，二里半的山羊垂下牠的鬍子。老羊輕輕走過正在繁茂的樹下。山羊不再尋什麼食物，牠睏倦了！牠過於老，全身變成土一般的毛色。牠的眼睛模糊好像垂淚似的。山羊完全幽默和可憐起來；拂擺著長鬍子走向窪地。

對著前面的窪地，對著山羊，王婆追蹤過去痛苦的日子。她想把那些日子捉回，因爲今日的日子還不如昨日。窪地沒人種，上崗那些往日的麥田荒亂在那裏。她在傷心地追想。

日本飛機拖起狂大的嗡鳴飛過，接著天空翻飛著紙片。一張紙片落在王婆頭頂的樹枝，她取下看了看丟在腳下。飛機又過去時留下更多的紙片。她不再理睬一下那些紙片，丟在腳下來復地亂踏。

過了一會，金枝的母親經過王婆，她手中捉住兩隻公雞，她問王婆說：

「日子算是沒法過了！可怎麼過？就剩兩隻雞，還得快快去賣掉！」

王婆問她：「你進城去賣嗎？」

「不進城誰家肯買？全村也沒有幾隻雞了！」

她向王婆耳語了一陣：

「日本子惡得很！村子裏的姑娘都跑空了！年輕的媳婦也是一樣。我聽說王家屯一個十三歲的小丫頭叫日本子弄去了！半夜三更弄走的。」

「歇一歇腿再走吧！」王婆說。

她倆坐在樹下。大地上的蟲子並不鳴叫，只是她倆慘澹而憂傷的談著。

公雞在手下不時振動著膀子。太陽有點正中了！樹影做成圓形。

村中添設出異樣的風光，日本旗子，日本兵。人們開始講究這一些；「王道」啦！日「滿」親善啦！快有「真龍天子」啦！

在「王道」之下，村中的廢田多起來，人們在廣場上憂鬱著徘徊。

那老婆說到最後：

「我這些年來，都是養雞，如今連個雞毛也不能留，連個『啼明』的公雞也不讓留下。這是什麼年頭？……」

她振動一下袖子，有點癲狂似的，她立起來，踏過前面一塊不耕的廢田，廢田患著病似的，短草在那婆婆的腳下不愉快的沒有彈力的被踏過。

走得很遠，仍可辨出兩隻公雞是用那個掛下的手提著，另外一隻手在面部不住的抹擦。

王婆睡下的時候，她聽見遠處好像有女人尖叫。打開窗子聽一聽……再聽一會警笛囂叫起來，槍鳴起來，遠處的人家闖入什麼魔鬼了嗎？

「你家有人沒有？」

當夜日本兵，中國警察搜遍全村。這是搜到王婆家。她回答：

「有什麼人？沒有。」

他們掩住鼻子在屋中轉了一個彎出去了。手電燈發青的光線亂閃著，臨走出門欄，一個日本兵在銅帽子下面說中國話：

「也帶走她。」

王婆完全聽見他說的是什麼：

「怎麼也帶女人嗎？」她想，「女人也要捉去槍斃嗎？」

「誰希罕她，一個老婆子！」那個中國警察說。

中國人都笑了！日本人也瞎笑。可是他們不曉得這話是什麼意思，別人笑，他們也笑。

真的，不知他們牽了誰家的女人，曲背和豬一般被他們牽走。在稀薄亂動的手電燈綠色的光線裏面，分辨不出這女人是誰！

還沒走出欄門，他們就調笑那個女人。並且王婆看見那個日本「銅帽子」的手在女人的屁股上急忙的抓了一下。

十三、你要死滅嗎？

王婆以爲又是假裝搜查到村中捉女人，於是她不想到什麼惡劣的事情上去，安然的睡了！趙三那老頭子也非常老了！他回來沒有驚動誰也睡了！

過了夜，日本憲兵在門外輕輕敲門，走進來的，看樣像個中國人，他的長靴染了濕淋的露水，從口袋取出手巾，擺出泰然的樣子坐在炕沿慢慢擦他的靴子，訪問就在這時開始：

「你家昨夜沒有人來過？不要緊，你要說實話。」

趙三剛起來，意識有點不清，不曉得這是什麼事情發生。於是那個憲兵把手中的帽子用力抖了一下，不是柔和而不在意的態度了：

「混蛋！你怎麼不知道？等帶去你就知道了！」

說了這樣話並沒帶他去。王婆一面在扣衣鈕一面搶說：

「問的是什麼人？昨夜來過幾個『老總』，搜查沒有什麼就走了！」

那個軍官樣的把態度完全是對著王婆，用一種親暱的聲音問：

「老太太請告訴吧！有賞哩！」

王婆的樣子仍是沒有改變。那人又說：

「我們是捉鬍子，有鬍子鄉民也是同樣受害，你沒見著昨天汽車來到村子宣傳『王道』嗎？『王道』叫人誠實。老太太說了吧！有賞呢！」

王婆面對著窗子照上來的紅日影，她說：

「我不知道這回事。」

那個軍官又想大叫，可是停住了，他的嘴唇困難的又動幾下：

「『滿洲國』要把害民的鬍子掃清，知道鬍子不去報告，查出來槍斃！」這時那個長靴人用斜眼神侮辱趙三一下。接著他再不說什麼，等待答覆，終於他什麼也沒得到答覆。

還不到中午；亂墳崗子多了三個死屍，其中一個是女屍。

人們都知道那個女屍，就是在北村一個寡婦家搜出的那個「女學生」。

趙三聽得別人說「女學生」是什麼「黨」。但是他不曉得什麼「黨」做什麼解釋。當夜在喝酒以後把這一切告訴了王婆，他也不知道那「女學生」到底有什麼密事，到底爲什麼才死？他只感到不許傳說的事情神秘，他也必定要說。

王婆她十分不願意聽，因爲這件事情發生，她擔心她的女兒，她怕是女兒的命運和那個「女學生」一般樣。

趙三的鬍子白了！也更稀疏，喝過酒，臉更是發紅，他任意把自己攤散在炕角。

平兒擔了大捆的綠草回來，曬乾可以成柴，在院心他把綠草鋪平。進屋他不立刻吃飯，透汗的短衫脫在身邊，他好像憤怒似的，用力來拍響他多肉的肩頭，嘴裏長長的吐著呼吸。過了長時間爹爹說：

「你們年輕人應該有些膽量。這不是叫人死嗎？亡國了！麥地不能種了，雞犬也要死淨。」

老頭子說話像吵架一般。王婆給平兒縫汗衫上的大口，她感動了，想到亡國，把汗衫縫錯了！她把兩個袖口完全縫住。

趙三和一個老牛般樣，年輕時的氣力全都消滅，只回想「鐮刀會」，又告訴平兒：

「那時候你還小著哩！我和李青山他們弄了個『鐮刀會』。勇得很！可是我受了打擊，那一次使我碰壁了，你娘去借只洋炮來，誰知還沒用洋炮，就是一條棍子出了人命，從那時起就倒楣了！一年不如一年活到如今。」

「狗，到底不是狼，你爹從出事以後，對『鐮刀會』就沒趣了！青牛就是那年賣的。」

她這樣搶白著，使趙三感到羞恥和憤恨。同時自己爲什麼當時就那樣卑小？心臟發燃了一刻，他說著使自己滿意的話：

「這下子東家也不東家了！有日本子，東家也不好幹什麼！」

他爲著輕鬆充血的身子，他向樹林那面去散步，那兒有樹林，林梢在青色的天邊塗出美調的和舒捲著的雲一樣的弧線。青的天幕在前面直垂下來，曲捲的樹梢花邊一般地嵌上天幕。田間往日的蝶兒在飛，一切野花還不曾開。小草房一座一座的坍落著，有的留下殘牆在曬陽光，有的也許是被炸彈帶走了屋蓋。房身整整齊齊地擺在那裏。

趙三閣大開胸膛，他呼吸田間透明的空氣。他不願意走了，停腳在一片荒蕪的、過去的麥地旁。就這樣不多一時，他又感到煩惱，因爲他想起往日自己的麥田而今喪盡在炮火下，在日本兵的足下必定不能夠再長起來，他帶著麥田的憂傷又走過一片瓜田，瓜田也不見了種瓜的人，瓜田盡被一些蒿草充塞。去年看守瓜地的小房，依然存在；趙三倒在小房下的短草梢頭。他欲睡了！朦朧中看見一些「高麗」人從大樹林穿過。視線從地平面直發過去，那一些「高麗」人彷彿是走在天邊。

假如沒有亂插在地面的家屋，那麼趙三覺得自己是躺在天邊了！陽光迷住他的眼睛，使他不能再遠看了！聽得見村狗在遠方無聊的吠叫。

如此荒涼的曠野，野狗也不到這裏巡行。獨有酒燒胸膛的趙三到這裏巡行，但是他無有目的，任意足尖踏到什麼地點，走過無數禿田，他覺得過於可惜，點一點頭，擺一擺手，不住的嘆著氣走回家去。

村中的寡婦們多起來，前面是三個寡婦，起中的一個尚拉著她的孩子走。

紅臉的老趙三走近家門又轉彎了！他是那樣信步而無主的走！憂傷在前面招示他，忽然間一個大凹洞，踏下腳去。他未曾注意這個，好像他一心要完成長途似的，繼續前進。那裏更有炸彈的洞穴，但不能阻礙他的去路，因爲喝酒，壯年的血氣鼓動他。

在一間破房子裏，一隻母貓正在哺乳一群小貓。他不願看這些，他更走，沒有一個熟人與他遇見。直到天西燒紅著雲彩，他滴血的心，垂淚的眼睛竟來到死去的年輕時夥伴們的墳上，不帶酒祭奠他們，只是無話坐在朋友們之前。

亡國後的老趙三，驀然念起那些死去的英勇的夥伴！留下活著的老的，只有悲憤而不能走險了，老趙三不能走險了！

那是個繁星的夜，李青山發著瘋了！他的啞喉嚨，使他講話帶著神秘而緊張的聲色。這是第一次他們大型的集會。在趙三家裏，他們像在舉行什麼盛大的典禮，莊嚴與靜肅。人們感到缺乏空氣一般，人們連鼻子也沒有一個作響。屋子不燃燈，人們的眼睛和夜裏的貓眼一般，閃閃有磷光而發綠。

王婆的尖腳，不住的踏在窗外，她安靜的手下提了一只破洋燈罩，她時時準備著把玻璃燈罩摔碎。她是個守夜的老鼠，時時防備貓來。她到籬笆外繞走一趟，站在籬笆外聽一聽他們的談論高低，有沒有危險性？手中的燈罩她時刻不能忘記。

屋中李青山固執而且濁重的聲音繼續下去：

「在這半月裏，我才真知道人民革命軍真是不行，要幹人民革命軍那就必得倒楣，他們盡是些『洋學生』，上馬還得用人抬上去。他們嘴裏就會狂喊『退卻』。二十八日那夜外面下小雨，我們十個同志正吃飯，飯碗被炸碎了哩！派兩個出去尋炸彈的來路。大家來想一想，兩個『洋學生』跑出去，唉！喪氣，被敵人追著連帽子都跑丟了，『學生』們常常給敵人打死。……」

羅圈腿插嘴了：「革命軍還不如紅鬍子有用？」

月光照進窗來太暗了！當時沒有人能發現羅圈腿發問時是個什麼奇怪的神情。

李青山又在開始：

「革命軍紀律可真厲害，你們懂嗎？什麼叫紀律？那就是規矩。規矩太緊，我們也受不了。比方吧：屯子裏年輕輕的姑娘眼望著不准去……哈哈！我吃了一回苦，同志打了我十下槍柄哩！」

他說到這裏，自己停下笑起來，但是沒敢大聲。他繼續下去。

二里半對於這些事情始終是缺乏興致，他在一邊瞌睡，老趙三用他的煙袋鍋撞一下在睡的缺乏政治思想的二里半，並且趙三大不滿意起來：

「聽著呀！聽著，這是什麼年頭還睡覺？」

王婆的尖腳亂踏著地面作響一陣，人們聽一聽，沒聽到燈罩的響聲，知道日本兵沒有來，同時人們感到嚴重的氣氛。李青山的計劃嚴重著發表。

李青山是個農人，他尚分不清該怎樣把事弄起來，只說著：

「屯子裏的小夥子招集起來，起來救國吧！革命軍那一群『學生』是不行。只有紅鬍子才有膽量。」

老趙三他的煙袋沒有燃著，丟在炕上，急快的拍一下手他說：

「對！招集小夥子們，起名也叫革命軍。」

其實趙三完全不能明白，因為他還不曾聽說什麼叫做革命軍，他無由得到安慰，他的大手掌快樂的不停的捋著鬍子。對於趙三這完全和十年前組織「鐮刀會」同樣興致，也是暗室，也是靜悄悄的講話。

老趙三快樂得終夜不能睡覺，大手掌翻了個終夜。

同時站在二里半的牆外可以數清他鼾聲的拍子。

鄉間，日本人的毒手努力毒化農民，就說要恢復「大清國」，要做「忠臣」，「孝子」，「節婦」；可是另一方面，正相反的勢力也增長著。

大一黑下來就有人越牆藏在王婆家中，那個黑鬍子的人每夜來，成爲王婆的熟人。在王婆家吃夜飯，那人向她說：

「你的女兒能幹得很，背著步槍爬山爬得快呢！可是……已經……」

平兒蹲在炕下，他吸爹爹的煙袋。輕微的一點妒嫉橫過心面。他有意弄響煙袋在門扇上，他走出去了。外面是陰沉全黑的夜，他在黑色中消滅了自己。等他憂悒著轉回來時，王婆已是在垂淚的境況。

那夜老趙三回來得很晚，那是因爲他逢人便講亡國，救國，義勇軍，革命軍，……這一些出奇的字眼，所以弄得回來這樣晚。快雞叫的時候了！趙三的家沒有雞，全村聽不見往日的雞鳴。只有褪色的月光在窗上，「三星」不見了，知道天快明了。

他把兒子從夢中喚醒，他告訴他得意的宣傳工作：東村那個寡婦怎樣把孩子送回娘家預備去投義勇軍。小夥子們怎樣準備集合。老頭子好像已在衙門裏做了官員一樣，搖搖擺擺著他講話時的姿勢，搖搖擺擺著他自己的心情，他整個的靈魂在闊步！

稍微沉靜一刻，他問平兒：

「那個人來了沒有？那個黑鬍子的人？」

平兒仍回到睡中，爹爹正鼓動著生力，他卻睡了！爹爹的話在他耳邊，像蚊蟲嗡叫一般的無意義。趙三立刻動怒起來，他覺得他光榮的事業，不能有人承受下去，感到養了這樣的兒子沒用，他失望。

王婆一點聲息也不作出，像是在睡般地。

明朝，黑鬍子的人，忽然走來，王婆又問他：

「那孩子死的時候，你到底是親眼看見她沒有？」

他弄著騙術一般：

「老太太你怎麼還不明白？不是老早對你講麼？死了就死了吧！革命就不怕死，那是露臉的死啊……比當日本狗的奴隸活著強得多哪！」

王婆常常聽他們這一類人說「死」說「活」……她也想死是應該，於是安靜下去，用她昨夜為著淚水所侵蝕的眼睛觀察那熟人急轉的面孔。終於她接受了！那人從囊中取出來的所有小本子，和像黑點一般小字充滿在上面的零散的紙張，她全接受了！另外還有發亮的小槍一支也遞給王婆。那個人急忙著要走，這時王婆又不自禁的問：

「她也是槍打死的嗎？」

那人開門急走出去了！因為急走，那人沒有注意到王婆。

王婆往日裏，她不知恐怖，常常把那一些別人帶來的小本子放在廚房裏。有時她竟任意丟在蓆子下面。今天她卻減少了膽量，她想那些東西若被搜查著，日本兵的刺刀會刺通了自己。她好像覺著自己的遭遇要和女兒一樣似的，尤其是手掌裏的小槍。她被恫嚇著慢慢顫慄起來。女兒也一定被同樣的槍殺死。她終止了想，她知道當前的事開始緊急。

趙三倉惶著臉回來，王婆沒有理他走向後面柴堆那兒。柴草不似每年，那是燒空了！在一片平地上稀疏的生著馬蛇菜。她開始掘地洞；聽村狗在狂咬，她有些心慌意亂，把鐮刀頭插進土去無力拔出。她好像要倒落一般：全身受著什麼壓迫要把肉體解散了一般。過了一刻難忍昏迷的時間，她跑去呼喚她的老同伴。可是當走到房門又急轉回來，她想起別人的訓告：

——重要的事情誰也不能告訴，兩口子也不能告訴。

那個黑鬍子的人，向她說過的話也使她回想了一遍：

——你不要叫趙三知道，那老頭子說不定和孩子似的。

等她埋好之後，日本兵繼續來過十幾個。多半只戴了銅帽，連長靴都沒穿就來了！人們知道他們又是在弄女人。

王婆什麼觀察力也失去了！不自覺地退縮在趙三的背後，就連那永久帶著笑臉、常來王婆家搜查的日本官長，她也不認識了。臨走時那人向王婆說「再見」，她直直遲疑著而不回答一聲。

「拔」——「拔」，就是出發的意思，老婆們給男人在搜集衣裳或是鞋襪。

李青山派人到每家去尋個公雞，沒得尋到，有人提議把二里半的老山羊殺了吧！山羊正走在李青山門前，或者是歇涼，或者是牠走不動了！牠的一隻獨角塞進籬牆的縫際，小夥子們去抬牠，但是無法把獨角弄出。

二里半從門口經過，山羊就跟在後面回家去了！二里半說：

「你們要殺就殺吧！早晚還不是給日本子留著嗎！」

李二嫂子在一邊說：

「日本子可不要牠，老得不成樣。」

二里半說：「日本子不要牠，老也老死了！」

人們宣誓的日子到了！沒有尋到公雞，決定拿老山羊來代替。小夥子們把山羊抬著，在桿上四腳倒掛下去，山羊不住哀叫。二里半可笑的悲哀的形色跟著山羊走來。他的跌腳彷彿是一步一步把地面踏陷。波浪狀的行走，愈走愈快！他的老婆瘋狂的想把他拖回去，然而不能做到，二里半惶惶的走了一路。山羊被抬過一個山腰的小曲道。山羊被升上院心鋪好紅布的方桌。

東村的寡婦也來了！她在桌前跪下禱告了一陣，又到桌前點著兩只紅蠟燭，蠟燭一點著，二里半知道快要殺羊了。

院心除了老趙三，那盡是一些年輕的小夥子在走，轉。他們袒露胸臂，強壯而且凶橫。

趙三總是向那個東村的寡婦說，他一看見她便宣傳她。他一遇見事情，就不像往日那樣貪婪吸他的煙袋。說話表示出莊嚴，連鬍子也不動蕩一下：

「救國的日子就要來到。有血氣的人不肯當亡國奴，甘願做日本刺刀下的屈死鬼。」

趙三只知道自己是中國人。無論別人對他講解了多少遍，他總不能明白他在中國人中是站在怎樣的階級。雖然這樣，老趙三也是非常進步，他可以代表整個村人在進步著，那就是他從前不曉得什麼叫國家，從前也許忘掉了自己是那國的國民！

他不開言了！靜站在院心，等待宏壯悲憤的典禮來臨。

來到三十多人，帶來重壓的大會，可真的觸到趙三了！使他的鬍子也感到非常重要而不可挫碰一下。

四月裏晴朗的天空從山脊流照下來，房周的大樹群在正午垂曲的立在太陽下。暢明的天光與人們共同宣誓。

寡婦們和亡家的獨身漢在李青山喊過口號之後，完全用膝頭曲倒在天光之下。羊的脊背流過天光，桌前的大紅蠟燭在壯默的人頭前面燃燒。李青山的大個子直立在桌前：

「弟兄們！今天是什麼日子！知道嗎？今天……我們去敢死……決定了……就是把我們的腦袋掛滿了整個村子所有的樹梢也情願，是不是啊？……是不是……？弟兄們……？」

回聲先從寡婦們傳出：「是呀！千刀萬剮也願意！」

哭聲刺心一般痛，哭聲方錐一般落進每個人的胸膛。一陣強烈的悲酸掠過低垂的人頭，蒼蒼然藍天欲墜了！

老趙三立到桌子前面，他不發聲，先流淚：

「國……國亡了！我……我也……老了！你們還年輕，你們去救國吧！我的老骨頭再……再也不中用了！我是個老亡國奴，我不會眼見你們把日本旗撕碎，等著我埋在墳裏……也要把中國旗子插在墳頂，我是中國人！……我要中國旗子，我不當亡國奴，生是中國人，死是中國鬼……不……不是亡……亡國奴……」

濃重不可分解的悲酸，使樹葉垂頭。趙三在紅蠟燭前用力敲了桌子兩下，人們一起哭向蒼天了！人們一起向蒼天哭泣。大群的人起著號啕！

就這樣把一支匣槍裝好子彈擺在眾人前面。每人走到那支槍口就跪倒下去「盟誓」：

「若是心不誠，天殺我，槍殺我，槍子是有靈有聖有眼睛的啊！」

寡婦們也是盟誓。也是把槍口對準心窩說話。只有二里半在人們宣誓之後快要殺羊時他才回來。從什麼地方他捉一隻公雞來！只有他沒曾宣誓，對於國亡，他似乎沒什麼傷心，他領著山羊，就回家去。別人的眼睛，尤其是老趙三的眼睛在罵他：

「你個老跛腳的東西，你，你不想活嗎？……」

十四、到都市裡去

臨行的前夜，金枝在水缸沿上磨剪刀，而後用剪刀撕破死去孩子的尿巾。年輕的寡婦是住在媽媽家裏。

「你明天一定走嗎？」

睡在身邊的媽媽被燈光照醒，帶著無限憐惜，在已決定的命運中求得安慰似的。

「我不走，過兩天再走。」金枝答她。

又過了不多時老太太醒來，她再不能睡，當她看見女兒不在身邊而在地心洗濯什麼的時候，她坐起來問著：

「你是明天走嗎？再住三兩天不能夠吧！」

金枝在夜裏收拾東西，母親知道她是要走。金枝說：

「娘，我走兩天，就回來，娘……不要著急！」

老太太像在摸索什麼，不再發聲音。

太陽很高很高了，金枝尚偎在病母親的身邊，母親說：

「要走嗎？金枝！走就走吧！去賺些錢吧！娘不阻礙你。」母親的聲音有些慘然：

「可是要學好，不許跟著別人學，不許和男人打交道。」

女人們再也不怨恨丈夫。她向娘哭著：

「這不都是小日本子嗎？挨千刀的小日本子！不走等死嗎？」

金枝聽老人講，女人獨自行路要扮個老相，或醜相，束上一條腰帶，她把油罐子掛在身邊，盛米的小桶也掛在腰帶上，包著針線和一些碎布的小包袱塞進米桶去，裝做討飯的老婆，用灰塵把臉塗得很髒並有條紋。

臨走時媽媽把自己耳上的銀環摘下，並且說：

「你把這個帶去吧！放在包袱裏，別叫人給你搶去，娘一個錢也沒有，若肚餓時，你就去賣掉，買個乾糧吃吧！」走出門去還聽母親說：「遇見日本子，你快伏在蒿子下。」

金枝走得很遠，走下斜坡，但是娘的話仍是那樣在耳邊反覆：「買個乾糧吃。」她心中亂亂的幻想，她不知走了多遠，她像從家向外逃跑一般，速步而不回頭。小道也盡是生著短草，即便是短草也障礙金枝趕路的腳。

日本兵坐著馬車，口裏吸煙，從大道跑過。金枝有點顫抖了！她想起母親的話，很快躺在小道旁的蒿子裏。日本兵走過，她心跳著站起，她四面惶惶在望：母親在那裏？家鄉離開她很遠，前面又來到一個生疏的村子，使她感覺到走過無數人間。

紅日快要落過天邊去，人影橫倒地面桿子一般瘦長。踏過去一條小河橋，再沒有多少路途了！

哈爾濱城渺茫中有工廠的煙囪插入雲天。

金枝在河邊喝水，她回頭望向家鄉，家鄉遙遠而不可見。只是高高的山頭，山下辨不清是煙是樹，母親就在煙樹蔭中。

她對於家鄉的山是那般難捨，心臟在胸中飛起了！金枝感到自己的心已被摘掉不知拋向何處！她不願走了，強行走過河橋又轉入小道。前面哈爾濱城在招示她，背後家山向她送別。

小道不生蒿草，日本兵來時，讓她躲身到地縫中去嗎？她四面尋找，爲了心臟不能平衡，臉面過量的流汗，她終於被日本兵尋到：

「你的！……站住。」

金枝好比中了槍彈，滾下小溝去，日本兵走近，看一看她髒汙的樣子。他們和肥鴨一般，嘴裏發響擺動著身子，沒有理她走過去了！他們走了許久許久，她仍沒起來，以後她哭著，木桶揚翻在那裏，小包袱從木桶滾出。她重新走起時，身影在地面越瘦越長起來，和細線似的。

金枝在夜的哈爾濱城，睡在一條小街陰溝板上。那條街是小工人和洋車夫們的街道。有小飯館，有最下等的妓女，妓女們的大紅褲子時時在小土房的門前出現。閒散的人，做出特別姿態，慢慢和大紅褲子們說笑，後來走進小房去，過一會又走出來。但沒有一個人理會破亂的金枝，她好像一個垃圾桶，好像一個病狗似的堆偎在那裏。

這條街連警察也沒有，討飯的老婆和小飯館的夥計吵架。

滿天星火，但那都疏遠了！那是與金枝絕緣的物體。半夜過後金枝身邊來了一條小狗，也許小狗是個受難的小狗？這流浪的狗牠進木桶去睡。金枝醒來仍沒出太陽，天空許多星充塞著。許多街頭流浪人，尚擠在飯館門前，等候著最後的施捨。

金枝腿骨斷了一般酸痛，不敢站起。最後她也擠進要飯人堆去，等了好久，夥計不見送飯出來，四月裏露天睡宿打著透心的寒顫，別人看她的時候，她覺得這個樣子難看，忍了餓又來在原處。

夜的街頭，這是怎樣的人間？金枝小聲喊著娘，身體在陰溝板上不住的抽拍。絕望著，哭著，但是她和木桶裏在睡的小狗一般同樣不被人注意，人間好像沒有他們存在。

天明，她不覺得餓，只是空虛，她的頭腦空空盡盡了！在街樹下，一個縫補的婆子，她遇見對面去問：

「我是新來的，新從鄉下來的……」

看她作窘的樣子，那個縫婆沒理她，面色在清涼的早晨發著淡白走去。

捲尾的小狗偎依著木桶好像偎依媽媽一般，早晨小狗大約感到太寒。

小飯館漸漸有人來往。一堆白熱的饅頭從窗口堆出。

「老嬸娘，我新從鄉下來，……我跟你去，去賺幾個錢吧！」

第二次，金枝成功了，那個婆子領她走，一些攪擾的街道，發出濁氣的街道，她們走過。金枝好像才明白，這裏不是鄉間了，這裏只是生疏、隔膜、無情感。一路除了飯館門前的雞，魚，和香味，其餘她都沒有看見似的，都沒有聽聞似的。

「你就這樣把襪子縫起來。」

在一個掛金牌的「鴉片專賣所」的門前，金枝打開小包，用剪刀剪了塊布角，縫補不認識的男人的破襪。那婆子又在教她：

「你要快縫，不管好壞，縫住，就算。」

金枝一點力量也沒有，好像願意趕快死似的，無論怎樣努力眼睛也不能張開。一部汽車擦著她的身邊駛過，跟著警察來了，指揮她說：

「到那邊去！這裏也是你們縫窮的地方？」

金枝忙仰頭說：「老總，我剛從鄉下來，還不懂得規矩。」

在鄉下叫慣了老總，她叫警察也是老總，因為她看警察也是莊嚴的樣子，也是腰間佩槍。別人都笑她，那個警察也笑了。老縫婆又教說她：

「不要理他，也不必說話，他說你，你躲後一步就完。」

她，金枝立刻覺得自己發羞，看一看自己的衣裳也不和別人同樣，她立刻討厭從鄉下帶來的破罐子，用腳踢了罐子一下。

襪子補完，肚子空虛的滋味不見終止，假若得法，她要到無論什麼地方去偷一點東西吃。很長時間她停住針，細看那個立在街頭吃餅乾的孩子，一直到孩子把餅乾的最末一塊送進嘴去，她仍在看。

「你快縫，縫完吃午飯，……可是你吃了早飯沒有？」

金枝感到過於親熱，好像要哭出來似的，她想說：

「從昨天就沒吃一點東西，連水也沒喝過。」

中午來到，她們和從「鴉片館」出來那些遊魂似的人們同行著。女工店有一種特別不流通的氣息，使金枝想到這又不是鄉村，但是那一些停滯的眼睛，黃色臉，直到吃過飯，大家用水盆洗臉時她才注意到，全屋五丈多長，沒有隔壁，牆的四周塗滿了臭蟲血，滿牆拖長著黑色紫色的血點。一些汙穢發酵的包袱圍牆堆集著。這些多樣的女人，好像每個患著病似的，就在包袱上枕了頭講話：

「我那家子的太太，待我不錯，吃飯都是一樣吃，哪怕吃包子我也一樣吃包子。」

別人跟住聲音去羨慕她。過了一陣又是誰說她被公館裏的聽差扭一下嘴巴。她說她氣病了一場，接著還是不斷的亂說。這一些煩煩亂亂的話金枝尙不能明白，她正在細想什麼叫公館呢？什麼是太太？她用遍了思想而後問一個身邊在吸煙的剪髮的婦人：

「『太太』不就是老太太嗎？」

那個婦人沒答她，丟下煙袋就去嘔吐。她說吃飯吃了蒼蠅。可是全屋通長的板炕，那一些城市的女人她們笑得使金枝生厭，她們是前仆後折的笑。她們爲著笑這個鄉下女人彼此興奮得拍響著肩膀，笑得過甚的竟流起眼淚來。金枝卻靜靜坐在一邊。等夜晚睡覺時，她向初識的那個老太太說：

「我看哈爾濱倒不如鄉下好，鄉下姐妹很和氣，你看午間她們笑我拍著掌哩！」

說著她捲緊一點包袱，因爲包袱裏面藏著賺得的兩角錢紙票，金枝枕了包袱，在都市裡的臭蟲堆中開始睡覺。

金枝賺錢賺得很多了！在褲腰間縫了一個小口袋，把兩元錢的票子放進去，而後縫住袋口。

女工店向她收費用時她同那人說：

「晚幾天給不行嗎？我還沒賺到錢。」她無法又說：

「晚上給吧！我是新從鄉下來的。」

終於那個人不走，她的手擺在金枝眼下。女人們也越集越多，把金枝圍起來。她好像在耍把戲一般招來這許多觀眾，其中有一個三十多歲的胖子，頭髮完全脫掉，粉紅色閃光的頭皮，獨超出人前，她的脖子裝好顫絲一般，使閃光的頭顱輕便而隨意的在轉，在顫，她就向金枝說：

「你快給人家！怎麼你沒有錢？你把錢放在什麼地方我都知道。」

金枝生氣，當著大眾把口袋撕開，她的票子四分之三覺得是損失了！被人奪走了！她只剩五角錢。她想：

「五角錢怎樣送給媽媽？兩元要多少日子再賺得？」

她到街上去上工很晚。晚間一些臭蟲被打破，發出襲人的臭味，金枝坐起來全身搔癢，直到搔出血來爲止。

樓上她聽著兩個女人罵架，後來又聽見女人哭，孩子也哭。

母親病好了沒有？母親自己拾柴燒嗎？下雨房子流水嗎？漸漸想得惡化起來：她若死了不就是自己死在炕上無人知道嗎？

金枝正在走路，腳踏車響著鈴子駛過她，立刻心臟膨脹起來，好像汽車要軋上身體，她終止一切幻想了。

金枝知道怎樣賺錢，她去過幾次獨身漢的房舍，她替人縫被，男人們問她：

「你丈夫多大歲數咧？」

「死啦！」

「你多大歲數？」

「二十七。」

一個男人拖著拖鞋，散著褲口，用他奇怪的眼睛向金枝掃了一下，奇怪的嘴唇跳動著：

「年輕輕的小寡婦哩！」

她不懂在意這個，縫完，帶了錢走了。有一次走出門時有人喊她：

「你回來，……你回來。」

給人以奇怪感覺的急切的呼叫，金枝也懂得應該快走，不該回頭。晚間睡下時，她向身邊的周大娘說：

「爲什麼縫完，拿錢走時他們叫我？」

周大娘說：「你拿人家多少錢？」

「縫一個被子，給我五角錢。」

「怪不得他們叫你！不然爲什麼給你那麼多錢？普通一張被兩角。」

周大娘在倦乏之中只告訴她一句。

「縫窮婆誰也逃不了他們的手。」

那個全禿的亮頭皮的婦人在對面的長炕上類似尖巧的呼叫，她一面走到金枝頭頂，好像要去抽拔金枝的頭髮。弄著她的胖手指：

「唉呀！我說小寡婦，你的好運氣來了！那是又來財又開心。」

別人被吵醒開始罵那個禿頭：

「你該死的，有本領的野獸，一百個男人也不怕，一百個男人你也不夠。」

女人罵著彼此在交談，有人在大笑，不知誰在一邊重複了好幾遍：

「還怕！一百個男人還不夠哩！」

好像鬧著的蜂群靜了下去，女人們一點嗡聲也停住了，她們全體到夢中去。

「還怕！一百個男人還不夠哩！」不知誰，她的聲音沒有人接受，空洞的在屋中走了一周，最後聲音消滅在白月的窗紙上。

金枝站在一家俄國點心舖的紗窗外。裏面格子上各式各樣的油黃色的點心，腸子，豬腿，小雞，這些吃的東西，在那裏發出油亮。最後她發現一個整個的肥胖小豬，豎起耳朵伏在一個長盤裏。小豬四周擺了一些小白菜和紅辣椒。她要立刻上去連盤子都抱住，抱回家去快給母親看。不能那樣做，她又恨小日本子，若不是小日本子攪鬧鄉村，自家的母豬不是早生了小豬嗎？

「布包」在肘間漸漸脫落，她不自覺的在舖門前站不安定，行人道上人多起來，她碰撞著行人。一個漂亮的俄國女人從點心舖出來，金枝連忙注意到她透孔的鞋子下面染紅的腳趾甲；女人走得很快，比男人還快，使她不能再看。

人行道上：克——克——的大響，大隊的人經過，金枝一看見銅帽子就知道是日本兵，日本兵使她離開點心舖快快跑走。

她遇到周大娘向她說：

「一點活計也沒有，我穿這一件短衫，再沒有替換的，連買幾尺布錢也攢不下，十天一交費用，那就是一塊五角。又老，眼睛又花，縫的也慢，從沒人領我到家裏去縫。一個月的飯錢還是欠著，我住得年頭多了！若是新來，那就非被趕出去不可。」她走一條橫道又說：「新來的一個張婆，她有病都被趕走了。」

經過肉舖，金枝對肉舖也很留戀，她想買一斤肉回家也滿足，母親半年多沒嘗過肉味。松花江，江水不住的流，早晨還沒有遊人，舟子在江沿無聊的彼此罵笑。

周大娘坐在江邊。悵然了一刻，接著擦她的眼睛，眼淚是爲著她末日的命運在流。江水輕輕拍著江岸。

金枝沒被感動，因爲她剛來到都市，她還不曉得都市。

金枝為著錢，為著生活，她小心的跟了一個獨身漢去到他的房舍。剛踏進門，金枝看見那張床，就害怕，她不坐在床邊，坐在椅子上先縫被褥。那個男人開始慢慢和她說話，每一句話使她心跳。可是沒有什麼，金枝覺得那人很同情她。接著就縫一件夾衣的袖口，夾衣是從那個人身上立刻脫下的，等到袖口縫完時，那男人從腰帶間一個小口袋取出一元錢給她，那男人一面把錢送過去，一面用他短鬍子的嘴向金枝扭了一下，他說：

「寡婦有誰可憐你？」

金枝是鄉下女人，她還看不清那人是假意同情，她輕輕受了「可憐」字眼的感動，她心有些波蕩，停在門口，想說一句感謝的話，但是她不懂說什麼，終於走了！她聽道旁大水壺的笛子在耳邊叫，麵包作坊門前取麵包的車子停在道邊，俄國老太太花紅的頭巾馳過她。

「噯！回來……你來，還有衣裳要縫。」

那個男人脹紅了脖子追在後面。等來到房中，沒有事可做，那個男人像猿猴一般，袒露出多毛的胸膛，去用厚手掌門門去了！而後他開始解他的褲子，最後他叫金枝：

「快來呀……小寶貝。」他看一看金枝嚇住了，沒動：「我叫你是縫褲子，你怕什麼？」

縫完了，那人給她一元票，可是不把票子放到她的手裏，把票子摔到床底，讓她彎腰去取，又當她取得票子時奪過來讓她再取一次。

金枝完全擺在男人懷中，她不是正音嘶叫：

「對不起娘呀！……對不起娘……」

她無助的嘶狂著，圓眼睛望一望鎖住的門不能自開，她不能逃走，事情必然要發生。

女工店吃過晚飯，金枝好像踏著淚痕行走，她的頭過分的迷昏，心臟落進汙水溝中似的，她的腿骨軟了，鬆懈了，爬上炕取她的舊鞋，和一條手巾，她要回鄉，馬上躺到娘身上去哭。

炕尾一個病婆，垂死時被店主趕走，她們停下那件事不去議論，金枝把她們的趣味都集中來。

「什麼勾當？這樣著急？」第一個是周大娘問她。

「她一定進財了！」第二個是禿頭胖子猜說。

周大娘也一定知道金枝賺到錢了，因爲每個新來的第一次「賺錢」都是過分的羞恨。羞恨摧毀她，忽然患著傳染病一般。

「慣了就好了！那怕什麼！弄錢是真的，我連金耳環都賺到手裏。」

禿胖子用好心勸她，並且手在扯著耳朵。別人罵她：

「不要臉，一天就是你不要臉！」

旁邊那些女人看見金枝的痛苦，就是自己的痛苦，人們慢慢四散，去睡覺了，對於這件事情並不表示新奇和注意。

金枝勇敢的走進都市，羞恨又把她趕回了鄉村，在村頭的大樹枝上發現人頭。一種感覺通過骨髓麻寒她全身的皮膚，那是怎樣可怕，血浸的人頭！

母親拿著金枝的一元票子，她的牙齒在嘴裏埋沒不住，完全外露。她一面細看票子上的花紋，一面快樂有點不能自制的說：

「來家住一夜明日就走吧！」

金枝在炕沿捶打酸痛的腿骨；母親不注意女兒爲什麼不歡喜，她只跟了一張票子想到另一張，在她想，許多票子不都可以到手嗎？她必須鼓勵女兒。

「你應該洗洗衣裳收拾一下，明天一早必得要行路的，在村子裏是沒有出頭露面之日。」

爲了心切，她好像責備著女兒一般，簡直對於女兒沒有熱情。

一扇窗子立刻打開，拿著槍的黑臉孔的人竟跳進來，踏了金枝的左腿一下。那個黑人向棚頂望了望，他熟習的爬向棚頂去，王婆也跟著走來，她多日不見金枝而沒說一句話，宛如她什麼也看不見似的。一直爬上棚頂去。

金枝和母親什麼也不曉得，只是爬上去。直到黃昏惡消息仍沒傳來，他們和爬蟲樣才從棚頂爬下。王婆說：

「哈爾濱一定比鄉下好，你再去就在那裏不要回來，村子裏日本子越來越惡，他們捉大肚女人，破開肚子去破『紅槍會』（義勇軍的一種），活顯顯的小孩從肚皮流出來。爲這事，李青山把兩個日本子的腦袋割下掛到樹上。」

金枝鼻子作出哼聲：

「從前恨男人，現在恨小日本子。」最後她轉到傷心的路上去：「我恨中國人呢？除外我什麼也不恨。」

王婆的學識有點不如金枝了！

十五、失敗的黃色藥包

開拔的隊伍在南山道轉彎時，孩子在母親懷中向父親送別。行過大樹道，人們滑過河邊。他們的衣裝和步伐看起來不像一個隊伍，但衣服下藏著猛壯的心。這些心把他們帶走，他們的心銅一般凝結著出發。最末一刻大山坡還未曾遮沒最後的一個人，一個抱在媽媽懷中的小孩他呼叫「爹爹」。孩子的呼叫什麼也沒得到，父親連手臂也沒搖動一下，孩子好像把聲響撞到了岩石。

女人們一進家屋，屋子好像空了；房屋好像修造在天空，素白的陽光在窗上，卻不帶來一點意義。她們不需要男人回來，只需要好消息。消息來時，是五天過後，老趙三赤著他顯露筋骨的腳奔向李二嬸子去告訴：

「聽說青山他們被打散啦！」顯然趙三是手足無措，他的鬍子也震驚起來，似乎忙著要從他的嘴巴跳下。

「真的有人回來了嗎？」

李二嬸子的喉嚨變做細長的管道，使聲音出來做出多角形。

「真的平兒回來啦。」趙三說。

嚴重的夜，從天上走下。日本兵團剿打魚村，白旗屯，和三家子……

平兒正在王寡婦家，他休息在情婦的心懷中。外面狗叫，聽到日本人說話，平兒越牆逃走；他埋進一片蒿草中，蛤蟆在腳間跳。

「非拿住這小子不可，怕是他們和義勇軍接連。」

在蒿草中他聽清這是誰們在說：「走狗們。」

平兒他聽清他的情婦被拷打：

「男人哪裡去啦？——快說，再不說槍斃！」

他們不住罵：「你們這些母狗，豬養的。」

平兒完全赤身，他走了很遠。他去扯衣襟拭汗，衣襟沒有了，在腿上扒了一下，於是才發現自己的身影落在地面和光身的孩子一般。

二里半的麻婆子被殺，羅圈腿被殺，死了兩個人，村中安息兩天。第三天又是要死人的日子。日本兵滿村竄走，平兒到金枝家棚頂去過夜。金枝說：

「不行呀！棚頂方才也來小鬼子翻過。」

平兒於是在田間跑著，槍彈不住向他放射，平兒的眼睛不會轉彎，他聽有人近處叫：

「拿活的，拿活的。……」

他錯覺的聽到了一切，他遇見一扇門推進去，一個老頭在燒飯，平兒快流眼淚了：

「老伯伯，救命，把我藏起來吧！快救命吧！」

老頭子說：「什麼事？」

「日本子捉我。」

平兒鼻子流血，好像他說到日本子才流血。他向全屋四面張望，就像連一條縫也沒尋到似的，他轉身要跑，老人捉住，出了後門，盛糞的長形的籠子在門旁，掀起糞籠老人說：

「你就爬進去，輕輕喘氣。」

老人用粥飯塗上紙條把後門封起來，他到鍋邊吃飯。糞籠下的平兒聽見來人和老人講話，接著他便聽到有人在弄門閂，門就要開了，自己就要被捉了！他想要從籠子跳出來。但，很快那些人，那些魔鬼去了！

平兒從安全的糞籠出來，滿臉糞屑，白臉染著紅血條，鼻子仍然流血，他的樣子已經很可慘。

李青山這次他信任「革命軍」有用，逃回村來，他不同別人一樣帶回衰喪的樣子，他在王婆家說：

「革命軍所好的是他不胡亂幹事，他們有紀律，這回我算相信，紅鬍子算完蛋：自己紛爭，亂撞胡撞。」

這次聽眾很少，人們不相信青山。村人天生容易失望，每個人容易失望。每個人覺得完了！只有老趙三，他不失望，他說：

「那麼再組織起來去當革命軍吧！」

王婆覺得趙三說話和孩子一般可笑。但是她沒笑他。她的身邊坐著戴男人帽子的當過鬍子救過國的女英雄說：

「死的就丟下，那麼受傷的怎樣了？」

「受微傷的不都回來了嗎！受重傷那就管不了，死就是啦！」

正這時北村一個老婆婆瘋了似的哭著跑來和李青山拚命。她捧住頭，像捧住一塊石頭般地投向牆壁，嘴中發出短句：

「李青山。……仇人……我的兒子讓你領走去喪命。」

人們拉開她，她有力掙扎，比一條瘋牛更有力：

「就這樣不行，你把我給小日本子送去吧！我要死，……到應死的時候了！……」

她就這樣不住的捉她的頭髮，慢慢她倒下來，她換不上氣來，她輕輕拍著王婆的膝蓋：

「老姐姐，你也許知道我的心，十九歲守寡，守了幾十年，守這個兒子；……我那些挨餓的日子呀！我跟孩子到山坡去割毛草，大雨來了，雨從山坡把娘兒兩個拍滾下來，我的頭，在我想是碎了，誰知道？還沒死……早死早完事。」

她的眼淚一陣濕熱濕透王婆的膝蓋，她開始輕輕哭：

「你說我還守什麼？……我死了吧！有日本子等著，菱花那丫頭也長不大，死了吧！」

果然死了，房梁上吊死的。三歲孩子菱花小脖頸和祖母並排懸著，高掛起正像兩條瘦魚。

死亡率在村中又在開始快速，但是人們不怎樣覺察，患著傳染病一般地全村又在昏迷中掙扎。

「愛國軍」從三家子經過，張著黃色旗，旗上有紅字「愛國軍」。人們有的跟著去了！他們不知道怎樣愛國，愛國又有什麼用處，只是他們沒有飯吃啊！

李青山不去，他說那也是鬍子編成的。老趙三爲著「愛國軍」和兒子吵架：

「我看你是應該去，在家若是傳出風聲去有人捉拿你。跟去混混，到最末就是殺死一個日本鬼子也上算，也出出氣。年輕氣壯，出一口氣也是好的。」

老趙三一點見識也沒有，他這樣盲動的說話使兒子不佩服，平兒同爹爹講話總是把眼睛繞著圈子斜視一下，或是不調協的抖一兩下肩頭，這樣對待他，他非常不願意接受，有時老趙三自己想：

「老趙三怎不是個小趙三呢？」

十六、尼姑

金枝要做尼姑去。

尼姑庵紅磚房子就在山尾那端。她去開門沒能開，成群的麻雀在院心啄食，石階生滿綠色的苔蘚，她問一個鄰婦，鄰婦說：

「尼姑在事變以後，就不見，聽說跟造房子的木匠跑走的。」

從鐵門欄看進去，房子還未上好窗子，一些長短的木塊尙在院心，顯然可以看見正房裏，淒涼的小泥佛正坐著。

金枝看見那個女人肚子大起來，金枝告訴她說：

「這樣大的肚子你還敢出來？你沒聽說小日本子把大肚女人弄去破『紅槍會』嗎？日本子把大肚子割開，去帶著上陣，他們說『紅槍會』什麼也不怕，就怕女人；日本子叫『紅槍會』做『鐵孩子』呢！」

那個女人立刻哭起來。

「我說不嫁出去，媽媽不許，她說日本子就要姑娘，看看，這回怎麼辦？孩子的爹爹走就沒見回來，他是去當『義勇軍』。」

有人從廟後爬出來，金枝她們嚇著跑。

「你們見了鬼嗎？我是鬼嗎？……」

往日美麗的年輕的小夥子，和死蛇一般爬回來。五姑姑出來看見自己的男人，她想到往日受傷的馬，五姑姑問他：「『義勇軍』全散了嗎？」

「全散啦！全死啦！就連我也死啦！」他用一隻胳膊打著草梢輪回：

「養漢老婆，我弄得這個樣子，你就一句親熱的話也沒有嗎？」

五姑姑垂下頭，和睡了的向日葵花一般。大肚子的女人回家去了！金枝又走向哪裡去？她想出家，廟庵早已空了！

十七、不健全的腿

「『人民革命軍』在哪裡？」二里半突然問起趙三說。這使趙三想：「二里半當了走狗吧？」他沒對他告訴。二里半又去問青山。青山說：

「你不要問，再等幾天跟著我走好了！」

二里半急迫著好像他就要跑到革命軍去。青山長聲告訴他：

「革命軍在磐石，你去得了嗎？我看你一點膽量也沒有，殺一隻羊都不能夠。」接著他故意羞辱他似的：

「你的山羊還好啊？」

二里半爲了生氣，他的白眼球立刻多過黑眼球，他的熱情立刻在心裏結成冰。李青山不與他再多說一句，望向窗外天邊的樹，小聲搖著頭，他唱起小調來。二里半臨出門，青山的女人流汗在廚房向他說：

「李大叔，吃了飯走吧。」

青山看到二里半可憐的樣子，他笑說：

「回家做什麼，老婆也沒有了，吃了飯再說吧！」

他自己沒有了家庭，他貪戀別人的家庭。當他拾起筷子時，很快一碗麥飯吃下去了，接連他又吃兩大碗，別人還不吃完，他已經在抽煙了！他一點湯也沒喝，只吃了飯就去抽煙。

「喝些湯，白菜湯很好。」

「不喝，老婆死了三天，三天沒吃乾飯哩！」二里半搖著頭。

青山忙問：「你的山羊吃了乾飯沒有？」

二里半吃飽飯，好像一切都有希望。他沒生氣，照例自己笑起來。他感到滿意離開青山家。在小道不斷的抽他的煙火。天色茫茫的並不引他悲哀，蛤蟆在小河邊一聲聲的哇叫。河邊的小樹隨了風在騷鬧，他踏著往日自己的菜田，他振動著往日的心波。菜田連棵菜也不生長。

那邊的人家的老太太和小孩子們載起暮色來在田上匍匐。他們相遇在地端，二里半說：

「你們在掘地嗎？地下可有寶物？若有我也蹲下掘吧！」

一個很小的孩子發出脆聲：「拾麥穗呀！」孩子似乎是快樂，老祖母在那邊已嘆息了：

「有寶物？……我的老天爺？孩子餓得亂叫，領他們來拾幾粒麥穗，回家給他們做乾糧吃。」

二里半把煙袋給老太太吸，她拿過煙袋，連擦都沒有擦，就放進嘴去。顯然她是熟習吸煙，並且十分需要。她把肩膀抬得高高，她緊合了眼睛，濃煙不住從嘴冒出，從鼻孔冒出。那樣很危險，好像她的鼻子快要著火。

「一個月也多了，沒得摸到煙袋。」

她像仍不願意捨棄煙袋，理智勉強了她。二里半接過去把煙袋在地面搕響著。

人間已是那般寂寞了！天邊的紅霞沒有鳥兒翻飛，人家的籬牆沒有狗兒吠叫。

老太太從腰間慢慢取出一個紙團，紙團慢慢在手下舒展開，而後又摺平。

「你回家去看看吧！老婆、孩子都死了！誰能救你，你回家去看看吧！看看就明白啦！」

她指點那張紙，好似指點符咒似的。

天更黑了！黑得和帳幕緊逼住人臉。最小的孩子，走幾步，就抱住祖母的大腿，他不住的嚷著：

「奶奶，我的筐滿了，我提不動呀！」

祖母爲他提筐，拉著他。那幾個大一些的孩子衛隊似的跑在前面。到家，祖母點燈看時，滿筐蒿草，蒿草從筐沿要流出來，而沒有麥穗，祖母打著孩子的頭笑了：

「這都是你拾得的麥穗嗎？」祖母把笑臉轉換哀傷的臉，她想：「孩子還不能認識麥穗，難爲了孩子！」

五月節，雖然是夏天，卻像吹起秋風來。二里半熄了燈，凶壯著從屋簷出現，他提起切菜刀，在牆角，在羊棚，就是院外白樹下，他也搜遍。他要使自己無牽無掛，好像非立刻殺死老羊不可。

這是二里半臨行的前夜：

老羊鳴叫著回來，鬍子間掛了野草，在欄柵處擦得欄柵響。二里半手中的刀，舉得比頭還高，他朝向欄杆走去。

菜刀飛出去，喳啦的砍倒了小樹。

老羊走過來，在他的腿間搔癢。二里半許久許久的摸撫羊頭，他十分羞愧，好像耶穌教徒一般向羊禱告。

清早他像對羊說話，在羊棚喃喃了一陣，關好羊欄，羊在欄中吃草。

五月節，晴朗的青空。老趙三看這不像個五月節樣；麥子沒長起來，嗅不到麥香，家家門前沒掛紙葫蘆。他想這一切是變了！變得這樣速！去年五月節，清清明明的，就在眼前似的，孩子們不是捕蝴蝶嗎？他不是喝酒嗎？

他坐在門前一棵倒折的樹幹上，憑弔這已失去的一切。

李青山的身子經過他，他扮成「小工」模樣，赤足捲起褲口，他說給趙三：

「我走了！城裏有人候著，我就要去……」

青山沒提到五月節。

二里半遠遠跛腳奔來，他青色馬一樣的臉孔，好像帶著笑容。他說：

「你在這裏坐著，我看你快要朽在這根木頭上，……」

二里半回頭看時，被關在欄中的老羊，居然隨在身後，立刻他的臉更拖長起來：

「這條老羊……替我養著吧！趙三哥！你活一天替我養一天吧！……」

二里半的手，在羊毛上惜別，他流淚的手，最後一刻摸著羊毛。

他快走，跟上前面李青山去。身後老羊不住哀叫，羊的鬍子慢慢在擺動……

二里半不健全的腿顛跌著顛跌著，遠了！模糊了！山崗和樹林，漸去漸遙。羊聲在遙遠處伴著老趙三茫然的嘶鳴。

牛車上

金花菜在三月的末梢就開遍了溪邊。我們的車子在朝陽裡軋著山下的紅綠顏色的小草，走出了外祖父的村梢。

車伕是遠族上的舅父，他打著鞭子，但那不是打在牛的背上，只是鞭梢在空中繞來繞去。

「想睡了嗎？車剛走出村子呢！喝點梅子湯吧！等過了前面的那道溪水再睡。」外祖父家的女傭人，是到城裡去看她的兒子的。

「什麼溪水，剛才不是過的嗎？」從外祖父家帶回來的黃貓也好像要在我的膝頭上睡覺了。

「後塘溪。」她說。

「什麼後塘溪？」我並沒有注意她，因爲外祖父家留在我們的後面，什麼也看不見了，只有村梢上廟堂前的紅旗桿還露著兩個金頂。

「喝一碗梅子湯吧，提一提精神。」她已經端了一杯深黃色的梅子湯在手裡，一邊又去蓋著瓶口。

「我不提，提什麼精神，你自己提吧！」

他們都笑了起來，車伕立刻把鞭子抽響了一下。

「你這姑娘……頑皮，巧舌頭……我……我……」他從車轅轉過身來，伸手要抓我的頭髮。

我縮著肩頭跑到車尾上去。村裡的孩子沒有不怕他的，說他當過兵，說他捏人的耳朵也很痛。

五雲嫂下車去給我採了這樣的花，又採了那樣的花，曠野上的風吹得更強些，所以她的頭巾好像是在飄著，因爲鄉村留給我尚沒有忘卻的記憶，我時時把她的頭巾看成烏鴉或是鵲雀。她幾乎是跳著，幾乎和孩子一樣。回到車上，她就唱著各種花朵的名字，我從來沒有看到過她像這樣放肆一般地歡喜。

車伕也在前面哼著低粗的聲音，但那分不清是什麼詞句。那短小的煙管順著風時時送著煙氛。我們的路途剛一開始，希望和期待都還離得很遠。

我終於睡了，不知是過了後塘溪，是什麼地方，我醒過一次，模模糊糊的好像那管鴨的孩子仍和我打著招呼，也看到了坐在牛背上的小根和我告別的情景……也好像外祖父拉住我的手又在說：「回家告訴你爺爺，秋涼的時候讓他來鄉下走走……你就說你姥爺醃的鵪鶉和頂好的高粱酒等著他來一塊喝呢……你就說我動不了，若不然，這兩年，我總也去……」

喚醒我的不是什麼人，而是那空空響的車輪。我醒來，第一下看到的是那黃牛自己走在大道上，車伕並不坐在車轅。在我尋找的時候，他被我發現在車尾上。手上的鞭子被他的煙管代替著，左手不住的在擦著下頦，他的眼睛順著地平線望著遼闊的遠方。

我尋找黃貓的時候，黃貓坐到五雲嫂的膝頭上去了，並且她還撫摸貓的尾巴。我看看她的藍布頭巾已經蓋過了眉頭，鼻子上顯明的皺紋因爲掛了塵土，更顯明起來。

他們並沒有注意到我的醒轉。

「到第三年他就不來信啦！你們這當兵的人……」

我就問她：「你丈夫也是當兵的嗎？」

趕車的舅舅，抓了我的辮髮，把我向後拉了一下。

「那麼以後……就總也沒有信來？」他問她。

「你聽我說呀！八月節剛過，……可記不得那一年啦，吃完了早飯，我就在門前餵豬，一邊啌啌地敲著槽子，一邊嘀嘮嘀嘮的叫著豬。……哪裡聽得著呢？南村王家的二姑娘喊著：『五雲嫂，五雲嫂，……』一邊跑著一邊喊：『我娘說，許是五雲哥給你捎來的信！』真是，在我眼前的真是一封信，等我把信拿到手哇！看看……我不知為什麼就止不住心酸起來……他還活著嗎！他……眼淚就掉在那紅箋條上，我就用手去擦，一擦這紅圈子就印到白的上面去。把豬食就丟在院心……進屋換了件乾淨衣裳。我就趕緊跑，跑到南村的學房見了學房的先生，我一面笑著就一面流著眼淚……我說：『是外頭人來的信，請先生看看……一年來的沒來過一個字。』學房先生接到手裡一看，就說不是我的。那信我就丟在學房裡跑回來啦……豬也沒有餵，雞也沒有上架，我就躺在坑上啦……好幾天，我像失了魂似的。」

「從此就沒有來信？」

「沒有。」她打開了梅子湯的瓶口，喝了一碗，又喝一碗。

「你們這當兵的人，只說三年二載……可是回來……回來個什麼呢！回來個魂靈給人看看吧……」

「什麼？」車伕說：「莫不是陣亡在外嗎……」

「是，就算吧！音信皆無過了一年多。」

「是陣亡？」車伕從車上跳下去，拿了鞭子，在空中抽了兩下，似乎是什麼爆裂的聲音。

「還問什麼……這當兵的人真是凶多吉少。」她折皺的嘴唇好像撕裂了的綢片似的，顯得輕浮和單薄。

車子一過黃村，太陽就開始斜了下去，青青的麥田上飛著鵲雀。

「五雲哥陣亡的時候，你哭嗎？」我一面捉弄著黃貓的尾巴，一面看著她。但她沒有睬我，自己在整理著頭巾。

等車伕顛跳著來在了車尾，扶了車欄，他一跳就坐在了車轅，在他沒有抽煙之前，他的厚嘴唇好像關緊了的瓶口似的嚴密。

五雲嫂的說話，好像落著小雨似的，我又順著車欄睡下了。

等我再醒來，車子停在一個小村頭的井口邊，牛在飲著水，五雲嫂也許是哭過，她陷下的眼睛高起了，並且眼角的皺紋也張開來。車伕從井口絞了一桶水提到車子旁邊：

「不喝點嗎？清涼清涼……」

「不喝。」她說。

「喝點吧，不喝就是用涼水洗洗臉也是好的。」他從腰帶上取下手巾來，浸了浸水，「揩一揩！塵土迷了眼睛……」

當兵的人，怎麼也會替人拿手巾？我感到了驚奇。我知道的當兵的人就會打仗，就會打女人，就會捏孩子們的耳朵。

「那年冬天，我去趕年市……我到城裡去賣豬鬃，我在年市上喊著：『好硬的豬鬃來……好長的豬鬃來……』後一年，我好像把他爹忘下啦……心上也不牽掛……想想那沒有個好，這些年，人還會活著！到秋天，我也到田上去割高粱，看我這手，也吃過氣力……春天就帶著孩子去做長工，兩個月三個月的就把家拆了。冬天又把家歸攏起來。什麼牛毛啦……豬毛啦……還有些收拾來的鳥雀的毛。冬天就在家裡收拾，收拾乾淨了呀……就選一個暖和的天氣進城去賣。若有順便進城去的車呢，把禿子也就帶著……那一次沒有帶禿子。偏偏天氣又不好，天天下清雪，年市上不怎麼熱鬧；沒有幾捆豬鬃也總賣不完。一早就蹲在市上，一直蹲到太陽偏西。在十字街口，一家大買賣的牆頭上貼著一張大紙，人們來來往往的在那裡看，像是從一早那張紙就貼出來了！也許是晌午貼的……有的還一邊看，一邊念出來幾句。我不懂得那一套……人們說是：『告示，告示』，可是告的什麼，我也不懂那一套……『告示』倒知道是官家的事情，與我們做小民的有什麼長短！可不知為什麼看的人就那麼多……聽說麼，是捉逃兵的『告示』……又聽說麼……又聽說麼……幾天就要送到縣城來槍斃……」

「哪一年？民國十年槍斃逃兵二十多個的那回事嗎？」車伕把捲起的衣袖在下意識裡把它放下來，又用手扶著下頦。

「我不知道那叫什麼年……反正槍斃不槍斃與我何干，反正我的豬鬃賣不完就不走運氣……」她把手掌互相擦了一會，猛然，像是拍著蚊蟲似的，憑空打了一下：

「有人念著逃兵的名字……我看著那穿黑馬褂的人……我就說：『你再念一遍！』起先豬毛還拿在我的手上……我聽到了姜五雲姜五雲的，好像那名字響了好幾遍……我過了一些時候才想要嘔吐……喉管裡像有什麼腥氣的東西噴上來，我想嚥下去……又嚥不下去……眼睛冒著火苗……那些看『告示』的人往上擠著，我就退在了旁邊，我再上前去看看，腿就不做主啦！看『告示』的人越多，我就退下來了！越退越遠啦……」

她的前額和鼻頭都流下汗來。

「跟了車，回到鄉裡，就快半夜了。一下車的時候，我才想起了豬毛……哪裡還記得起豬毛……耳朵和兩張木片似的啦……包頭巾也許是掉在路上，也許是掉在城裡……」

她把頭巾掀起來，兩個耳朵的下梢完全丟失了。

「看看，這是當兵的老婆……」

這回她把頭巾束得更緊了一些，所以隨著她的講話那頭巾的角部也起著小小的跳動。

「五雲倒還活著，我就想看看他，也算夫婦一回……

「……二月裡，我就背著禿子，今天進城，明天進城……『告示』聽說又貼過了幾回，我不去看那玩意兒，我到衙門去問，他們說：『這裡不管這事。』讓我到兵營裡去……我從小就怕見官……鄉下孩子，沒有見過。那些帶刀掛槍的，我一看到就發顫……去吧！反正他們也不是見人就殺……後來常常去問，也就不怕了。反正一家三口，已經有一口拿在他們的手心裡……他們告訴我，逃兵還沒有送過來。我說什麼時候才送過來呢？他們說：『再過一個月吧！』等我一回到鄉下就聽說逃兵已從什麼縣城，那是什麼縣城？到今天我也記不住那是什麼縣城……就是聽說送過來啦就是啦……都說若不快點去看，人可就沒有了。我再背著禿子，再進城……去問問，兵營的人說：『好心急，你還要問個百八十回。不知道，也許就不送過來的。』……有一天，我看著一個大官，坐著馬車，叮東叮東的響著鈴子，從營房走出來了……我把禿子放在地上，我就跑過去，正好馬車是向著這邊來的，我就跪下了，也不怕馬蹄就踏在我的頭上。

「『大老爺，我的丈夫……姜五……』我還沒有說出來，就覺得肩膀上很沉重……那趕馬車的把我往後面推倒了，好像跌了跤似的我爬在道邊去。只看到那趕馬車的也戴著兵帽子。

「我站起來，把禿子又背在背上……營房的前邊，就是一條河，一個下半天都在河邊上看著河水。有些釣魚的，也有些洗衣裳的。遠一點，在那河灣上，那水就深了，看著那浪頭一排排地從眼前過去。不知道幾百條浪頭都坐著看過去了。我想把禿子放在河邊上，我一跳就下去吧！留他一條小命，他一哭就會有人把他收了去。

「我拍著那小胸脯，我好像說：『禿兒，睡吧。』我還摸摸那圓圓的耳朵，那孩子的耳朵，真是，長得肥滿，和他爹的一模一樣，一看到那孩子的耳朵，就看到他爹了。」

她為了讚美而笑了笑。

「我又拍著那小胸脯，我又說：『睡吧！禿兒。』我想起了，我還有幾吊錢，也放在孩子的胸脯上吧！正在伸，伸手去放……放的時節……孩子睜開眼睛了……又加上一隻風船轉過河灣來，船上的孩子喊媽的聲音我一聽到，我就從沙灘上面……把禿子抱……抱在……懷裡了……」

她用包頭巾像是按了按她的喉嚨，隨著她的手，眼淚就流了下來。

「還是……還是背著他回家吧！哪怕討飯，也是有個親娘……親娘的好……」

那藍色頭巾的角部，也隨著她的下頦顫抖了起來。

我們車子的前面正過著羊群，放羊的孩子口裡響著用柳條做成的叫子，野地在斜過去的太陽裡邊分不出什麼是花，什麼是草了！只是混混黃黃的一片。

車伕跟著車子走在旁邊，把鞭梢在地上蕩起著一條條的煙塵。

「……一直到五月，營房的人才說：『就要來的，就要來的。』

「……五月的末梢，一隻大輪船就停在了營房門前的河沿上。不知怎麼這樣多的人！比七月十五看河燈的人還多……」

她的兩隻袖子在招搖著。

「逃兵的家屬，站在右邊……我也站過去，走過一個帶兵帽子的人，還每人給掛了一張牌子……誰知道，我也不認識那字……

「要搭跳板的時候，就來了一群兵隊，把我們這些掛牌子的……就圈了起來……『離開河沿遠點，遠點……』他們用槍把手把我們趕到離開那輪船有三四丈遠……站在我旁邊的，一個白鬍子的老頭，他一隻手提著一個包裹，我問他：『老伯，爲啥還帶來這東西？』……『哼！不！……我有一個兒子和一個侄子……一人一包……回陰曹地府，不穿潔淨衣裳是不上高的。……』

「跳板搭起來了……一看跳板搭起來就有哭的……我是不哭，我把腳跟立得穩穩當當的，眼睛往船上看著……可是，總不見出來……過了一會，一個兵官，挎著洋刀，手扶著欄杆說；『讓家屬們再往後退退……就要下船……』，聽著嘀嘮一聲，那些兵隊又用槍把手把我們向後趕了過去，一直趕上了道旁的豆田，我們就站在豆秧上，跳板又呼隆隆地搭起了一塊……走下來了，一個兵官領頭……那腳鐐子，嘩啦嘩啦的……我還記得，第一個還是個小矮個……走下來五六個啦……沒有一個像禿子他爹寬寬肩膀的，是真的，很難看……兩條胳臂直伸伸的……我看了半天功夫才看出手上都是帶了銬子的。旁邊的人越哭，我就格外更安靜。我只把眼睛看著那跳板……我要問問他爹『爲啥當兵不好好當，要當逃兵……你看看，你的兒子，對得起嗎？』

「二十來個，我不知道哪個是他爹，遠看都是那麼個樣兒。一個年輕的媳婦……還穿了件綠衣裳，發瘋了似地，穿開了兵隊搶過去了……當兵的哪肯叫她過去……就把她抓回來，她就在地上打滾，她喊：『當了兵還不到三個月呀……還不到……』兩個兵隊的人，就把她抬回來，那頭髮都披散開啦。又過了一袋煙的工夫，才把我們這些掛牌子的人帶過去……越走越近了，越近也就越看不清楚哪個是禿子他爹……眼睛起了白蒙……又加上別人都嗚嗚啕啕的，哭得我多少也有點心慌……

「還有的嘴上抽著煙捲，還有的罵著……就是笑的也有。當兵的這種人……不怪說，當兵的不惜命……

「我看看，真是沒有禿子他爹，哼！這可怪事……我一回身就把一個兵官的皮帶抓住：『姜五雲呢？』『他是你的什麼人？』『是我的丈夫。』我把禿子可就放在地上啦……放在地上那不做美的就哭起來，我拍的一聲，給禿子一個嘴巴……接著我就打了那兵官：『你們把人消滅到什麼地方去啦？』

「『好的……好傢伙……夠朋友……』那些逃兵們就連起聲來跺著腳喊。兵官看看這情形，趕快叫當兵的把我拖開啦……他們說：『不只姜五雲一個人，還有兩個沒有送過來，明後天，下一班船就送來……逃兵裡他們三個是頭目。』

「我背著孩子就離開了河沿，我就掛著牌子走下去了，我一路走，一路兩條腿發顫。奔來看熱鬧的人滿街滿道啦……我走過了營房的背後，兵營的牆根下坐著那提著兩個包裹的老頭，他的包裹只剩了一個。我說：『老伯伯，你的兒子也沒來嗎？』我一問他，他就把背脊弓了起來，用手把鬍子放在嘴唇上，咬著鬍子就哭啦！

「他還說：『因爲是頭目，就當地正法了咧！』當時我還不知道這『正法』是什麼……」

她再說下去，那是完全不相接連的話頭。

「又過三年，禿子八歲的那年，把他送進了豆腐房……就是這樣：一年我來看他兩回。二年回家一趟……回來也就是十天半月的……」

車伕離開車子，在小毛道上走著，兩隻手放在背後，太陽從橫面把他拖成一條長影，他每走一步，那影子就分成了一個叉形。

「我也有家小……」他的話從嘴唇上流了下來似的，好像他對著曠野說的一般。

「喲！」五雲嫂把頭巾放鬆了些。

「什麼！」她鼻子上的折皺糾動了一些時候，「可是真的……兵不當啦也不回家……」

「哼！回家！就背著兩條腿回家？」車伕把肥厚的手揩扭著自己的鼻子笑了。

「這幾年，還沒多少賺幾個？」

「都是想賺幾個呀！才當逃兵去啦！」他把腰帶更束緊了一些。

我加了一件棉衣，五雲嫂披了一張毯子。

「嗯！還有三里路……這若是套的馬……嗯！一顛搭就到啦！牛就不行，這牲口性子沒緊沒慢，上陣打仗，牛就不行……」車伕從草包取出棉襖來。

那棉襖順著風飛著草末，他就穿上了。

黃昏的風，卻是和二月裡的一樣。車伕在車尾上打開了外祖父給祖父帶來的酒罈。

「喝吧！半路開酒罈，窮人好賭錢……喝上兩杯……」他喝了幾杯之後，把胸膛就完全露在外面。他一面嚼嚼著肉乾，一邊嘴上起著泡沫。風從他的嘴邊走過時，他唇上的泡沫也宏大了一些。

我們將奔到的那座城，在一種灰色的氣氛裡，只能夠辨別那不是曠野，也不是山崗，又不是海邊，又不是樹林，……

車子越往前時，城座看來越退越遠。臉孔和手上，都有一種黏黏的感覺……再往前看。連道路也看不到盡頭……

車伕收拾了酒罈，拾起了鞭子……這時候，牛角也模糊了去。

「你從出來就沒回過家？家也不來信？」五雲嫂的問話，車伕一定沒有聽到，他打著口哨，招呼著牛。後來他跳下車去，跟著牛在前面走著。

對面走過一輛空車，車轅上掛著紅色的燈籠。

「大霧！」

「好大的霧！」車伕彼此招呼著。

「三月裡大霧……不是兵災，就是荒年……」

兩個車子又過去了。

家族以外的人

著。

我蹲在樹上，漸漸有點害怕，太陽也落下去了，樹葉的聲響也唰唰的了。牆外街道上走著的行人也都和影子似的黑叢叢的，院裡房屋的門窗變成黑洞了，並且野貓在我旁邊的牆頭上跑著叫著。

我從樹上溜下來，雖然後門是開著的，但我不敢進去，我要看看母親睡了還是沒有睡？還沒經過她的窗口，我就聽到了蓆子的聲音：

「小死鬼……你還敢回來！」

我折回去，就順著廂房的牆根又溜走了。

在院心空場上的草叢裡邊站了一些時候，連自己也沒有注意到我折碎了一些草葉咬在嘴裡。白天那些所熟識的蟲子，也都停止了鳴叫；在夜裡叫的是另外一些蟲子，牠們的聲音沉靜，清脆而悠長。那埋著我的高草，和我的頭頂一平，它們平滑，它們在我的耳邊唱著那麼微細的小歌，使我不能相信倒是聽到還是沒有聽到。

「去吧……去……跳跳攢攢的……誰喜歡你……」

有二伯回來了，那喊狗的聲音一直繼續到廂房的那面。

我聽到有二伯那拍響著的失掉了後跟的鞋子的聲音，又聽到廂房門扇的響聲。

「媽睡了沒睡呢？」我推著草葉，走出了草叢。

有二伯住著的廂房，紙窗好像閃著火光似的明亮。我推開門，就站在門口。

「還沒睡？」

我說：「沒睡。」

他在灶口燒著火，火叉的尖端插著玉米。

「你還沒有吃飯？」我問他。

「吃什……麼……飯？誰給留飯！」

我說：「我也沒吃呢！」

「不吃，怎麼不吃？你是家裡人哪……」他的脖子比平日喝過酒之後更紅，並且那脈管和那正在燒著的小樹枝差不多。

「去吧……睡睡……覺去吧！」好像不是對我說似的。

「我也沒吃飯呢！」我看著已經開始發黃的玉米。

「不吃飯，幹什麼來的……」

「我媽打我……」

「打你！為什麼打你？」

孩子的心上所感到的溫暖是和大人不同的，我要哭了，我看著他嘴角上流下來的笑痕。只有他才是偏著我這方面的人，他比媽媽還好。立刻我後悔起來，我覺得我的手在他身旁抓起一些柴草來，抓得很緊，並且許多時候沒有把手鬆開，我的眼睛不敢再看到他的臉上去，只看到他腰帶的地方和那腳邊的火堆。我想說：

「二伯……再下雨時我不說你『下雨冒泡，王八戴草帽』啦……」

「你媽打你……我看該打……」

「怎麼……」我說：「你看……她不讓我吃飯！」

「不讓你吃飯……你這孩子也太好去啦……」

「你看，我在樹上蹲著，她拿火叉子往下叉我……你看……把胳臂都給叉破皮啦……」我把手裡的柴草放下，一隻手捲著袖子給他看。

「叉破皮……爲啥叉的呢……還有個緣由沒有呢？」

「因爲拿了饅頭。」

「還說呢——有出息！我沒見過七八歲的姑娘還偷東西……還從家裡偷東西往外邊送！」他把玉米從叉子上拔下來了。

火堆仍沒有滅，他的鬍子在玉米上，我看得很清楚是掃來掃去的。

「就拿三個……沒多拿……」

「嗯！」把眼睛斜著看我一下，想要說什麼，但又沒有說。只是鬍子在玉米上像小刷子似地來往著。

「我也沒吃飯呢！」我咬著指甲。

「不吃……你願意不吃……你是家裡人！」好像拋給狗吃的東西一樣，他把半段玉米打在我的腳上。

有一天，我看到母親的頭髮在枕頭上已經蓬亂起來，我知道她是睡熟了，我就從木格子下面提著雞蛋筐子跑了。

那些鄰居家的孩子就等在後院的空磨房裡邊。我順著牆根走了回來的時候，安全，毫沒有意外，我輕輕的招呼他們一聲，他們就從窗口把籃子提了進去，其中有一個比我們大一些的，叫他小哥哥的，他一看見雞蛋就抬一抬肩膀，伸一下舌頭。小啞巴姑娘，她還爲了特殊的得意啊啊了兩聲。

「噯！小點聲……花姐她媽剝她的皮呀……」

把窗子關了，就在碾盤上開始燒起火來，樹枝和乾草的煙圍蒸騰了起來；老鼠在碾盤底下跑來跑去；風車站在牆角的地方，那大輪子上邊蓋著蛛網，羅櫃旁邊餘留下來的穀類的粉末，那上面掛著許多種類蟲子的皮殼。

「咱們來分分吧……一人幾個，自家燒自家的。」

火苗旺盛起來了，夥伴們的臉孔，完全照紅了。

「燒吧！放上去吧……一人三個……」

「可是多一個給誰呢？」

「給啞巴吧！」

她接過去，啊啊的。

「小點聲，別吵！別把到肚的東西吵沒啦。」

「多吃一個雞蛋……下回別用手指畫著罵人啦！啊！啞巴？」

蛋皮開始發黃的時候，我們爲著這心上的滿足，幾乎要冒險叫喊了。

「唉呀！快要吃啦！」

「預備著吧，說熟就快的……」

「我的雞蛋比你們的全大……像個大鴨蛋……」

「別叫……別叫。花姐她媽這半天一定睡醒啦……」

窗外有哽哽的聲音，我們知道是大白狗在扒著牆皮的泥土。但同時似乎聽到了母親的聲音。

母親終於在叫我了！雞蛋開始爆裂的時候，母親的喊聲也在尖利的刺著紙窗了。

等她停止了喊聲，我才慢慢從窗子跳出去，我走得很慢，好像沒有睡醒的樣子，等我站到她面前的那一刻，無論如何再也壓制不住那種心跳。

「媽！叫我幹什麼？」我一定慘白了臉。

「等一會……」她回身去找什麼東西的樣子。

我想她一定去拿什麼東西來打我，我想要逃，但我又強制著忍耐了一刻。

「去把這孩子也帶去玩……」把小妹妹放在我的懷中。

我幾乎要抱不動她了，我流了汗。

「去吧！還站在這幹什麼……」其實磨房的聲音，一點也傳不到母親這裡來，她到鏡子前面去梳她的頭髮。

我繞了一個圈子，在磨房的前面，那鎖著的門邊告訴了他們：

「沒有事……不要緊……媽什麼也不知道。」

我離開那門前，走了幾步，就有一種異樣的香味撲了來，並且飄滿了院子。等我把小妹妹放在炕上，這種氣味就滿屋都是了。

「這是誰家炒雞蛋，炒得這樣香……」母親很高的鼻子在鏡子裡使我有點害怕。

「不是炒雞蛋……明明是燒的，哈！這蛋皮味，誰家……呆老婆燒雞蛋……五里香。」

「許是吳大嬸她們家？」我說這話的時候，隔著菜園子看到磨房的窗口冒著煙。

等我跑回了磨房，火完全滅了。我站在他們當中，他們幾乎是摸著我的頭髮。

「我媽說誰家燒雞蛋呢？誰家燒雞蛋呢？我就告訴她，許是吳大嬸她們家。哈！這是吳大嬸？這是一群小鬼……」

我們就開朗的笑著。站在碾盤上往下跳著，甚至於多事起來，他們就在磨房裡捉耗子。因為我告訴他們，我媽抱著小妹妹出去串門去了。

「什麼人啊！」我們知道是有二伯在敲著窗櫺。

「要進來，你就爬上來！還招呼什麼？」我們之中有人回答他。

起初，他什麼也沒有看到，他站在窗口，擺著手。後來他說：

「看吧！」他把鼻子用力抽了兩下：「一定有點故事……哪來的這種氣味？」

他開始爬到窗臺上面來，他那短小健康的身子從窗臺跳進來時，好像一張磨盤滾了下來似的，土地發著響。他圍著磨盤走了兩圈。他上唇的紅色的小鬍子，爲著鼻子時時抽動的緣故，像是一條秋天裡的毛蟲在他的唇上不住地滾動。

「你們燒火嗎？看這碾盤上的灰……花子……這又是你領頭！我要不告訴你媽的……整天家領一群野孩子來作禍……」他要爬上窗口去了，可是他看到了那只筐子：「這是什麼人提出來的呢？這不是咱家裝雞蛋的嗎？花子……你不定又偷了什麼東西……你媽沒看見！」

他提著筐子走的時候，我們還嘲笑著他的草帽。「像個小瓦盆……像個小水桶……」

但夜裡，我是挨打了。我伏在窗臺上用舌尖舐著自己的眼淚。

「有二伯……有老虎……什麼東西……壞老頭子……」我一邊哭著一邊詛咒著他。

但過不多久，我又把他忘記了，我和許多孩子們一道去抽開了他的腰帶，或是用桿子從後面掀掉了他的沒有邊沿的草帽。我們嘲笑他和嘲笑院心的大白狗一樣。

秋末，我們寂寞了一個長久的時間。

那些空房子裡充滿了冷風和黑暗；長在空場上的高草，乾敗了而倒了下來；房後菜園上的各種秧棵完全掛滿了白霜；老榆樹在牆根邊仍舊隨風搖擺它那還沒有落完的葉子；天空是發灰色的，雲彩也失去了形狀，有時帶來了雨點，有時又帶來了細雪。

我爲著一種疲倦，也爲著一點新的發現，我登著箱子和櫃子，爬上了裝舊東西的屋子的棚頂。

那上面黑暗，有一種完全不可知的感覺，我摸到了一個小木箱，我捧著它，來到棚頂洞口的地方，藉著洞口的光亮，看到木箱是鎖著一個發光的小鐵鎖，我把它在耳邊搖了搖，又用手掌拍一拍……那裡面冬郎冬郎的響著。

我很失望，因爲我打不開這箱子，我又把它送了回去。於是我又往更深和更黑的角落處去探爬。因爲我不能站起來走，這黑洞洞的地方一點也不規則，走在上面時時有跌倒的可能。所以在爬著的當兒，手指所觸到的東西，可以隨時把它們摸一摸。當我摸到了一個小玻璃罐，我又回到了亮光的地方……我該多麼高興，那裡面完全是黑棗，我一點也沒有再遲疑，就抱著這寶物下來了，腳尖剛接觸到那箱子的蓋頂，我又和小蛇一樣把自己落下去的身子縮了回來，我又在棚頂蹲了好些時候。

我看著有二伯打開了就是我上來的時候登著的那個箱子。我看著他開了很多時候，他用牙齒咬著他手裡的那塊小東西——他歪著頭，咬得咯啦啦的發響，咬了之後又放在手裡扭著它，而後又把它觸到箱子上去試一試。最後一次那箱子上的銅鎖發著彈響的時候，我才知道他扭著的是一段鐵絲。

他把帽子脫下來，把那塊盤捲的小東西就壓在帽頂裡面。

他把箱子翻了好幾次：紅色的椅墊子，藍色粗布的繡花圍裙……女人的繡花鞋子……還有一團滾亂的花色的絲線，在箱子底上還躺著一只湛黃的銅酒壺。

後來他伸出那佈滿了筋絡的兩臂，震撼著那箱子。

我想他可不是把這箱子搬開！搬開我可怎麼下去？

他抱起好幾次，又放下好幾次，我幾乎要招呼住他。

等一會，他從身上解下腰帶來了，他彎下腰去，把腰帶橫在地上，一張一張的把椅墊子堆起來，壓到腰帶上去，而後打著結，椅墊子被束起來了。他喘著呼喘，試著去提一提。

他怎麼還不快點出去呢？我想到了啞巴，也想到了別人，好像他們就在我的眼前吃著這東西似的使我得意。

「呵哈……這些……這些都是油烏烏的墨棗……」

我要向他們說的話都已想好了。

同時這些棗在我的眼睛裡閃光，並且很滑，又好像已經在我的喉嚨裡上下的跳著。

他並沒有把箱子搬開，他是開始鎖著它。他把銅酒壺立在箱子的蓋上，而後他出去了。

我把身子用力去拖長，使兩個腳掌完全牢牢實實的踏到了箱子，因爲過於用力抱著那玻璃罐，胸脯感到了發痛。

有二伯又走來了，他先提起門旁的椅墊子，而後又來拿箱蓋上的銅酒壺，等他把銅酒壺壓在肚子上面，他才看到牆角站著的是我。

他立刻就笑了，我還從來沒有看到過他笑得這樣過分，把牙齒完全露在外面，嘴唇像是缺少了一個邊。

「你不說麼？」他的頭頂站著無數很大的汗珠。

「說什麼……」

「不說，好孩子……」他拍著我的頭頂。

「那麼，你讓我把這個玻璃罐拿出去？」

「拿吧！」

他一點也沒有看到我，我另外又在門旁的筐子裡抓了五個饅頭跑了。

等母親說丟了東西的那天，我也站到她的旁邊去。

我說：「那我也不知道。」

「這可怪啦……明明是鎖著……可那兒來的鑰匙呢？」母親的尖尖的下顎是向著家裡的別的人說的。

後來那歪脖的年輕的廚夫也說，

「哼！這是誰呢？」

我又說：「那我也不知道。」

可是我腦子上走著的，是有二伯怎樣用腰帶捆了那些椅墊子，怎樣把銅酒壺壓在肚子上，並且那酒壺就貼著肉的。並且有二伯好像在我的身體裡邊咬著那鐵絲咖郎郎的響著似的。我的耳朵一陣陣的發燒，我把眼睛閉了一會。可是一睜開眼睛，我就向著那敞開的箱子又說：

「那我也不知道。」

後來我竟說出了：「那我可沒看見。」

等母親找來一條鐵絲，試著怎樣可以做成鑰匙，她扭了一些時候，那鐵絲並沒有扭彎。

「不對的……要用牙咬，就這樣……一咬……再一扭……再一咬……」很危險，舌頭若一滑轉的時候，就要說了出來。我看見我的手已經在做著式子。

我開始把嘴唇咬得很緊，把手臂放在背後在看著他們。

「這可怪啦……這東西，又不是小東西……怎麼能從院子走得出？除非是晚上……可是晚上就是來賊也偷不出去的……」母親很尖的下顎使我害怕，她說的時候，用手推了推旁邊的那張窗子：

「是啊！這東西是從前門走的，你們看……這窗子一夏就沒有打開過……你們看……這還是去年秋天糊的窗縫子。」

「別絆腳！過去……」她用手推著我。

她又把這屋子的四邊都看了看。

「不信……這東西去路也沒有幾條……我也能摸到一點邊……不信……看著吧……這也不行啦。春天丟了一個銅火鍋……說是放忘了地方啦……說是慢慢找，又是……也許借出去啦！哪有那麼一回事……早還了輸贏賬啦……當他家裡人看待……還說不拿他當家裡人看待，好哇……慢慢把房梁也拆走啦……」

「啊……啊！」那廚夫抓住了自己的圍裙，擦著嘴角。那歪了的脖子和一根蠟簽似的，好像就要折斷下來。

母親和別人完全走開了時，我還站在那個地方。

晚飯的桌上，廚夫問著有二伯：

「都說你不吃羊肉，那麼羊腸你吃不吃呢？」

「羊腸也是不能吃。」他看著他自己的飯碗說。

「我說，有二爺，這炒辣椒裡邊，可就有一段羊腸，我可告訴你！」

「怎麼早不說，這……這……這……」他把筷子放下來，他運動著又要紅起來的脖頸，把頭掉轉過去，轉得很慢，看起來就和用手去轉動一只瓦盆那樣遲滯。

「有二是個粗人，一輩子……什麼都吃……就……是……不吃……這……羊……身上……的……不戴……羊……皮帽……子……不穿……羊……皮……衣裳……」他一個字一個字平板的說下去：

「下回……我說……楊安……你炒什麼……不管菜湯裡頭……若有那羊身上的呀……先告訴我一聲……有二不是那嘴饞的人！吃不吃不要緊……就是吃口鹹菜……我也不吃那……羊……身……上……的……」

「可是有二爺，我問你一件事……你喝酒用什麼酒壺喝呢？非用銅酒壺不可？」楊廚子的下巴舉得很高。

「什麼酒壺……還不一樣……」他又放下了筷子，把旁邊的錫酒壺格格地蹲了兩下：「這不是嗎？……錫酒壺……喝的是酒……酒好……就不在壺上……哼！也不……年輕的時候，就總愛……這個……錫酒壺……把它擦得閃光湛亮……」

「我說有二爺……銅酒壺好不好呢？」

「怎麼不好……一擦比什麼都亮堂……」

「對了，還是銅酒壺好喔……哈……哈哈……」廚子笑了起來。他笑得在給我裝飯的時候，幾乎是搶掉了我的飯碗。

母親把下唇拉長著，她的舌頭往外邊吹一點風，有幾顆飯粒落在我的手上。

「哼！楊安……你笑我……不吃……羊肉，那真是吃不得。比方，我三個月就……沒有了娘……羊奶把我奶大的……若不是……還活了六十多歲……」

楊安拍著膝蓋：「你真算是個有良心的人，爲人沒做過昧良心的事，是不是？我說，有二爺……」

「你們年輕人，不信這話……這都不好……人要知道自家的來路……不好反回頭去倒咬一口……人要知恩報恩……說書講古上都說……比方羊……就是我的娘……不是……不是……我可活六十多歲？」他挺直了背脊，把那盤羊腸炒辣椒用筷子推開了一點。

吃完了飯，他退了出去，手裡拿著那沒有邊沿的草帽。沿著磚路，他走下去了，那泥汙的，好像兩塊朽木頭似的——他的腳後跟隨著那掛在腳尖上的鞋片在磚路上拖拖著；而那頭頂就完全像個小鍋似的冒著氣。

母親跟那廚夫在起著高笑。

「銅酒壺……啊哈……還有椅墊子哪……問問他……他知道不知道？」楊廚夫，他的脖子上的那塊疤痕，我看也大了一些。

我有點害怕母親，她的完全露著骨節的手指，把一條很肥的雞腳，送到嘴上去，撕著，並且還露著牙齒。

又是一回母親打我，我又跑到樹上去，因爲樹枝完全沒有了葉子，母親向我飛來的小石子，差不多每顆都像小鑽子似的刺痛著我的全身。

「你再往上爬……再往上爬……拿桿子把你絞下來。」

母親說著的時候，我覺得抱在胸前的那樹幹有些顫了，因爲我已經爬到了頂梢，差不多就要爬到枝子上去了。

「你這小貼樹皮，你這小妖精……我可真就算治不了你……」她就在樹下徘徊著……許多工夫沒有向我打著石子。

許多天，我沒有上樹，這感覺很新奇，我向四面望著，覺得只有我才比一切高了一點，街道上走著的人，車，附近的房子都在我的下面，就連後街上賣豆芽菜的那家的幌桿，我也和它一般高了。

「小死鬼……你滾下來不滾下來呀……」母親說著「小死鬼」的時候，就好像叫著我的名字那般平常。

「啊！怎麼的？」只要她沒有牢牢實實地抓到我，我總不十分怕她。

她一沒有留心，我就從樹幹跑到牆頭上去：「啊哈……看我站在什麼地方？」

「好孩子啊……要站到老爺廟的旗桿上去啦……」回答著我的，不是母親，是站在牆外的一個人。

「快下來……牆頭不都是踏壞了嗎？我去叫你媽來打你。」是有二伯。

「我下不來啦，你看，這不是嗎？我媽在樹根下等著我……」

「等你幹什麼？」他從牆下的板門走了進來。

「等著打我！」

「爲啥打你？」

「尿了褲子。」

「還說呢……還有臉？七八歲的姑娘……尿褲子……滾下來？牆頭踏壞啦！」他好像一隻豬在叫喚著。

「把她抓下來……今天我讓她認識認識我！」

母親說著的時候，有二伯就開始捲著褲腳。

我想：這是做什麼呢？

「好！小花子，你看著……這還無法無天啦呢……你可等著……」

等我看見他真的爬上了那最低級的樹叉，我開始要流出眼淚來，喉管感到特別發脹。

「我要……我要說……我要說……」

母親好像沒有聽懂我的話，可是有二伯沒有再進一步，他就蹲在那很粗的樹叉上：

「下來……好孩子……不礙事的，你媽打不著你，快下來，明天吃完早飯二伯領你上公園……省得在家裡她們打你……」

他抱著我，從牆頭上把我抱到樹上，又從樹上把我抱下來。

我一邊抹著眼淚一邊聽著他說：

「好孩子……明天咱們上公園。」

第二天早晨，我就等在大門洞裡邊，可是等到他走過我的時候，他也並不向我說一聲：「走吧！」我從身後趕了上去，我拉住他的腰帶：

「你不說今天領我上公園嗎？」

「上什麼公園……去玩去吧！去吧……」只看著前邊的道路，他並不看著我。昨天說的話好像不是他。

後來我就掛在他的腰帶上，他搖著身子，他好像擺脫著貼在他身上的蟲子似的擺脫著我。

「那我要說，我說銅酒壺……」

他向四邊看了看，好像是嘆著氣：

「走吧？絆腳星……」

一路上他也不看我，不管我怎樣看中了那商店窗子裡擺著的小橡皮人，我也不能多看一會，因爲一轉眼……他就走遠了。等走在公園門外的板橋上，我就跑在他的前面。

「到了！到了啊……」我張開了兩隻胳臂，幾乎自己要飛起來那麼輕快。

沒有葉子的樹，公園裡面的涼亭，都在我的前面招呼著我。一步進公園去，那跑馬戲的鑼鼓的聲音，就震著我的耳朵，幾乎把耳朵震聾了的樣子，我有點不辨方向了。我拉著有二伯煙荷包上的小圓葫蘆向前走著。經過白色的布棚的時候，我聽到裡面喊著：

「怕不怕？」

「不怕。」

「敢不敢？」

「敢哪……」

不知道有二伯要走到什麼地方去？

蹦蹦戲，西洋景……耍猴的……耍熊瞎子的……唱木偶戲的，這一些我們都走過來了，再往那邊去，就什麼也看不見了。並且地上的落葉也厚了起來，樹葉子完全蓋著我們在走著的路徑。

「二伯！我們不看跑馬戲的？」

我把煙荷包上的小圓葫蘆放開，我和他距離開一點，我看著他的臉色：

「那裡頭有老虎……老虎我看過。我還沒有看過大象。人家說這夥馬戲班子是有三匹象：一匹大的兩匹小的，大的……大的……人家說，那鼻子，就只一根鼻子比咱家燒火的叉子還長……」

他的臉色完全沒有變動。我從他的左邊跑到他的右邊，又從右邊跑到左邊：

「是不是呢？有二伯，你說是不是……你也沒看見過？」

因爲我是倒退著走，被一條露在地面上的樹根絆倒了。

「好好走！」他也並沒有拉我。

我自己起來了。

公園的末角上，有一座茶亭，我想他到這個地方來，他是渴了！但他沒有走進茶亭去，在茶亭後邊，和房子差不多，是蓆子搭起來的小房。

他把我領進去了，那裡邊黑洞洞的，最裡邊站著一個人，比劃著，還打著什麼竹板。有二伯一進門，就靠邊坐在長板凳上，我就站在他的膝蓋前，我的腿站得痲木了的時候，我也不能懂得那人是在幹什麼？他還和姑娘似的帶著一條辮子，他把腿伸開了一隻，像打拳的樣子，又縮了回來，又把一隻手往外推著……就這樣走了一圈，接著又「叭」打了一下竹板。唱戲不像唱戲，耍猴不像耍猴，好像賣膏藥的，可是我也看不見有人買膏藥。

後來我就不向前邊看，而向四面看，一個小孩也沒有。前面的板凳一空下來，有二伯就帶著我升到前面去，我也坐下來，但我坐不住，我總想看那大象。

「二伯，咱們看大象去吧，不看這個。」

他說：「別鬧，別鬧，好好聽……」

「聽什麼，那是什麼？」

「他說的是關公斬蔡陽……」

「什麼關公哇？」

「關老爺，你沒去過關老爺廟嗎？」

我想起來了，關老爺廟裡，關老爺騎著紅色的馬。

「對吧！關老爺騎著紅色……」

「你聽著……」他把我的話截斷了。

我聽了一會還是不懂，於是我轉過身來，面向後坐著，還有一個瞎子，他的每一個眼球上蓋著一個白泡。還有一個一條腿的人，手裡還拿著木杖。坐在我旁邊的人，那人的手包了起來，用一條布帶掛到脖子上去。

等我聽到「叭叭叭」的響了一陣竹板之後，有二伯還流了幾顆眼淚。

我是一定要看大象的，回來的時候再經過白布棚我就站著不動了。

「要看，吃完晌飯再來看……」有二伯離開我慢慢的走著：

「回去，回去吃完晌飯再來看。」

「不嘛！飯我不吃，我不餓，看了再回去。」我拉住他的煙荷包。

「人家不讓進，要買票的，你沒看見……那不是把門的人嗎？」

「那咱們不好也買票！」

「哪來的錢……買票兩個人要好幾十吊錢。」

「我看見啦，你有錢，剛才在那棚子裡你不是還給那個人錢來嗎？」我貼到他的身上去。

「那才給幾個銅錢！多啦沒有，你二伯多啦沒有。」

「我不信，我看有一大堆！」我踮著腳尖，掀開了他的衣襟，把手探進他的衣兜裡去。

「是吧！多啦沒有吧！你二伯多啦沒有，沒有進財的道……也就是個月其成的看個小牌，贏兩吊……可是輸的時候也不少。哼哼。」他看著拿在我手裡的五六個銅元。

「信了吧！孩子，你二伯多啦沒有……不能有……」一邊走下了木橋，他一邊說著。

那馬戲班子的喊聲還是那麼熱烈的在我們的背後反覆著。

有二伯在木橋下那圍著一群孩子抽籤子的地方，也替我抛上兩個銅元去。

我一伸手就在鐵絲上拉下一張紙條來，紙條在水碗裡面立刻變出一個通紅的「五」字。

「是個幾？」

「那不明明是個五嗎？」我用肘部擊撞著他。

「我哪認得呀！你二伯一個字也不識，一天書也沒念過。」

回來的路上，我就不斷的吃著這五個糖球。

第二次，我看到有二伯偷東西，好像是第二年的夏天，因爲那馬蛇菜的花，開得過於鮮紅，院心空場上的高草，長得比我的年齡還快，它超過我了，那草場上的蜂子，蜻蜓，還更來了一些不知名的小蟲，也來了一些特殊的草種，它們還會開著花，淡紫色的，一串一串的，站在草場中，它們還特別的高，所以那花穗和小旗子一樣動蕩在草場上。

吃完了午飯，我是什麼也不做，專等著小朋友們來，可是他們一個也不來。於是我就跑到糧食房子去，因為母親在清早端了一個方盤走進去過。我想那方盤中……哼……一定是有點什麼東西？

母親把方盤藏得很巧妙，也不把它放在米櫃上，也不放在糧食倉子上，她把它用繩子吊在房梁上了。我正在看著那奇怪的方盤的時候，我聽到板倉裡好像有耗子，也或者牆裡面有耗子……總之，我是聽到了一點響動……過了一會竟有了喘氣的聲音，我想不會是黃鼠狼子？我有點害怕，就故意用手拍著板倉，拍了兩下，聽聽就什麼也沒有了……可是很快又有什麼東西在喘氣……嗞嗞的……好像肺管裡面起著泡沫。

這次我有點暴躁：

「去！什麼東西……」

有二伯的胸部和他紅色的脖子從板倉伸出來一段……當時，我疑心我也許是在看著木偶戲！但那頂窗透進來的太陽證明給我，被那金紅色的東西染著的正是有二伯尖長的突出的鼻子……他的胸膛在白色的單衫下面不能夠再壓制得住，好像小波浪似的在雨點裡面任意的跳著。

他一點聲音也沒有作，只是站著，站著……他完全和一隻受驚的公羊那般愚傻！

我和小朋友們，捉著甲蟲，捕著蜻蜓，我們做這種事情，永不會厭倦。野草，野花，野的蟲子，它們完全經營在我們的手裡，從早晨到黃昏。

假若是個晴好的夜，我就單獨留在草叢裡邊，那裡有閃光的甲蟲，有蟲子低微的吟鳴，有高草搖著的夜影。

有時我竟壓倒了高草，躺在上面，我愛那天空，我愛那星子……聽人說過的海洋，我想也就和這天空差不多了。

晚飯的時候，我抱著一些裝滿了蟲子的盒子，從草叢回來，經過糧食房子的旁邊，使我驚奇的是有二伯還站在那裡，破了的窗洞口露著他發青的嘴角和灰白的眼圈。

「院子裡沒有人嗎？」好像是生病的人瘖啞的喉嚨。

「有！我媽在台階上抽煙。」

「去吧！」

他完全沒有笑容，他蒼白，那頭髮好像牆頭上跑著的野貓的毛皮。

飯桌上，有二伯的位置，那木凳上蹲著一匹小花狗。牠戲耍著的時候，那捲尾巴和那小銅鈴真引人愛。

母親投了一塊肉給牠。歪脖的廚子從湯鍋裡取出一塊很大的骨頭來……花狗跳到地上去，追了那骨頭發了狂，那銅鈴暴躁起來……

小妹妹笑得用筷子打著碗邊，廚夫拉起圍裙來擦著眼睛，母親卻把湯碗倒翻在桌子上了：

「快拿……快拿抹布來，快……流下來啦……」她用手按著嘴，可是總也有些飯粒噴出來。

廚夫收拾桌子的時候，就點起煤油燈來，我面向著菜園坐在門檻上，從門道流出來的黃色的燈光當中，砌著我圓圓的頭部和肩膀，我時時舉動著手，揩著額頭的汗水，每揩了一下，那影子也學著我揩了一下。透過我單衫的晚風，像是青藍色的河水似的清涼……後街，糧米店的胡琴的聲音也響了起來，幽遠的回音，東邊也在叫著，西邊也在叫著……日裡黃色的花變成白色的了，紅色的花，變成黑色的了。

火一樣紅的馬蛇菜的花也變成黑色的了。同時，那盤結著牆根的野馬蛇菜的小花，就完全看不見了。

有二伯也許就踏著那些小花走去的，因爲他太接近了牆根，我看著他……看著他……他走出了菜園的板門。

他一點也不知道，我從後面跟了上去。因爲我覺得奇怪，他偷這東西做什麼呢？也不好吃，也不好玩。

我追到了板門，他已經過了橋，奔向著東邊的高崗。高崗上的去路，寬宏而明亮。兩邊排著的門樓在月亮下面，我把它們當成廟堂一般想像。

有二伯的背上那圓圓的小袋子我還看得見的時候，遠處，在他的前方，就起著狗叫了。

第三次我看見他偷東西，也許是第四次……但這也就是最後的一次。他掮了大澡盆從菜園的邊上橫穿了過去，一些龍頭花被他撞掉下來。這次好像他一點也不害怕，那白洋鐵的澡盆剛郎剛郎的埋沒著他的頭部在呻吟。並且好像大塊的白銀似的，那閃光照耀得我很害怕，我靠到牆根上去，我幾乎是發呆地站著。

我想：母親抓到了他，是不是會打他呢？同時我又起了一種佩服他的心情：「我將來也敢和他這樣偷東西嗎？」

但我又想：我是不偷這東西的，偷這東西幹什麼呢？這樣大，放到那裡母親也會捉到的。

但有二伯卻頂著它，像是故事裡的大蛇似地走去了。

以後，我就沒有看到他再偷過。但我又看到了別樣的事情，那更危險，而且又常常發生，比方我在高草中正捏住了蜻蜓的尾巴……鼓冬……板牆上有一塊大石頭似的抛了過來，蜻蜓無疑的是飛了。比方夜裡，我就不敢再沿著那道板牆去捉蟋蟀，因爲不知什麼時候有二伯會從牆頂落下來。

丟了澡盆之後，母親把三道門都下了鎖。

所以小朋友們之中，我的蟋蟀捉得最少。因此我就怨恨有二伯：

「你總是跳牆，跳牆……人家蟋蟀都不能捉了！」

「不跳牆……說得好，有誰給開門呢？」他的脖子挺得很直。

「楊廚子開吧……」

「楊……廚子……哼……你們是家裡人……支使得動他……你二伯……」

「你不會喊！叫他……叫他聽不著，你就不會打門……」我的兩隻手，向兩邊擺著。

「哼……打門……」他的眼睛用力往低處看去。

「打門再聽不著，你不會用腳踢……」

「踢……鎖上啦……踢他幹什麼！」

「那你就非跳牆不可，是不是？跳也不輕輕跳，跳得那樣嚇人？」

「怎麼輕輕的？」

「像我跳牆的時候，誰也聽不著，落下來的時候，是蹲著……兩隻膀子張開……」我平地就跳了一下給他看。

「小的時候是行啊……老了，不行啦！骨頭都硬啦！你二伯比你大六十歲，那兒還比得了？」

他嘴角上流下來一點點的笑來。右手抓摸著煙荷包，左手摸著站在旁邊的大白狗的耳朵……

狗的舌頭舐著他。

可是我總也不相信，怎麼骨頭還會硬與不硬？骨頭不就是骨頭嗎？豬骨頭我也咬不動，羊骨頭我也咬不動，怎麼我的骨頭就和有二伯的骨頭不一樣？

所以，以後我拾到了骨頭，就常常彼此把它們磕一磕。遇到同伴比我大幾歲的，或是小一歲的，我都要和他們試試，怎樣試呢？撞一撞拳頭的骨節，倒是軟多少硬多少？但總也覺不出來。若用力些就撞得很痛。第一次來撞的是啞巴，管事的女兒。起先她不肯，我就告訴她：

「你比我小一歲，來試試，人小骨頭是軟的，看看你軟不軟？」

當時，她的骨節就紅了，我想：她的一定比我軟。可是，看看自己的也紅了。

有一次，有二伯從板牆上掉下來，他摔破了鼻子。

「哼！沒加小心……一隻腿下來……一隻腿掛在牆上……哼！鬧個大頭朝下……」

他好像在嘲笑著他自己，並不用衣襟或是什麼揩去那血，看起來，在流血的似乎不是他自己的鼻子，他挺著很直的背脊走向廂房去，血條一面走著一面更多地畫著他的前襟。已經染了血的手是垂著，而不去按住鼻子。

廚夫歪著脖子站在院心，他說：

「有二爺，你這血真新鮮……我看你多摔兩個也不要緊……」

「哼，小夥子，誰也從年輕過過！就不用挖苦……慢慢就有啦……」他的嘴還在血條裡面笑著。

過一會，有二伯裸著胸脯和肩頭，站在廂房門口，鼻子孔塞著兩塊小東西，他喊著：

「老楊……楊安……有單褂子借給我穿……明天這件乾啦！就把你的脫下來……我那件掉啦膀子。夾的送去做，還沒倒出工夫去拿……」他手裡抖著那件洗過的衣裳。

「你說什麼？」楊安幾乎是喊著：「你送去做的夾衣裳還沒倒出工夫去拿？有二爺真是忙人！衣服做都做好啦……拿一趟就沒有工夫去拿……有二爺真是二爺，將來要用個跟班的啦……」

我爬著梯子，上了廂房的房頂，聽著街上是有打架的，上去看一看。房頂上的風很大，我打著顫子下來了。有二伯還赤著臂膀站在簷下。那件濕的衣裳在繩子上拍拍的被風吹著。

點燈的時候，我進屋去加了件衣裳，很例外我看到有二伯單獨的坐在飯桌的屋子裡喝酒，並且更奇怪的是楊廚子給他盛著湯。

「我各自盛吧！你去歇歇吧……」有二伯和楊安爭奪著湯盆裡的勺子。

我走去看看，酒壺旁邊的小碟子裡還有兩片肉。

有二伯穿著楊安的小黑馬褂，腰帶幾乎是束到胸脯上去。他從來不穿這樣小的衣裳，我看他不像個有二伯，像誰呢？也說不出來！他嘴在嚼著東西，鼻子上的小塞還會動著。

本來只有父親晚上回來的時候，才單獨的坐在洋燈下吃飯。在有二伯，就很新奇，所以我站著看了一會。

楊安像個彎腰的瘦甲蟲，他跑到客室的門口去……

「快看看……」他歪著脖子：「都說他不吃羊肉……不吃羊肉……肚子太小，怕是脹破了……三大碗羊湯喝完啦……完啦……哈哈哈……」他小聲地笑著，做著手勢，放下了門簾。

又一次，完全不是羊肉湯……而是牛肉湯……可是當有二伯拿起了勺子，楊安就說：

「羊肉湯……」

他就把勺子放下了，用筷子夾著盤子裡的炒茄子，楊安又告訴他：

「羊肝炒茄子。」

他把筷子去洗了洗，他自己到碗櫥去拿出了一碟醬鹹菜，他還沒有拿到桌子上，楊安又說：

「羊……」他說不下去了。

「羊什麼呢……」有二伯看著他：

「羊……羊……唔……是鹹菜呀……嗯！鹹菜裡邊說乾淨也不乾淨……」

「怎麼不乾淨？」

「用切羊肉的刀切的鹹菜。」

「我說楊安，你可不能這樣……」有二伯離著桌子很遠，就把碟子摔了上去，桌面過於光滑，小碟在上面呱呱地跑著，撞在另一個盤子上才停住。

「你楊安……可不用欺生……姓姜的家裡沒有你……你和我也是一樣，是個外棵秧！年輕人好好學……怪模怪樣的……將來還要有個後成……」

「呃呀呀！後成！就算絕後一輩子吧……不吃羊腸……麻花舖子炸麵魚，假腥氣……不吃羊腸，可吃羊肉……別裝扮著啦……」楊安的脖子因爲生氣直了一點。

「兔羔子……你他媽……陽氣什麼？」有二伯站起來向前走去。

「有二爺，不要動那樣大的氣……氣大傷身不養家……我說，咱爺倆都是跑腿子……說個笑話……開個心……」廚子嘰嘰地笑著，「哪裡有羊腸呢……說著玩……你看你就不得了啦……」

好像站在公園裡的石人似的，有二伯站在地心。

「……別的我不生氣……鬧笑話，也不怕鬧……可是我就忌諱這手……這不是好鬧笑話的……前年我不知道，吃過一回……後來知道啦，病啦半個多月……後來這脖上生了一塊瘡算是好啦……吃一回羊肉倒不算什麼……就是心裡頭放不下，總好像背了自己的良心……背良心的事不做……做了那後悔是受不住的，有二不吃羊肉也就是爲的這個……」喝了一口冷水之後，他還是抽煙。

別人一個一個的開始離開了桌子……

從此有二伯的鼻子常常塞著小塞，後來又說腰痛，後來又說腿痛。他走過院心，不像從前那麼挺直，有時身子向一邊歪著，有時用手拉住自己的腰帶……大白狗跟著他前後地跳著的時候，他躲閃著牠：

「去吧……去吧！」他把手縮在袖子裡面，用袖口向後掃擺著。

但，他開始咒罵更小的東西，比方一塊磚頭打在他的腳上，他就坐下來，用手按在那磚頭，好像他疑心那磚頭會自己走到他腳上來的一樣。若當鳥雀們飛著時，有什麼髒汙的東西落在他的袖子或是什麼地方，他就一面抖掉它，一面對著那已經飛過去的小東西講著話：

「這東西……啊哈！會找地方，往袖子上掉……你也是個瞎眼睛，掉，就往那個穿綢穿緞的身上掉！往我這掉也是白……窮跑腿子……」

他擦淨了袖子，又向他頭頂上那塊天空看了一會，才重新走路。

板牆下的蟋蟀沒有了，有二伯也好像不再跳板牆了。早晨廚子挑水的時候，他就跟著水桶通過板門去，而後向著井沿走，就坐在井沿旁的空著的碾盤上。差不多每天我拿了鑰匙放小朋友們進來時，他總是在碾盤上招呼著：

「花子……等一等你二伯……」我看他像鴨子在走路似的。「你二伯真是不行了……眼看著……眼看著孩子們往這邊來，可是你二伯就追不上……」

他一進了板門，又坐在門邊的木橔上。他的一隻腳穿著襪子，另一隻的腳趾捆了一段麻繩，他把麻繩抖開，在小布片下面，那腫脹的腳趾上還腐了一小塊。好像茄子似的腳趾，他又把它包紮起來。

「今年的運氣十分不好……小毛病緊著添……」他取下來咬在嘴上的麻繩。以後當我放小朋友進來的時候，不是有二伯招呼著我，而是我招呼著他。因爲關了門，他再走到門口，給他開門的人也還是我。

在碾盤上不但坐著，他後來就常常睡覺，他睡得就像完全沒有了感覺似的，有一個花鴨子伸著脖頸啄著他的腳心，可是他沒有醒，他還是把腳伸在原來的地方。碾盤在太陽下閃著光，他像是睡在圓鏡子上邊。

我們這些孩子們拋著石子和飛著沙土，我們從板門衝出來，跑到井沿上去，因爲井沿上有更多的石子，等我把我的衣袋裝滿了，就蹲在碾盤後和他們作戰，石子在碾盤上「叭」，「叭」，好像還冒著一道煙。

有二伯，閉著眼睛，忽然抓了他的煙袋。

「王八蛋，幹什麼……還敢來……還敢上……」

他打著他的左邊和右邊，等我們都集攏來看他的時候，他才坐起來。

「……媽的……做了一個夢……那條道上的狗真多……連小狗崽也上來啦……讓我幾煙袋鍋子就全數打了回去……」他揉一揉手骨節，嘴角上流下笑來：「媽的……真是那麼個滋味……做夢狗咬啦呢……醒啦還有點疼……」

明明是我們打來的石子，他說是小狗崽，我們都爲這事吃驚而得意。跑開了，好像散開的雞群，吵叫著，展著翅膀。

他打著呵欠：「呵……呵呵……」在我們背後像小驢子似地叫著。

我們回頭看他，他和要吞食什麼一樣，向著太陽張著嘴。

那下著毛毛雨的早晨，有二伯就坐到碾盤上去了。楊安擔著水桶從板門來來往往地走了好幾回……楊安鎖著板門的時候，他就說：

「有二爺子這幾天可真變樣……那神氣，我看幾天就得進廟啦……」

我從板縫往西邊看看，看不清是有二伯，好像小草堆似的，在雨裡邊澆著。

「有二伯……吃飯啦！」我試著喊了一聲。

回答我的，只是我自己的迴響：「嗚嗚」的在我的背後傳來。

「有二伯，吃飯啦！」這次把嘴唇對準了板縫。

可是回答我的又是「嗚嗚」。

下雨的天氣永遠和夜晚一樣，到處好像空瓶子似的，隨時被吹著隨時發著響。

「不用理他……」母親在開窗子：「他是找死……你爸爸這幾天就想收拾他呢……」

我知道這「收拾」是什麼意思，打孩子們叫「打」，打大人就叫「收拾」。

我看到一次，因爲看紙牌的事情，有二伯被管事的「收拾」了一回，可是父親，我還沒有看見過，母親向楊廚子說：

「這幾年來，他爸爸不屑理他……總也沒在他身上動過手……可是他的驕毛越長越長……賤骨頭，非得收拾不可……若不然……他就不自在。」

母親越說「收拾」我就越有點害怕，在什麼地方「收拾」呢？在院心，管事的那回可不是在院心，是在廂房的炕上。那麼這回也要在廂房裡！是不是要拿著燒火的叉子？那回管事的可是拿著。我又想起來小啞巴，小啞巴讓他們踏了一腳，手指差一點沒有踏斷，到現在那小手指還不是彎著嗎？

有二伯一面敲著門一面說著：

「大白……大白……你是沒心肝的……你早晚……」等大白狗從板牆跳出去，他又說：

「去……去……」

「開門！沒有人嗎？」

我要跑去的時候，母親按住了我的頭頂：「不用你顯勤快！讓他站一會吧，不是吃他飯長的……」

那聲音越來越大了，真是好像用腳踢著。

「沒有人嗎？」每個字的聲音完全喊得一半。

「人倒是有，倒不是侍候你的……你這份老爺子不中用……」母親的說話，不知有二伯聽到沒有聽到？

但那板門暴亂起來：

「死絕了嗎？人都死絕啦……」

「你可不用假裝瘋魔……有二，你罵誰呀……對不住你嗎？」母親在廚房裡叫著：「你的後半輩吃誰的飯來的……你想想，睡不著覺思量思量……有骨頭，別吃人家的飯？討飯吃，還嫌酸……」

並沒有回答的聲音，板牆隆隆地響著，等我們看到他，他已經是站在牆這邊了。

「我……我說……四妹子……你二哥說的是楊安，家裡人……我是不說的……你二哥，沒能耐不是假的，可是吃這碗飯，你可也不用委屈……」我奇怪要打架的時候，他還笑著：「有四兄弟在……算帳咱們和四兄弟算……」

「四兄弟……四兄弟屑得跟你算……」母親向後推著我。

「不屑得跟你二哥算……哼！那天咱們就算算看……哪天四兄弟不上學堂……咱們就算算看……」他哼哼的，好像剛說過的小瓦盆似的沒有邊沿的草帽切著他的前額。

他走過的院心上，一個一個的留下了泥窩。

「這死鬼……也不死……腳爛啦！還一樣會跳牆……」母親像是故意讓他聽到。

「我說四妹子……你們說的是你二哥……哼哼……你們能說出口來？我死……人不好那樣，

誰都是爹娘養的，吃飯長的……」他拉開了廂房的門扇，就和拉著一片石頭似的那樣用力，但他並不走進去。「你二哥，在你家住了三十多年……哪一點對不住你們？拍拍良心……一根草棍也沒給你們糟蹋過……唉……四妹子……這年頭……沒處說去……沒處說去……人心看不見……」

我拿著滿手的柿子，在院心滑著跳著跑到廂房去，有二伯在烤著一個溫暖的火堆，他坐得那麼剛直，和門旁那只空著的大罈子一樣。

「滾……鬼頭鬼腦的……幹什麼事？你們家裡頭盡是些耗子。」我站在門口還沒有進去，他就這樣的罵著我。

我想：可真是，不怪楊廚子說，有二伯真有點變了。他罵人也罵得那麼奇怪，盡是些我不懂的話，「耗子」，「耗子」與我有什麼關係！說牠幹什麼？

我還是站在門邊，他又說：

「王八羔子……兔羔子……窮命……狗命……不是人……在人裡頭缺點什麼……」他說的是一套一套的，我一點也記不住。

我也學著他，把鞋脫下來，兩個鞋底相對起來，坐在下面。

「這你孩子……人家什麼樣，你也什麼樣！看著葫蘆就畫瓢……那好的……新新的鞋子就坐……」他的眼睛就像罈子上沒有燒好的小坑似的向著我。

「那你怎麼坐呢？」我把手伸到火上去。

「你二伯坐……你看看你二伯這鞋……坐不坐都是一樣，不能要啦！穿啦它二年整。」把鞋從身下抽出來，向著火看了許多工夫。他忽然又生起氣來……

「你們……這都是天堂的呀……你二伯像你那大……靡穿過鞋……哪來的鞋呢？放豬去，拿著個小鞭子就走……一天跟著太陽出去……又跟著太陽回來……帶著兩個飯糰就算是晌飯……你看看你們……饅頭乾糧，滿院子滾！我若一掃院子就準能撿著幾個……你二伯小時候連饅頭邊都……都摸不著哇！如今……連大白狗都不去吃啦……」

他的這些話若不去打斷他，他就會永久說下去：從幼小說到長大，再說到鍋臺上的瓦盆……再從瓦盆回到他幼年吃過的那個飯糰上去。我知道他又是這一套，很使我起反感，我討厭他，我就把紅柿子放在火上去燒著，看一看燒熟是個什麼樣？

「去去……哪有你這樣的孩子呢？人家烘點火暖暖……你也必得弄滅它……去，上一邊去燒去……」他看著火堆喊著。

我穿上鞋就跑了，房門是開著，所以那罵的聲音很大：

「鬼頭鬼腦的，幹些什麼事？你們家裡……盡是些耗子……」

有二伯和後園裡的老茄子一樣，是灰白了，然而老茄子一天比一天靜默下去，好像完全任憑了命運。可是有二伯從東牆罵到西牆，從掃地的掃帚罵到水桶……而後他罵著他自己的草帽……

「……王八蛋……這是什麼東西……去你的吧……沒有人心！夏不遮涼冬不抗寒……」

後來他還是把草帽戴上，跟著楊廚子的水桶走到井沿上去，他並不坐到石碾上，跟著水桶又回來了。

「王八蛋……你還算個牲口……你黑心啦……」他看看牆根的豬說。

他一轉身又看到了一群鴨子：

「哪天都殺了你們……一天到晚呱呱的……他媽的若是個人，也是個閒人。都殺了你們……別享福……吃得溜溜胖……溜溜肥……」

後園裡的葵花子完全成熟了，那過重的頭柄幾乎折斷了它自己的身子。玉米有的只帶了葉子站在那裡，有的還掛著稀少的玉米棒。黃瓜老在架上了，赫黃色的，麻裂了皮，有的束上了紅色的帶子，母親規定了它們：來年做爲種子。葵花子也是一樣，在它們的頸間也有的是掛了紅布條。只有已經發了灰白的老茄子還都自由的吊在枝棵上，因爲它們的內面，完全是黑色的子粒，孩子們既然不吃它，廚子也總不採它。只有紅柿子，紅得更快，一個跟著一個，一堆跟著一堆。

好像搗衣裳的聲音，從四面八方傳來了一樣。有二伯在一個清涼的早晨，和那搗衣裳的聲音一道倒在院心了。

我們這些孩子們圍繞著他，鄰人們也圍繞著他。但當他爬起來的時候，鄰人們又都向他讓開了路。

他跑過去，又倒下來了。父親好像什麼也沒做，只在有二伯的頭上拍了一下。

照這樣做了好幾次，有二伯只是和一條捲蟲似的滾著。

父親卻和一部機器似的那麼靈巧。他讀書看報時的眼鏡也還戴著，他叉著腿，有二伯來了的時候，我看見他的白綢衫的襟角很和諧的抖了一下。

「有二……你這小子混蛋……一天到晚，你罵什麼……有吃有喝，你還要掙命……你個祖宗的！」

有二伯什麼聲音也沒有。倒了的時候，他想法子爬起來，爬起來，他就向前走著，走到父親的地方，他又倒了下來。

等他再倒了下來的時候，鄰人們也不去圍繞著他。母親始終是站在台階上。楊安在柴堆旁邊，胸前立著竹帚……鄰家的老祖母在板門外被風吹著她頭上的藍色的花。還有管事的……還有小啞巴……還有我不認識的人，他們都靠到牆根上去。

到後來有二伯枕著他自己的血，不再起來了，腳趾上紮著的那塊麻繩脫落在旁邊，煙荷包上的小圓葫蘆，只留了一些片沫在他的左近。雞叫著，但是跑得那麼遠……只有鴨子來啄食那地上的血液。

我看到一個綠頭頂的鴨子和一個花脖子的。

冬天一來了的時候，那榆樹的葉子，連一棵也不能夠存在，因爲是一棵孤樹，所有從四面來

的風，都搖得到它。所以每夜聽著火爐蓋上茶壺嗞嗞的聲音的時候，我就從後窗看著那棵大樹，

白的，穿起了鵝毛似的……連那頂小的枝子也胖了一些。太陽來了的時候，榆樹也會閃光，和閃光的房頂閃光的地面一樣。

起初，我們是玩著堆雪人，後來就厭倦了，改爲拖狗扒犁了，大白狗的脖子上每天束著繩子，楊安給我們做起來的扒犁。起初，大白狗完全不走正路，牠往狗窩裡面跑，往廚房裡面跑。我們打著牠，終於使牠習慣下來，但也常常兜著圈子，把我們全數扣在雪地上。牠每這樣做了一次，我們就一天不許牠吃東西，嘴上給牠掛了籠頭。

但這牠又受不慣，總是鬧著，叫著……用腿抓著雪地，所以我們把牠束到馬樁子上。

不知爲什麼？有二伯把牠解了下來，他的手又顫顫得那麼厲害。

而後他把狗牽到廂房裡去，好像牽著一匹小馬一樣……

過了一會出來了，白狗的背上壓著不少東西：草帽頂，銅水壺，豆油燈碗，方枕頭，團蒲扇……小圓筐……好像一輛搬家的小車。

有二伯則挾著他的棉被。

「二伯！你要回家嗎？」

他總常說「走走」。我想「走」就是回家的意思。

「你二伯……嗯……」那被子流下來的棉花一塊一塊的玷汙了雪地，黑灰似的在雪地上滾

著。

還沒走到板門，白狗就停下了，並且打著墜，他有些牽不住牠了。

「你不走嗎？你……大白……」

我取來鑰匙給他開了門。

在井沿的地方，狗背上的東西，就全部弄翻了。在石磯上擺著小圓筐和銅茶壺這一切。

「有二伯……你回家嗎？」若是不回家爲什麼帶著這些東西呢？

「嗯……你二伯……」

白狗跑得很遠的了。

「這兒不是你二伯的家，你二伯別處也沒有家。」

「來……」他招呼著大白狗：「不讓你背東西……就來吧……」

他好像要去抱那狗似的張開了兩臂。

「我要等到開春……就不行……」他拿起了銅水壺和別的一切。

我想他是一定要走了。

我看著遠處白雪裡邊的大門。

但他轉回身去，又向著板門走了回來，他走動的時候，好像肩上擔著水桶的人一樣，東邊搖著，西邊搖著。

「二伯，你是忘下了什麼東西？」

但回答著我的，只有水壺蓋上的銅環……咯鈴鈴咯鈴鈴……

他是去牽大白狗吧？對這件事我很感到趣味，所以我拋棄了小朋友們，跟在有二伯的背後。

走到廂房門口，他就進去了，戴著籠頭的白狗，他像沒有看見牠。

他是忘下了什麼東西？

但他什麼也不去拿，坐在炕沿上，那所有的全套的零碎完全照樣在背上和胸上壓著他。

他開始說話的時候，連自己也不能知道我是已經向著他的旁邊走去。

「花子！你關上門……來……」他按著從身上退下來的東西……「你來看看！」

我看到的是些什麼呢？

掀起蓆子來，他抓了一把：

「就是這個……」而後他把穀粒拋到地上：「這不明明是往外攆我嗎……腰疼……腿疼沒有人看見……這炕暖倒記住啦！說是沒有米吃，這穀子又潮濕……墊在這炕暖下煬幾天……十幾天啦……一寸多厚……燒點火還能熱上來……嗳！……想是等到開春……這衣裳不抗風……」

他拿起掃帚來，掃著窗櫺上的霜雪，又掃著牆壁：

「這是些什麼？吃糖可就不用花錢？」

隨後他燒起火來，柴草就著在灶口外邊，他的鬍子上小白冰溜變成了水，而我的眼睛流著淚……那煙遮沒了他和我。

他說他七歲上被狼咬了一口，八歲上被驢子踢掉一個腳趾……我問他：

「老虎，真的，山上的你看見過嗎？」

他說：「那倒沒有。」

我又問他：

「大象你看見過嗎？」

而他就不說到這上面來。他說他放牛放了幾年，放豬放了幾年……

「你二伯三個月沒有娘……六個月沒有爹……在叔叔家裡住到整整七歲，就像你這麼大……」

「像我這麼大怎麼的呢？」他不說到狼和虎我就不願意聽。

「像你那麼大就給人家放豬去啦吧……」

「狼咬你就是像我那麼大咬的？咬完啦，你還敢再上山不敢啦……」

「不敢，哼……在自家裡是孩子……在別人家就當大人看……不敢……不敢回家去……你二伯也是怕呀……爲此哭過一些……好打也挨過一些……」

我再問他：「狼就咬過一回？」

他就不說狼，而說一些別的：又是那年他給人家當過餵馬的……又是我爺爺怎麼把他領到家裡來的……又是什麼五月裡櫻桃開花啦……又是：「你二伯前些年也想給你娶個二大娘……」

我知道他又是從前那一套，我衝開了門站在院心去了。被煙所傷痛的眼睛什麼也不能看了，只是流著淚……。

但有二伯癱在火堆旁邊，幽幽地起著哭聲……

我走向上房去了，太陽曬著我，還有別的白色的閃光，它們都來包圍了我；或是在前面迎接著，或是從後面追趕著。我站在台階上，向四面看看，那麼多純白而閃光的房頂！那麼多閃光的樹枝！它們好像珊瑚樹似的站在一些房子中間。

有二伯的哭聲更高了的時候，我就對著這眼前的一切更愛：它們多麼接近，比方雪地是踏在我的腳下，那些房頂和樹枝就是我的鄰家！太陽雖然遠一點，然而也來照在我的頭上。

春天，我進了附近的小學校。

有二伯從此也就不見了。

後花園

後花園五月裏就開花的，六月裏就結果子，黃瓜、茄子、玉蜀黍、大雲豆、冬瓜、西瓜、番茄，還有爬著蔓子的倭瓜。這倭瓜秧往往會爬到牆頭上去，而後從牆頭它出去了，出到院子外邊去了。就向著大街，這倭瓜蔓上開了一朵大黃花。

正臨著這熱鬧鬧的後花園，有一座冷清清的黑洞洞的磨房，磨房的後窗子就向著花園。剛巧沿著窗外的一排種的是黃瓜。這黃瓜雖然不是倭瓜，但同樣會爬蔓子的，於是就在磨房的窗櫺上開了花，而且巧妙的結了果子。

在朝露裏，那樣嫩弱的鬚蔓的梢頭，好像淡綠色的玻璃抽成的，不敢去觸，一觸非斷不可的樣子。同時一邊結著果子，一邊攀著窗櫺往高處伸張，好像它們彼此學著樣，一個跟一個都爬上窗子來了。到六月，窗子就被封滿了，而且就在窗櫺上掛著滴滴嘟嘟的大黃瓜、小黃瓜；瘦黃瓜、胖黃瓜，還有最小的小黃瓜紐兒，頭頂上還正在頂著一朵黃花還沒有落呢。

於是隨著磨房裏打著銅篩羅的震抖，而這些黃瓜也就在窗子上搖擺起來了。銅羅在磨夫的腳下，東踏一下它就「咚」，西踏一下它就「咚」；這些黃瓜也就在窗子上滴滴嘟嘟的跟著東邊「咚」，西邊「咚」。

六月裏，後花園更熱鬧起來了，蝴蝶飛，蜻蜓飛，螳螂跳，螞蚱跳。大紅的外國柿子都紅了，茄子青的青、紫的紫，溜明湛亮，又肥又胖，每一棵茄秧上結著三四個、四五個。玉蜀黍的纓子剛剛才茁芽，就各色不同，好比女人繡花的絲線夾子打開了，紅的綠的，深的淺的，乾淨得過分了，簡直不知道它爲什麼那樣乾淨，不知怎樣它才那樣乾淨的，不知怎樣才做到那樣的，或者說它是剛剛用水洗過，或者說它是用膏油塗過。但是又都不像，那簡直是乾淨得連手都沒有上過。

然而這樣漂亮的纓子並不發出什麼香氣，所以蜂子、蝴蝶永久不在它上邊搔一搔，或是吮一吮。

卻是那些蝴蝶亂紛紛的在那些正開著的花上鬧著。

後花園沿著主人住房的一方面，種著一大片花草。因爲這園主並非怎樣精細的人，而是一位厚敦敦的老頭。所以他的花園多半變成菜園了。其餘種花的部分，也沒有什麼好花，比如馬蛇菜、爬山虎、胭粉豆、小龍豆……這都是些草本植物，沒有什麼高貴的。到冬天就都埋在大雪裏邊，它們就都死去了。春天打掃乾淨了這個地盤，再重種起來。有的甚或不用下種，它就自己出來了，好比大菽茨，那就是每年也不用種，它就自己出來的。

它自己的種子，今年落在地上沒有人去拾它，明年它就出來了；明年落了子，又沒有人去採它，它就又自己出來了。

這樣年年代代，這花園無處不長著大花。牆根上，花架邊，人行道的兩旁，有的竟長在倭瓜或者黃瓜一塊去了。那討厭的倭瓜的絲蔓竟纏繞在它的身上，纏得多了，把它拉倒了。

可是它就倒在地上仍舊開著花。

鏟地的人一遇到它，總是把它拔了，可是越拔它越生得快，那第一班開過的花子落下，落在地上，不久它就生出新的來。所以鏟也鏟不盡，拔也拔不盡，簡直成了一種討厭的東西了。還有那些被倭瓜纏住了的，若想拔它，把倭瓜也拔掉了，所以只得讓它橫躺豎臥的在地上，也不能不開花。

長得非常之高，五六尺高，和玉蜀黍差不多一般高，比人還高了一點，紅辣辣地開滿了一片。

人們並不把它當做花看待，要折就折，要斷就斷，要連根拔也都隨便。到這園子裏來玩的孩子隨便折了一堆去，女人折了插滿了一頭。

這花園從園主一直到來遊園的人，沒有一個人是愛護這花的。這些花從來不澆水，任著風吹，任著太陽曬，可是卻越開越紅，越開越旺盛，把園子煊耀得閃眼，把六月誇獎得和水滾著那麼熱。

胭粉豆、金荷葉、馬蛇菜都開得像火一般。

其中尤其是馬蛇菜，紅得鮮明晃眼，紅得它自己隨時要破裂流下紅色汁液來。

從磨房看這園子，這園子更不知鮮明了多少倍，簡直是金屬的了，簡直像在火裏邊燒著那麼熱烈。

可是磨房裏的磨倌是寂寞的。

他終天沒有朋友來訪他，他也不去訪別人，他記憶中的那些生活也模糊下去了，新的一樣也沒有。他三十多歲了，尚未結過婚，可是他的頭髮白了許多，牙齒脫落了好幾個，看起來像是個青年的老頭。陰天下雨，他不曉得；春夏秋冬，在他都是一樣。和他同院的住些什麼人，他不去留心；他的鄰居和他住得很久了，他沒有記得；住的是什麼人，他沒有記得。

他什麼都忘了，他什麼都記不得，因爲他覺得沒有一件事情是新鮮的。人間在他是全然呆板的了。他只知道他自己是個磨倌，磨倌就是拉磨，拉磨之外的事情都與他毫無關係。

所以鄰家的女兒，他好像沒有見過；見過是見過的，因爲他沒有印象，就像沒見過差不多。

磨房裏，一匹小驢子圍著一盤青白的圓石轉著。磨道下面，被驢子經年地踢踏，已經陷下去一圈小窪槽。小驢的眼睛是戴了眼罩的，所以牠什麼也看不見，只是繞著圈瞎走。嘴上也給戴上了籠頭，怕牠偷吃磨盤上的麥子。

小驢知道，一上了磨道就該開始轉了，所以走起來一聲不響，兩個耳朵尖尖地豎得筆直。

磨倌坐在羅架上，身子有點向前探著。他的面前豎了一個木架，架上橫著一個用木做成的樂器，那樂器的名字叫：「梆子。」

每一個磨倌都用一個，也就是每一個磨房都有一個。舊的磨倌走了，新的磨倌來了，仍然打著原來的梆子。梆子漸漸變成個元寶的形狀，兩端高而中間陷下，所發出來的音響也就不好聽了，不響亮，不脆快，而且「踏踏」的沉悶的調子。

馮二成子的梆子正是已經舊了的。他自己說：

「這梆子有什麼用？打在這梆子上就像打在老牛身上一樣。」

他儘管如此說，梆子他仍舊是打的。

磨眼上的麥子沒有了，他去添一添。從磨漏下來的麥粉滿了一磨盤，他過去掃了掃。小驢的眼罩鬆了，他替牠緊一緊。若是麥粉磨得太多了，應該上風車子了，他就把風車添滿，搖著風車的大手輪，吹了起來，把麥皮都從風車的後部吹了出去。那風車是很大的，好像大象那麼大。尤其是當那手輪搖起來的時候，呼呼地作響，麥皮混著冷風從洞口噴出來。這風車搖起來是很好看的，同時很好聽。可是風車並不常吹，一天或兩天才吹一次。

除了這一點點工作，馮二成子多半是站在羅架上，身子向前探著，他的左腳踏一下，右腳踏一下，羅底蓋著羅床，那力量是很大的，連地皮都抖動了，和蓋新房子時打地基的工夫差不多，咥咥的，又沉重，又悶氣，使人聽了要睡覺的樣子。

所有磨房裏的設備都說過了，只不過還有一件東西沒有說，那就是馮二成子的小炕了。那小炕沒有什麼好記載的，總之這磨房是簡單、寂靜、呆板。看那小驢豎著兩個尖尖的耳朵，好像也不吃草也不喝水，只曉得拉磨的樣子。

馮二成子一看就看到小驢那兩個直豎豎的耳朵，再看就看到牆下跑出的耗子，那滴溜溜亮的眼睛好像兩盞小油燈似的。再看也看不見別的，仍舊是小驢的耳朵。

所以他不能不打梆子，從午間打起，一打打個通宵。

花兒和鳥兒睡著了，太陽回去了。大地變得清涼了好些。從後花園透進來的熱氣，涼爽爽的，風也不吹了，樹也不搖了。

窗外蟲子的鳴叫，遠處狗的夜吠，和馮二成子的梆子混在一起，好像三種樂器似的。

磨房的小油燈忽咧咧的燃著（那小燈是刻在牆壁中間的，好像古墓裏邊站的長明燈似的），和有風吹著它似的。這磨房只有一扇窗子，還被掛滿了黃瓜，把窗子遮得風雨不透。可是從哪裡來的風？小驢也在響著鼻子抖擻著毛，好像小驢也著了寒了。

每天是如此：東方快啓明的時候，朝露就先下來了，伴隨著朝露而來的，是一種陰森森的冷氣，這冷氣冒著白煙似的沉重重地壓到地面上來了。

落到屋瓦上，屋瓦從淺灰變到深灰色，落到茅屋上，那本來是淺黃的草，就變成深黃的了。因爲露珠把它們打濕了，它們吸收了露珠的緣故。

惟有落到花上、草上、葉子上，那露珠是原形不變，並且由小聚大。大葉子上聚著大露珠，小葉子聚著小露珠。

玉蜀黍的纓穗掛上了霜似的，毛絨絨的。

倭瓜花的中心抱著一顆大水晶球。

劍形草是又細又長的一種野草，這野草頂不住太大的露珠，所以它的周身都是一點點的小粒。

等到太陽一出來時，那亮晶晶的後花園無異於昨天灑了銀水了。

馮二成子看一看牆上的燈碗，在燈芯上結了一個紅橙橙的大燈花。他又伸手去摸一摸那生長在窗櫺上的黃瓜，黃瓜跟水洗的一樣。

他知道天快亮了，露水已經下來了。

這時候，正是人們睡得正熟的時候，而馮二成子就像更煥發了起來。他的梆子就更響了，他拚命地打，他用了全身的力量，使那梆子響得爆豆似的。

不但如此，那磨房唱了起來了，他大聲急呼的。好像他是照著民間所流傳的，他是招了鬼了。他有意要把遠近的人家都驚動起來，他竟亂打起來，他不把梆子打斷了，他不甘心停止似的。

有一天下雨了。

雨下得很大，青蛙跳進磨房來好幾個，有些蛾子就不斷地往小油燈上撲，撲了幾下之後，被燒壞了翅膀就掉在油碗裏溺死了，而且不久蛾子就把油燈碗給掉滿了，所以油燈漸漸地不亮下去，幾乎連小驢的耳朵都看不清楚。

馮二成子想要添些燈油，但是燈油在上房裏，在主人的屋裏。

他推開門一看，雨真是大得不得了，瓢潑的一樣，而且上房裏也怕是睡下了，燈光不很大，只是影影綽綽的。也許是因爲下雨上了風窗的關係，才那樣黑混混的。

——十步八步跑過去，拿了燈油就跑回來。——馮二成子想。

但雨也是太大了，衣裳非都濕了不可；濕了衣裳不要緊，濕了鞋子可得什麼時候乾。

他推開房門看了好幾次，也都是把房門關上了，沒有跑過去。

可是牆上的燈又一會一會地要滅了，小驢的耳朵簡直看不見了。他又打開門向上房看看，上房滅了燈了，院子裏什麼也看不見，只有隔壁趙老太太那屋還亮通通的，窗裏還有格格的笑聲。

那笑的是趙老太太的女兒。馮二成子不知爲什麼心裏好不平靜，他趕快關了門，趕快去撥燈碗，趕快走到磨架上，開始很慌張地打動著篩羅。可是無論如何那窗裏的笑聲好像還在那兒笑。

馮二成子打起梆子來，打了不幾下，很自然地就會停住，又好像很願意再聽到那笑聲似的。

——這可奇怪了，怎麼像第一天那邊住著人。——他自己想。

第二天早晨，雨過天晴了。

馮二成子在院子裏曬他的那雙濕得透透的鞋子時，偶一抬頭看見了趙老太太的女兒，跟他站了個對面。

馮二成子從來沒和女人接近過，他趕快低下頭去。

那鄰家女兒是從井邊來，提了滿滿的一桶水，走得非常慢。等她完全走過去了，馮二成子才抬起頭來。

她那向日葵花似的大眼睛，似笑非笑的樣子，馮二成子一想起來就無緣無故地心跳。

有一天，馮二成子用一個大盆在院子裏洗他自己的衣裳，洗著洗著，一不小心，大盆從木凳滑落而打碎了。

趙老太太也在窗下縫著針線，連忙就喊她的女兒，把自家的大盆搬出來，借給他用。

馮二成子接過那大盆時，他連看都沒看趙姑娘一眼，連抬頭都沒敢抬頭，但是趙姑娘的眼睛像向日葵花那麼大，在想像之中他比看見來得清晰。於是他的手好像抖著似的把大盆接過來了。

他又重新打了點水，沒有打很多的水，只打了一大盆底。

恍恍惚惚地衣裳也沒有洗乾淨，他就曬起來了。

從那之後，他也並不常見趙姑娘，但他覺得好像天天見面的一樣。尤其是到了深夜，他常常聽到隔壁的笑聲。

有一天，他打了一夜梆子。天亮了，他的全身都酸了。他把小驢子解下來，拉到下過朝露的潮濕的院子裏，看著那小驢打了幾個滾，而後把小驢拴到槽子上去吃草。他也該是睡覺的時候了。

他剛躺下，就聽到隔壁女孩的笑聲，他趕快抓住被邊把耳朵掩蓋起來。

但那笑聲仍舊在笑。

他翻了一個身，把背脊向著牆壁，可是仍舊不能睡。

他和那女孩相鄰的住了兩年多了，好像他聽到她的笑還是最近的事情。他自己也奇怪起來。

那邊雖是笑聲停止了，但是又有別的聲音了：刷鍋，劈柴發火的聲音，件件樣樣都聽得清清晰晰。而後，吃早飯的聲音他都感覺到了。

這一天，他實在睡不著，他躺在那裏心中十分悲哀，他把這兩年來的生活都回想了一遍……

剛來的那年，母親來看過他一次。從鄉下給他帶來一筐子黃米豆包。母親臨走的時候還流了眼淚說：「孩兒，你在外邊好好給東家做事，東家錯待不了你的……你老娘這兩年身子不大硬實。一旦有個一口氣不來，只讓你哥哥把老娘埋起來就算了事。人死如燈滅，你就是跑到家又能怎樣！……可千萬要聽娘的話，人家拉磨，一天拉好多麥子，是一定的，耽誤不得，可要記住老娘的話。……」

那時，馮二成子已經三十六歲了，他仍很小似的，聽了那話就哭了。他抬起頭看看母親，母親確是瘦得厲害，而且也咳嗽得厲害。

「不要這樣傻氣，你老娘說是這樣說，哪就真會離開了你們的。你和你哥哥都是三十多歲了，還沒成家，你老娘還要看到你們……」

馮二成子想到「成家」兩個字，臉紅了一陣。

母親回到鄉下去，不久就死了。

他沒有照著母親的話做，他回去了，他和哥哥親自送的葬。是八月裏辣椒紅了的時候，送葬回來，沿路還摘了許多紅辣椒，炒著吃了。

以後再想一想，就想不起什麼來了。拉磨的小驢子仍舊是原來的小驢子。磨房也一點沒有改變，風車也是和他剛來時一樣，黑洞洞地站在那裏，連個方向也沒改換。篩羅子一踏起來它就「咚咚」響。他向篩羅子看了一眼，宛如他不去踏它，它也在響的樣子。

一切都習慣了，一切都照著老樣子。他想來想去什麼也沒有變，什麼也沒有多，什麼也沒有少。這兩年是怎樣生活的呢？他自己也不知道，好像他沒有活過的一樣。他伸出自己的手來，看看也沒有什麼變化；捏一捏手指的骨節，骨節也是原來的樣子，尖銳而突出。

他又回想到他更遠的幼小的時候去，在沙灘上煎著小魚，在河裏脫光了衣裳洗澡；冬天堆了雪人，用綠豆給雪人做了眼睛，用紅豆做了嘴唇；下雨的天氣，媽媽打來了，就往水窪中跑……媽媽因此而打不著他。

再想又想不起什麼來，這時候他昏昏沉沉地要睡了去。

剛要睡著，他又被驚醒了，好幾次都是這樣。也許是炕下的耗子，也許是院子裏什麼人說話。

但他每次睜開眼睛，都覺得是鄰家女兒驚動了他。他在夢中羞怯怯地紅了好幾次臉。

從這以後，他早晨睡覺時，他先站在地中心聽一聽，鄰家是否有了聲音。若是有了聲音，他就到院子裏拿著一把馬刷子刷那小驢。

但是巧得很，那女孩子一清早就到院子來走動，一會出來拿一捆柴，一會出來潑一瓢水。總之，他與她從這以後，好像天天相見。

這一天八月十五，馮二成子穿了嶄新的衣裳，剛剛理過頭髮回來，上房就嚷著：

「喝酒了，喝酒啦……」

因爲過節是和東家同桌吃的飯，什麼臘肉，什麼松花蛋，樣樣皆有。其中下酒最好的要算涼拌粉皮，粉皮裏外加著一束黃瓜絲，還有辣椒油灑在上面。

馮二成子喝足了酒，退出來了，連飯也沒有吃，他打算到磨房去睡一覺。常年也不喝酒，喝了酒頭有些昏。他從上房走出來，走到院子裏碰到了趙老太太，她手裏拿著一包月餅，正要到親戚家去。她一見了馮二成子，她連忙喊著女兒說：

「你快拿月餅給老馮吃。過節了，在外邊的跑腿人，不要客氣。」

說完了，趙老太太就走了。

馮二成子接過月餅在手裏，他看那姑娘滿身都穿了新衣裳，臉上塗著胭脂和香粉。因爲他怕難爲情，他想說一聲謝謝也沒說出來，回身就進了磨房。

磨房比平日更冷清了，小驢也沒有拉磨，磨盤上供著一塊黃色的牌位，上面寫著「白虎神之位」，燃了兩根紅蠟燭，燒著三炷香。

馮二成子迷迷昏昏地吃完了月餅，靠著羅架站著，眼睛望著窗外的花園。他一無所思的往外看著，正這時又有了女人的笑聲，並且這笑聲是熟悉的，但不知這笑聲是從哪方面來的，後花園還是隔壁？

他一回身，就看見了鄰家的女兒站在大開著的門口。

她的嘴是紅的，她的眼睛是黑的，她的周身發著光輝，帶著吸力。

他怕了，低了頭不敢再看。

那姑娘自言自語地說：「這兒還供著白虎神呢！」

說著，她的一個小同伴招呼著她就跑了。

馮二成子幾乎要昏倒了，他堅持著自己，他睜大了眼睛，看一看自己的周遭，看一看是否在做夢。

這哪裡是在做夢，小驢站在院子裏吃草，上房還沒有喝完酒的划拳的吵鬧聲仍還沒有完結。他站到磨房外邊，向著遠處都看了一遍。遠處的人家，有的在樹林中，有的在白雲中露著屋角，而附近的人家，就是同院子住著的也都恬靜的在節日裏邊升騰著一種看不見的歡喜，流蕩著一種聽不見的笑聲。

但馮二成子看著什麼都是空虛的。寂寞的秋空的游絲，飛了他滿臉，掛住了他的鼻子，繞住了他的頭髮。他用手把游絲揉擦斷了，他還是往前看去。

他的眼睛充滿了亮晶晶的眼淚，他的心中起了一陣莫名其妙的悲哀。

他羨慕在他左右跳著的活潑的麻雀，他妒恨房脊上咕咕叫的悠閒的鴿子。

他的感情軟弱得像要癱了的蠟燭似的。他心裏想：鴿子你爲什麼叫？叫得人心慌！你不能不叫嗎？游絲你爲什麼繞了我滿臉？你多可恨！

恍恍惚惚他又聽到那女孩子的笑聲。

而且和閃電一般，那女孩子來到他的面前了，從他面前跑過去了，一轉眼跑得無影無蹤的。

馮二戍子彷彿被捲在旋風裏似的，迷迷離離的被捲了半天，而後旋風把他丟棄了。旋風自己跑去了，他仍舊是站在磨房外邊。

從這以後，可憐的馮二戍子害了相思病，臉色灰白，眼圈發紫，茶也不想吃，飯也咽不下，他一心一意地想著那鄰家的姑娘。

讀者們，你們讀到這裏，一定以爲那磨房裏的磨倌必得要和鄰家女兒發生一點關係。其實不然的，後來是另外的一位寡婦。

世界上竟有這樣謙卑的人，他愛了她，他又怕自己的身分太低，怕毀壞了她。他偷著對她寄託一種心思，好像他在信仰一種宗教一樣。鄰家女兒根本不曉得有這麼一回事。

不久，鄰家女兒來了說媒的，不久那女兒就出嫁去了。

婆家來娶新媳婦的那天，抬著花轎子，打著鑼鼓，吹著喇叭，就在磨房的窗外，連吹帶打的熱鬧了起來。

馮二成子把頭伏在桪子上，他閉了眼睛，他一動也不動。

那邊姑娘穿了大紅的衣裳，搽了胭脂粉，滿手抓著銅錢，被人抱上了轎子。放了一陣炮仗，敲了一陣銅鑼，抬起轎子來走了。

走得很遠很遠了，走出了街去，那打鑼聲只能絲絲拉聽到一點。

馮二成子仍舊沒有把頭抬起，一直到那轎子走出幾里路之外，就連被娶親驚醒了的狗叫也都平靜下去時，他才抬起頭來。

那小驢蒙著眼罩靜靜地一圈一圈地在拉著空磨。

他看一看磨眼上一點麥子也沒有了，白花花的麥粉流了滿地。

那女兒出嫁以後，馮二成子常常和趙老太太攀談，有的時候還到老太太的房裏坐一坐。他不知爲什麼總把那老太太當做一位近親來看待，早晚相見時，總是彼此笑笑。

這樣也就算了，他覺得那女兒出嫁了反而隨便了些。

可是這樣過了沒多久，趙老太太也要搬家了，搬到女兒家去。

馮二成子幫著去收拾東西。在他收拾著東西時，他看見針線簍裏有一個細小的白骨頂針。他想：這可不是她的？那姑娘又活躍躍地來到他的眼前。他看見了好幾樣東西，都是那姑娘的。刺花的圍裙捲放在小櫃門裏，一團紮過了的紅頭繩子洗得乾乾淨淨的，用一塊紙包著。他在許多亂東西裏拾到這紙包，他打開一看，他問趙老太太，這頭繩要放在哪裡？老太太說：

「放在小梳頭匣子裏吧，我好給她帶去。」

馮二成子打開了小梳頭匣，他看見幾根扣髮針和一個假燒藍翠的戒指仍放在裏邊。他嗅到一種梳頭油的香氣。他想這一定是那姑娘的，他把梳頭匣關了。

他幫著老太太把東西收拾好，裝上了車，還牽著拉車的大黑騾子上前去送了一程。

送到郊外，迎面的菜花都開了，滿野飄著香氣。老太太催他回來，他說他再送一程。他好像對著曠野要高歌的樣子，他的胸懷像飛鳥似地張著，他面向著前面，放著大步，好像他一去就不回來的樣子。

可是馮二成子回來的時候，太陽還正晌午。雖然是秋天了，沒有夏天那麼鮮豔，但是到處飄著香氣。高粱成熟了，大豆黃了秧子，野地上仍舊是紅的紅綠的綠。馮二成子沿著原路往回走。走了一程，他還轉回身去，向著趙老太太走去的遠方望一望。但是連一點影子也看不見了。

藍天凝結得那麼嚴酷，連一些皺褶也沒有，簡直像是用藍色紙剪成的。他用了他所有的目力，探究著藍色的天邊處，是否還存在著一點點黑點，若是還有一個黑點，那就是趙老太太的車子了。可是連一個黑點也沒有，實在是沒有的，只有一條白亮亮的大路，向著藍天那邊爬去，爬到藍天的盡頭，這大路只剩了窄狹的一條。

趙老太太這一去什麼時候再能夠見到，沒有和她約定時間，也沒有和她約定地方。他想順著大路跑去，跑到趙老太太的車子前面，拉住大黑騾子，他要向她說：

「不要忘記了你的鄰居，上城裏來的時候可來看我一次。」

但是車子一點影也沒有了，追也追不上了。

他轉回身來，仍走他的歸途，他覺得這回來的路，比去的時候不知遠了多少倍。

他不知爲什麼這次送趙老太太，比送他自己的親娘還更難過。他想：人活著爲什麼要分別？既然永遠分別，當初又何必認識！人與人之間又是誰給造了這個機會？既然造了機會，又是誰把機會給取消了？

他越走他的腳越沉重，他的心越空虛，就在一個有樹蔭的地方坐下來。他往四方左右望一望，他望到的，都是在勞動著的，都是在活著的，趕車的趕車，拉馬的拉馬，割高粱的人，滿頭流著大汗。還有的手被高粱稈扎破了，或是腳被扎破了，還浸浸地沁著血，而仍是不停地在割。

他看了一看，他不能明白，這都是在做什麼；他不明白，這都是爲著什麼。他想：你們那些手拿著的，腳踏著的，到了終歸，你們是什麼也沒有的。你們沒有了母親，你們的父親早早死了，你們該娶的時候，娶不到你們所想的；你們到老的時候，看不到你們的子女成人，你們就先累死了。

馮二成子看一看自己的鞋子掉底了，於是脫下鞋子用手提鞋子，站起來光著腳走。他越走越奇怪，本來是往回走，可是心越走越往遠處飛。究竟飛到哪裡去了，他自己也把捉不定。總之，他越往回走，他就越覺得空虛。路上他遇上一些推手車的，挑擔的，他都用了奇怪的眼光看了他們一下：

你們是什麼也不知道，你們只知道爲你們的老婆孩子當一輩子牛馬，你們都白活了，你們自己還不知道。你們要吃的吃不到嘴，要穿的穿不上身，你們爲了什麼活著，活得那麼起勁！

他看見幾個賣豆腐腦的，搭著白布篷，篷下站著好幾個人在吃。有的爭著要多加點醬油，而那賣豆腐腦的偏偏給他加上幾粒鹽。賣豆腐腦的說醬油太貴，多加要賠本的。於是爲著點醬油爭吵了起來。馮二成子老遠地就聽他們在嚷嚷。他用斜眼看了那賣豆腐腦的：

你這個小氣人，你爲什麼那麼苛刻？你都是爲了老婆孩子！你要白白活這一輩子，你省吃儉用，到頭你還不是個窮鬼！

馮二成子這一路上所看到的幾乎完全是這一類人。

他用各種眼光批評了他們。

他走了一會，轉回身去看看遠方，並且站著等了一會，好像遠方會有什麼東西自動向他飛來，又好像遠方有誰在招呼著他。他幾次三番地這樣停下來，好像他側著耳朵細聽。但只有雀子的叫聲從他頭上飛過，其餘沒有別的了。

他又轉身向回走，但走得非常遲緩，像走在荆蓁的草中。彷彿他走一步，被那荆蓁拉住過一次。

終於他全然沒有了氣力，全身和頭腦。他找到一片小樹林，他在那裏伏在地上哭了一袋煙的工夫。他的眼淚落了一滿樹根。

他回想著那姑娘束了花圍裙的樣子，那走路的全身愉快的樣子。他再想那姑娘是什麼時候搬來的，他連一點印象也沒有記住，他後悔他爲什麼不早點發現她。她的眼睛看過他兩三次，他雖不敢直視過去，但他感覺得到，那眼睛是深黑的，含著無限情意的。他想到了那天早晨他與她站了個對面，那眼睛是多麼大！那眼光是直逼他而來的。他一想到這裏，他恨不得站起來撲過去。但是現在都完了，都去得無聲無息的那麼遠了，也一點痕跡沒有留下，也永久不會重來了。

這樣廣茫茫的人間，讓他走到哪方面去呢？是誰讓人如此，把人生下來，並不領給他一條路子，就不管他了。

黃昏的時候，他從地面上抓了兩把泥土，他昏昏沉沉地站起來，仍舊得走著他的歸路。

他好像失了魂魄的樣子，回到了磨房。

看一看羅架好好的在那兒站著，磨盤好好的在那兒放著，一切都沒有變動。吹來的風依舊是很涼爽的。從風車吹出來的麥皮仍舊在大簍子裏盛著，他抓起一把放在手心上擦了擦，這都是昨天磨的麥子，昨天和今天是一點也沒有變。他拿了刷子刷了一下磨盤，殘餘的麥粉冒了一陣白煙。這一切都和昨天一樣，什麼也沒有變。耗子的眼睛仍舊是很亮很亮的跑來跑去。後花園靜靜的和往日裏一樣的沒有聲音。上房裏，東家的太太抱著孫兒和鄰居講話，講得仍舊和往常一樣熱鬧。擔水的往來在井邊，有談有笑的放著大步往來的跑，絞著井繩的轉車喀啦喀啦的大大方方地響著。一切都是快樂的，有意思的。就連站在槽子那裏的小驢，一看馮二成子回來了，也表示歡迎似的張開大嘴來叫了幾聲。馮二成子走上前去，摸一摸小驢的耳朵，而後從草包取一點草散在槽子裏，而後又領著那小驢到井邊去飲水。

他打算再工作起來，把小驢仍舊架到磨上，而他自己還是願意鼓動著勇氣打起梆子來。但是他未能做到，他好像丟了什麼似的，好像是被人家搶去了什麼似的。

他沒有拉磨，他走到街上來蕩了半夜，二更之後，街上的人稀疏了，都回家去睡覺去了。

他經過靠著縫衣裳來過活的老王那裏，看她的燈還未滅，他想進去歇一歇腳也是好的。

老王是一個三十多歲的寡婦，因為生活的憂心，頭髮白了一半了。

她聽了是馮二成子來叫門，就放下了手裏的針線來給他開門了。

還沒等他坐下，她就把縫好的馮二成子的藍單衫取出來了，並且說著：

「我這兩天就想要給你送去，爲著這兩天活計多，多做一件，多賺幾個，還讓你自家來拿……」

她抬頭一看馮二成子的臉色是那麼冷落，她忙著問：

「你是從街上來的嗎？是從哪兒來的？」

一邊說著一邊就讓馮二成子坐下。

他不肯坐下，打算立刻就要走，可是老王說：

「有什麼不痛快的？跑腿子在外的人，要舒心坦意。」

馮二成子還是沒有響。

老王跑出去給馮二成子買了些燒餅來，那燒餅還是又脆又熱的，還買了醬肉。老王手裏有錢時，常常自己喝一點酒，今天也買了酒來。

酒喝到三更，王寡婦說：

「人活著就是這麼的，有孩子的爲孩子忙，有老婆的爲老婆忙，反正做一輩子牛馬。年輕的時候，誰還不是像一棵小樹似的，盼著自己往大了長，好像有多少黃金在前邊等著。可是沒有幾年，體力也消耗完了，頭髮黑的黑，白的白……」

她給他再斟一盅酒。

她斟酒時，馮二成子看她滿手都是筋絡，蒼老得好像大麻的葉子一樣。

但是她說的話，他覺得那是對的，於是他把那盅酒舉起來就喝了。

馮二成子也把近日的心情告訴了她。他說他對什麼都是煩躁的，對什麼都沒有耐性了。他所說的，她都理解得很好，接著他的話，她所發的議論也和他的一樣。

喝過了三更以後，馮二成子也該回去了。他站起來，抖擻一下他的前襟，他的感情寧靜多了，他也清晰得多了，和落過雨後又復見了太陽似的，他還拿起老王在縫著的衣裳看看。問她一件夾襖的手工多少錢。

老王說：「那好說，那好說，有夾襖儘管拿來做吧。」說著，她就拿起一個燒餅，把剩下的醬肉通通夾在燒餅裏，讓馮二成子帶著：「過了半夜，酒要往上返的，吃下去壓一壓酒。」

馮二成子百般的沒有要，開了門，出來了，滿天都是星光；中秋以後的風，也有些涼了。

「是個月黑頭夜，可怎麼走！我這兒也沒有燈籠……」

馮二成子說：「不要，不要！」就走出來了。

在這時，有一條狗往屋裏鑽，老王罵著那狗：

「還沒有到冬天，你就怕冷了，你就往屋裏鑽！」

因爲是夜深了的緣故，這聲音很響。

馮二成子看一看附近的人家都睡了。王寡婦也在他的背後閂上了門，適才從門口流出來的那道燈光，在閂門的聲音裏邊，又被收了回去。

馮二成子一邊看著天空的北斗星，一邊來到了小土坡前。那小土坡上長著不少野草，腳踏在上邊，絨絨乎乎的。於是他蹲了雙腿，試著用指尖搔一搔，是否這地方可以坐一下。

他坐在那裏非常寧靜，前前後後的事情，他都忘得乾乾淨淨，他心裏邊沒有什麼騷擾，什麼也沒有想，好像什麼也想不起來了。晌午他送趙老太太走的那回事，似乎是多少年前的事情。現在他覺得人間並沒有許多人，所以彼此沒有什麼妨害，他的心境自由得多了，也寬舒得多了，任著夜風吹著他的衣襟和褲腳。

他看一看遠近的人家，差不多都睡覺了，尤其是老王的那一排房子，通通睡了，只有王寡婦的窗子還透著燈光。他看了一會，他又把眼睛轉到另外的方向去，有的透著燈光的窗子，眼睛看著看著，窗子忽然就黑了一個，忽然又黑了一個。屋子滅掉了燈，竟好像沉到深淵裏邊去的樣子，立刻消滅了。

而老王的窗子仍舊是亮的，她的四周都黑了，都不存在了，那就更顯得她單獨的停在那裏。

「她還沒有睡呢！」他想。

她怎麼還不睡？他似乎這樣想了一下。是否他還要回到她那邊去，他心裏很猶疑。

等他不自覺的又回到老王的窗下時，他終於敲了她的門。裏邊應著的聲音並沒有驚奇，開了門讓他進去。

這夜，馮二成子就在王寡婦家裏結了婚了。

他並不像世界上所有的人結婚那樣：也不跳舞，也不招待賓客；也不到禮拜堂去。而也並不像鄰家姑娘那樣打著銅鑼，敲著大鼓。但是他們莊嚴得很，因爲百感交集，彼此哭了一遍。

第二年夏天，後花園裏的花草又是那麼熱鬧，倭瓜淘氣地爬上了樹了，向日葵開了大花，惹得蜂子成群地鬧著，大菽茨、爬山虎、馬蛇菜、胭粉豆，樣樣都開了花。耀眼的耀眼，散著香氣的散著香氣。年年爬到磨房窗櫺上來的黃瓜，今年又照樣的爬上來了；年年結果子的，今年又照樣的結了果子。

惟有牆上的狗尾草比去年更爲茂盛，因爲今年雨水多而風少。

園子裏雖然是花草鮮豔，而很少有人到園子裏來，是依然如故。偶然園主的小孫女跑進來折一朵大菽茨花，聽到屋裏有人喊著：

「小春，小春……」

她轉身就跑回屋去，而後把門又輕輕的閂上了。

算起來就要一年了，趙老太太的女兒就是從這靠著花園的廂房出嫁的。在街上，馮二成子碰到那出嫁的女兒一次，她的懷裏抱著一個小孩。

可是馮二成子也有了小孩了。磨房裡拉起了一張白布簾子來，簾子後邊就藏著出生不久的嬰孩和孩子的媽媽。

又過了兩年，孩子的媽媽死了。

馮二成子坐在羅架上打篩羅時，就把孩子騎在梆子上。夏晝十分熱了，馮二成子把頭垂在孩子的腿上，打著瞌睡。

不久，那孩子也死了。

後花園裏經過了幾度繁華，經過了幾次凋零，但那大薮茨花它好像世世代代要存在下去的樣子，經冬復歷春，年年照樣的在園子裏邊開著。

園主人把後花園裏的房子都翻了新了，只有這磨房連動也沒動，說是磨房用不著好房子的，好房子也讓篩羅「咚咚」的震壞了。

所以磨房的屋瓦，為著風吹，為著雨淋，一排一排的都脫了節。每刮一次大風，屋瓦就要隨著風在半天空裏飛走了幾塊。

夏晝，馮二成子伏在梆子上，每每要打瞌睡。他瞌睡醒來時，昏昏庸庸的他看見眼前跳躍著無數條光線，他揉一揉眼睛，再仔細看一看，原來是房頂露了天了。

以後兩年三年，不知多少年，他仍舊在那磨房裏平平靜靜地活著。

後花園的園主也老死了，後花園也拍賣了。這拍賣只不過給馮二成子換了個主人。這個主人並不是個老頭，而是個年輕的、愛漂亮、愛說話的，常常穿了很乾淨的衣裳來磨房的窗外，看那磨倌怎樣打他的篩羅，怎樣搖他的風車。

小城三月

一

三月的原野已經綠了，像地衣那樣綠，透出在這裡，那裡。郊原上的草，是必須轉折了好幾個彎兒才能鑽出地面的，草兒頭上還頂著那脹破了種粒的殼，發出一寸多高的芽子，欣幸的鑽出了土皮。放牛的孩子，在掀起了牆腳片下面的瓦片時，找到了一片草芽了，孩子們到家裡告訴媽媽，說：「今天草芽出土了！」媽媽驚喜的說：「那一定是向陽的地方！」搶根菜的白色的圓石似的籽兒在地上滾著，野孩子一升一斗的在拾，蒲公英發芽了，羊咩咩的叫，烏鴉繞著楊樹林子飛。天氣一天暖似一天，日子一寸一寸的都有意思。楊花滿天照地飛，像棉花似的。人們出門都是用手捉著，楊花掛著他了。草和牛糞都橫在道上，放散著強烈的氣味，遠遠的有用石子打船的聲音，空空……的大響傳來。

河冰發了，冰塊頂著冰塊，苦悶地又奔放地向下流。烏鴉站在冰塊上尋覓小魚吃，或者是還在冬眠的青蛙。

天氣突然的熱起來，說是「二八月，小陽春」，自然冷天氣還是要來的，但是這幾天可熱了。春天帶著強烈的呼喚從這頭走到那頭……

小城裡被楊花給裝滿了，在榆樹還沒變黃之前，大街小巷到處飛著，像紛紛落下的雪塊……

春來了。人人像久久等待著一個大暴動，今天夜裡就要舉行，人人帶著犯罪的心情，想參加到解放的嘗試……春吹到每個人的心坎，帶著呼喚，帶著蠱惑……

我有一個姨，和我的堂哥哥大概是戀愛了。

姨母本來是很近的親屬，就是母親的姊妹。但是我這個姨，她不是我的親姨，她是我的繼母的繼母的女兒。那麼她可算與我的繼母有點血統的關係了，其實也是沒有的。因爲我這個外祖母已經做了寡婦之後才來到的外祖父家，翠姨就是這個外祖母的原來在另外的一家所生的女兒。

翠姨還有一個妹妹，她的妹妹小她兩歲，大概是十七、八歲，那麼翠姨也就是十八、九歲了。

翠姨生得並不是十分漂亮，但是她長得窈窕，走起路來沉靜而且漂亮，講起話來清楚的帶著一種平靜的感情。她伸手拿櫻桃吃的時候，好像她的手指尖對那櫻桃十分可憐的樣子，她怕把它觸壞了似的輕輕的捏著。

假若有人在她的背後招呼她一聲，她若是正在走路，她就會停下，若是正在吃飯，就要把飯碗放下，而後把頭向著自己的肩膀轉過去，而全身並不大轉，於是她自覺的閉合著嘴唇，像是有什麼要說而一時說不出來似的……

而翠姨的妹妹，忘記了她叫什麼名字，反正是一個大說大笑的，不十分修邊幅，和她的姐姐完全不同。花的綠的，紅的紫的，只要是市上流行的，她就不大加以選擇，做起一件衣服來趕快就穿在身上。穿上了而後，到親戚家去串門，人家恭維她的衣料怎樣漂亮的時候，她總是說，和這完全一樣的，還有一件，她給了她的姐姐了。

我到外祖父家去，外祖父家裡沒有像我一般大的女孩子陪著我玩，所以每當我去，外祖母總是把翠姨喊來陪我。

翠姨就住在外祖父的後院，隔著一道板牆，一招呼，聽見就來了。

外祖父住的院子和翠姨住的院子，雖然只隔一道板牆，但是卻沒有門可通，所以還得繞到大街上去從正門進來。

因此有時翠姨先來到板牆這裡，從板牆縫中和我打了招呼，而後回到屋去裝飾了一番，才從大街上繞了個圈來到她母親的家裡。

翠姨很喜歡我，因爲我在學堂裡念書，而她沒有，她想什麼事我都比她明白。所以她總是有許多事務同我商量，看看我的意見如何。

到夜裡，我住在外祖父家裡了，她就陪著我也住下的。

每每從睡下了就談，談過了半夜，不知爲什麼總是談不完……

開初談的是衣服怎樣穿，穿什麼樣的顏色的，穿什麼樣的料子。比如走路應該快或是應該慢，有時白天裡她買了一個別針，到夜裡她拿出來看看，問我這別針到底是好看或是不好看，那時候，大概是十五年前的時候，我們不知別處如何裝扮一個女子，而在這個城裡幾乎個個都有一條寬大的絨繩結的披肩，藍的，紫的，各色的也有，但最多多不過棗紅色了，幾乎在街上所見的都是棗紅色的大披肩了。

哪怕紅的綠的那麼多，但總沒有棗紅色的最流行。

翠姨的妹妹有一張，翠姨有一張，我的所有的同學，幾乎每人有一張。就連素不考究的外祖母的肩上也披著一張，只不過披的是藍色的，沒有敢用那最流行的棗紅色的就是了。因爲她總算年紀大了一點，對年輕人讓了一步。

還有那時候都流行穿絨繩鞋，翠姨的妹妹就趕快的買了穿上。因爲她那個人很粗心大意，好壞她不管，只是人家有她也有，別人是人穿衣裳，而翠姨的妹妹就好像被衣服所穿了似的，蕪蕪雜雜。但永遠合乎著應有盡有的原則。

翠姨的妹妹的那絨繩鞋，買來了，穿上了。在地板上跑著，不大一會工夫，那每隻鞋臉上繫著的一隻毛球，竟有一個毛球已經離開了鞋子，向上跳著，只還有一根繩連著，不然就要掉下來了。很好玩的，好像一顆大紅棗被繫到腳上去了。因爲她的鞋子也是棗紅色的。大家都在嘲笑她的鞋子一買回來就壞了。

翠姨，她沒有買，她猶疑了好久，無管什麼新樣的東西到了，她總不是很快的就去買了來，也許她心裡邊早已經喜歡了，但是看上去她都像反對似的，好像她都不接受。

她必得等到許多人都開始採辦了，這時候看樣子，她才稍稍有些動心。好比買絨繩鞋，夜裡她和我談話，問過我的意見，我也說是好看的，我有很多的同學，她們也都買了絨繩鞋。

第二天翠姨就要求我陪著她上街，先不告訴我去買什麼，進了舖子選了半天別的，才問到我絨繩鞋。

走了幾家舖子，都沒有，都說是已經賣完了。我曉得店舖的人是這樣瞎說的。表示他家這店舖平常總是最豐富的，只恰巧你要的這件東西，他就沒有了。我勸翠姨說咱們慢慢的走，別家一定會有的。

我們是坐馬車從街梢上的外祖父家來到街中心的。

見了第一家舖子，我們就下了馬車。不用說，馬車我們已經是付過了車錢的。等我們買好了東西回來的時候，會另外叫一輛的。因爲我們不知道要有多久。大概看見什麼好，雖然不需要也要買點，或是東西已經買全了不必要再多留連，也要留連一會，或是買東西的目的，本來只在一雙鞋，而結果鞋子沒有買到，反而囉哩囉嗦的買回來許多用不著的東西。

這一天，我們辭退了馬車，進了第一家店舖。

在別的大城市裡沒有這種情形，而在我家鄉裡往往是這樣，坐了馬車，雖然是付過了錢，讓他自由去兜攬生意，但是他常常還仍舊等候在舖子的門外，等一出來，他仍舊請你坐他的車。

我們走進第一個舖子，一問沒有。於是就看了些別的東西，從綢緞看到呢絨，從呢絨再看到綢緞，布匹是根本不看的，並不像母親們進了店舖那樣子，這個買去做被單，那個買去做棉襖的，因為我們管不了被單棉襖的事。母親們一月不進店舖，一進店舖又是這個便宜應該買，那個不貴，也應該買。比方一塊在夏天才用的花洋布，母親們冬天裡就買起來了，說是趁著便宜多買點，總是用得著的。而我們就不然了，我們是天天進店舖的，天天搜尋些個好看的，是貴的值錢的，平常時候絕對的用不到想不到的。

那一天我們就買了許多花邊回來，釘著光片的，帶著琉璃的。說不上要做什麼樣的衣服才配得著這種花邊。也許根本沒有想到做衣服，就貿然的把花邊買下了。一邊買著，一邊說好，翠姨說好，我也說好。到了後來，回到家裡，當眾打開了讓大家評判，這個一言，那個一語，讓大家說得也有一點沒有主意了，心裡已經五、六分空虛了。於是趕快的收拾了起來，或者從別人的手中奪過來，把它包起來，說她們不識貨，不讓她們看了。

勉強說著：

「我們要做一件紅金絲絨的袍子，把這個黑琉璃邊鑲上。」

或是：

「這紅的我們送人去……」

說雖仍舊如此說，心裡已經八、九分空虛了，大概是這些所心愛的，從此就不會再出頭露面的了。

在這小城裡，商店究竟沒有多少，到後來又加上看不到絨繩鞋，心裡著急，也許跑得更快些，不一會工夫，只剩了三兩家了。而那三兩家，又偏偏是不常去的，舖子小，貨物少。想來它那裡也是一定不會有的了。

我們走進一個小舖子裡去，果然有三四雙，非小即大，而且顏色都不好看。

翠姨有意要買，我就覺得奇怪，原來就不十分喜歡，既然沒有好的，又為什麼要買呢？讓我說著，沒有買成回家去了。

過了兩天，我把買鞋子這件事情早就忘了。

翠姨忽然又提議要去買。

從此我知道了她的秘密，她早就愛上了那絨繩鞋了，不過她沒有說出來就是。她的戀愛的秘密就是這樣子的，她似乎要把它帶到墳墓裡去，一直不要說出口，好像天底下沒有一個人值得聽她的告訴……

在外邊飛著滿天的大雪，我和翠姨坐著馬車去買絨繩鞋。我們身上圍著皮褥子，趕車的車伕高高的坐在車伕台上，搖晃著身子唱著沙啞的山歌：「喝咧咧……」耳邊的風嗚嗚地嘯著，從天上傾下來的大雪迷亂了我們的眼睛，遠遠的天隱在雲霧裡，我默默的祝福翠姨快快買到可愛的絨繩鞋，我從心裡願意她得救……

市中心遠遠的朦朦朧朧的站著，行人很少，全街靜悄無聲。我們一家挨一家的問著，我比她更急切，我想趕快買到吧，我小心的盤問著那些店員們，我從來不放棄一個細微的機會，我鼓勵翠姨，沒有忘記一家。使她都有點兒詫異，我爲什麼忽然這樣熱心起來，但是我完全不管她的猜疑，我不顧一切的想在這小城裡，找出一雙絨繩鞋來。

只有我們的馬車，因爲載著翠姨的願望，在街上奔馳得特別的清醒，又特別的快。雪下的更大了，街上什麼人都沒有了，只有我們兩個人，催著車伕，跑來跑去。一直到天都很晚了，鞋子沒有買到。翠姨深深的看到我的眼裡說：「我的命，不會好的。」我很想裝出大人的樣子，來安慰她，但是沒有等到找出什麼適當的話來，淚便流出來了。

二

翠姨以後也常來我家住著，是我的繼母把她接來的。

因爲她的妹妹訂婚了，怕是她一旦的結了婚，忽然會剩下她一個人來，使她難過。因爲她的家裡並沒有多少人，只有她的一個六十多歲的老祖父，再就是一個也是寡婦的伯母，帶一個女兒。

堂姊妹本該在一起玩耍解悶的，但是因爲性格的相差太遠，一向是水火不同爐的過著日子。

她的堂妹妹，我見過，永久是穿著深色的衣裳，黑黑的臉，一天到晚陪著母親坐在屋子裡，母親洗衣裳，她也洗衣裳，母親哭，她也哭。也許她幫著母親哭她死去的父親，也許哭的是她們的家窮。那別人就不曉得了。

本來是一家的女兒，翠姨她們兩姊妹卻像有錢的人家的小姐，而那個堂妹妹，看上去卻像鄉下丫頭。這一點使她得到常常到我們家裡來住的權利。

她的親妹妹訂婚了，再過一年就出嫁了。在這一年中，妹妹大大的闊氣了起來，因爲婆家那方面一訂了婚就來了聘禮。這個城裡，從前不用大洋票，而用的是廣信公司出的帖子，一百吊一千吊的論。她妹妹的聘禮大概是幾萬吊，所以她忽然不得了起來，今天買這樣，明天買那樣，花別針一個又一個的，絲頭繩一團一團的，帶穗的耳墜子，洋手錶，樣樣都有了。每逢出街的時候，她和她的姐姐一道，現在總是她付車錢了，她的姐姐要付，她卻百般的不肯，有時當著人面，姐姐一定要付，妹妹一定不肯，結果鬧得很窘，姐姐無形中覺得一種權利被人剝奪了。

但是關於妹妹的訂婚，翠姨一點也沒有羨慕的心理。妹妹未來的丈夫，她是看過的，沒有什麼好看，很高，穿著藍袍子黑馬褂，好像商人，又像一個小土紳士，又加上翠姨太年輕了，想不到什麼丈夫，什麼結婚。

因此，雖然妹妹在她的旁邊一天比一天的豐富起來，妹妹是有錢了，但是妹妹爲什麼有錢的，她沒有考查過。

所以當妹妹尙未離開她之前，她絕對的沒有重視「訂婚」的事。就是妹妹已經出嫁了，她也還是沒有重視這「訂婚」的事。

不過她常常的感到寂寞。她和妹妹出來進去的，因爲家庭環境孤寂，竟好像一對雙生子似的，而今去了一個，不但翠姨自己覺得單調，就是她的祖父也覺得她可憐。

所以自從她的妹妹嫁了，她就不大回家，總是住在她的母親的家裡，有時我的繼母也把她接到我們家裡。

翠姨非常聰明，她會彈大正琴，就是前些年所流行在中國的一種日本琴，她還會吹簫或是會吹笛子。不過彈那琴的時候卻很多。住在我家裡的時候，我家的伯父，每在晚飯之後必同我們玩這些樂器的。笛子，簫，日本琴，風琴，月琴，還有什麼打琴。真正的西洋的樂器，可一樣也沒有。

在這種正玩得熱鬧的時候，翠姨也來參加了。翠姨彈了一個曲子，和我們大家立刻就配合上了。於是大家都覺得在我們那已經天天鬧熟了的老調子之中，又多了一個新的花樣。於是立刻我們就加倍的努力，正在吹笛子的把笛子吹得特別響，把笛膜振抖得似乎就要爆裂了似的滋滋地叫著。

十歲的弟弟在吹口琴，他搖著頭，好像要把那口琴吞下去似的，至於他吹的是什麼調子，已經是沒有人留意了。在大家忽然來了勇氣的時候，似乎只需要這種胡鬧。

而那按風琴的人，因爲越按越快，到後來也許是已經找不到琴鍵了，只是那踏腳板越踏越快，踏的嗚嗚的響，好像有意要毀壞了那風琴，而想把風琴撕裂了一般地。

大概所奏的曲子是《梅花三弄》，也不知道接連地彈過了多少圈，看大家的意思都不想要停下來。不過到了後來，實在是氣力沒有了，找不著拍子的找不著拍子，跟不上調的跟不上調，於是在大笑之中，大家停下來了。

不知爲什麼，在這麼快樂的調子裡邊，大家都有點傷心，也許是樂極生悲了，把我們都笑得一邊流著眼淚，一邊還笑。

正在這時候，我們往門窗處一看，我的最小的小弟弟，剛會走路，他也背著一個很大的破手風琴來參加了。

誰都知道，那手風琴從來也不會響的。把大家笑死了。在這回得到了快樂。

我的哥哥（伯父的兒子，鋼琴彈得很好），吹簫吹得最好，這時候他放下了簫，對翠姨說：「你來吹吧！」翠姨卻沒有言語，站起身來，跑到自己的屋子去了，我的哥哥，好久好久的看住那簾子。

三

翠姨在我家，和我住一個屋子。月明之夜，屋子照得通亮，翠姨和我談話，往往談到雞叫，覺得也不過剛剛半夜。

雞叫了，才說：「快睡吧，天亮了。」

有的時候，一轉身，她又問我：

「是不是一個人結婚太早不好，或許是女子結婚太早是不好的！」

我們以前談了很多話，但沒有談到這些。

總是談什麼，衣服怎樣穿，鞋子怎樣買，顏色怎樣配；買了毛線來，這毛線應該打個什麼的花紋；買了帽子來，應該評判這帽子還微微有點缺點，這缺點究竟在什麼地方，雖然說是不要緊，或者是一點關係也沒有，但批評總是要批評的。

有時再談得遠一點，就是表姊表妹之類訂了婆家，或是什麼親戚的女兒出嫁了。或是什麼耳聞的，聽說的，新娘子和新姑爺鬧彆扭之類。

那個時候，我們的縣裡，早就有了洋學堂了。小學好幾個，大學沒有。只有一個男子中學，談論這個，不單是翠姨，外祖母，姑姑，姐姐之類，都願意講究這當地中學的學生。因爲他們一切洋化，穿著褲子，把褲腿捲起來一寸，一張口，「格得毛寧」①外國話，他們彼此一說話就「答答答」②，聽說這是什麼俄國話。而更奇怪的就是他們見了女人不怕羞。這一點，大家都批評說是不如從前了，從前的書生，一見了女人臉就紅。

我家算是最開通的了，叔叔和哥哥他們都到北京和哈爾濱那些大地方去讀書了，他們開了不少的眼界，回到家裡來，大講他們那裡都是男孩子和女孩子同學。

這一題目，非常的新奇，開初都認爲這是造了反。後來因爲叔叔也常和女同學通信，因爲叔叔在家庭裡是有點地位的人。並且父親從前也加入過國民黨，革過命，所以這個家庭都「咸與維新」起來。

因此在我家裡一切都是很隨便的，逛公園，正月十五看花燈，都是不分男女，一齊去。

而且我家裡設了網球場，一天到晚的打網球，親戚家的男孩子來了，我們也一齊地打。

這都不談，仍舊來談翠姨。

翠姨聽了很多的故事，關於男學生結婚的事情，就是我們本縣裡，已經有幾件事情不幸的了。有的結婚了，從此就不回家了；有的娶來了太太，把太太放在另一間屋子裡住著，而且自己卻永久住在書房裡。

每逢講到這些故事時，多半別人都是站在女的一面，說那男子都是念書念壞了，一看了那不識字的又不是女學生之類就生氣。覺得處處都不如他。天天總說是婚姻不自由，可是自古至今，都是爹許娘配的，偏偏到了今天，都要自由，看吧，這還沒有自由呢，就先來了花頭故事了，娶了太太的不回家，或是把太太放在另一個屋子裡。這些都是念書念壞了的。

翠姨聽了許多別人家的評論。大概她心裡邊也有些不平，她就問我不讀書是不是很壞的，我自然說是很壞的。而且她看了我們家裡男孩子、女孩子通通到學堂去念書的。而且我們親戚家的孩子也都是讀書的。

因此她對我很佩服，因爲我是讀書的。

但是不久，翠姨就訂婚了。就是她妹妹出嫁不久的事情。

她的未來的丈夫，我見過。在外祖父的家裡。人長得又低又小，穿一身藍布棉袍子，黑馬褂，頭上戴一頂趕大車的人所戴的五耳帽子。

當時翠姨也在的，但她不知道那是她的什麼人，她只當是哪裡來了這樣一位鄉下的客人。外祖母偷著把我叫過去，特別告訴了我一番，這就是翠姨將來的丈夫。

不久翠姨就很有錢，她的丈夫的家裡，比她妹妹丈夫的家裡還更有錢得多。婆婆也是個寡婦，守著個獨生的兒子。兒子才十七歲，是在鄉下的私學館裡讀書。

翠姨的母親常常替翠姨解說，人矮點不要緊，歲數還小呢，再長上兩三年兩個人就一般高了。勸翠姨不要難過，婆家有錢就好的。聘禮的錢十多萬都交過來了，而且就由外祖母的手親自交給了翠姨，而且還有別的條件保障著，那就是說，三年之內絕對的不准娶親，藉著男的一方面年紀太小爲辭，翠姨更願意遠遠的推著。

翠姨自從訂婚之後，是很有錢的了，什麼新樣子的東西一到，雖說不是一定搶先去買了來，總是過不了多久，箱子裡就要有的了。那時候夏天最流行銀灰色市布大衫，而翠姨的穿起來最好，因爲她有好幾件，穿過兩次不新鮮就不要了，就只在家裡穿，而出門就又去做一件新的。

那時候正流行著一種長穗的耳墜子，翠姨就有兩對，一對紅寶石的，一對綠的，而我的母親才能有兩對，而我才有一對。可見翠姨是頂闊氣的了。

還有那時候就已經開始流行高跟鞋了。可是在我們本街上卻不大有人穿，只有我的繼母早就開始穿，其餘就算是翠姨。並不是一定因爲我的母親有錢，也不是因爲高跟鞋一定貴，只是女人們沒有那麼摩登的行爲，或者說她們不很容易接受新的思想。

翠姨第一天穿起高跟鞋來，走路還很不平穩，但到第二天就比較的習慣了。到了第三天，就是說以後，她就是跑起來也是很平穩的。而且走路的姿態更加可愛了。

我們有時也去打網球玩玩，球撞到她臉上的時候，她才用球拍遮了一下，否則她半天也打不到一個球。因爲她一上了場站在白線上就是白線上，站在格子裡就是格子裡，她根本地不動。有的時候，她竟拿著網球拍子站著一邊去看風景去。尤其是大家打完了網球，吃東西的吃東西去了，洗臉的洗臉去了，惟有她一個人站在短籬前面，向著遠遠的哈爾濱市影癡望著。

有一次我同翠姨一同去做客。我繼母的族中娶媳婦。她們是八旗人，也就是滿人，滿人才講究場面呢，所有的族中的年輕的媳婦都必得到場，而個個打扮得如花似玉。似乎咱們中國的社會，是沒這麼繁華的社交的場面的，也許那時候，我是小孩子，把什麼都看得特別繁華，就只說女人們的衣服吧，就個個都穿得和現在西洋女人在夜會裡邊那麼莊嚴。一律都穿著繡花大襖。而她們是八旗人，大襖的襟下一律的沒有開口。而且很長。大襖的顏色棗紅的居多，絳色的也有，玫瑰紫色的也有。而那上邊繡的顏色，有的荷花，有的玫瑰，有的松竹梅，一句話，特別的繁華。

她們的臉上，都擦著白粉，她們的嘴上都染得桃紅。

每逢一個客人到了門前，她們是要列著隊出來迎接的，她們都是我的舅母，一個一個的上前來問候了我和翠姨。

翠姨早就熟識她們的，有的叫表嫂子，有的叫四嫂子。而在我，她們就都是一樣的，好像小孩子的時候，所玩的用花紙剪的紙人，這個和那個都是一樣，完全沒有分別。都是花緞的袍子，都是白白的臉，都是很紅的嘴唇。

就是這一次，翠姨出了風頭了，她進到屋裡，靠著一張大鏡子旁坐下了。

女人們就忽然都上前來看她，也許她從來沒有這麼漂亮過，今天把別人都驚住了。

以我看翠姨還沒有她從前漂亮呢，不過她們說翠姨漂亮得像棵新開的臘梅。翠姨從來不擦胭脂的，而那天又穿了一件爲著將來作新娘子而準備的藍色緞子滿是金花的夾袍。

翠姨讓她們圍起看著，難爲情了起來，站起來想要逃掉似的，邁著很勇敢的步子，茫然的往裡邊的房間裡閃開了。

誰知那裡邊就是新房呢，於是許多的嫂嫂們就嘩然的叫著，說：

「翠姐姐不要急，明年就是個漂亮的新娘子，現在先試試去。」

當天吃飯飲酒的時候，許多客人從別的屋子來呆呆的望著翠姨。翠姨舉著筷子，似乎是在思量著，保持著鎮靜的態度，用溫和的眼光看著她們。彷彿她不曉得人們專門在看著她似的。但是別的女人們羨慕了翠姨半天了，臉上又都突然地冷落起來，覺得有什麼話要說出，又都沒有說，然後彼此對望著，笑了一下，吃菜了。

四

有一年冬天，剛過了年，翠姨就來到了我家。

伯父的兒子——我的哥哥，就正在我家裡。

我的哥哥，人很漂亮，很直的鼻子，很黑的眼睛，嘴也好看，頭髮也梳得好看，人很長，走路很爽快。大概在我們所有的家族中，沒有這麼漂亮的人物。

冬天，學校放了寒假，所以來我們家裡休息。大概不久，學校開學就要上學去了。哥哥是在哈爾濱讀書。

我們的音樂會，自然要爲這新來的角色而開了。翠姨也參加的。

於是非常的熱鬧，比方我的母親，她一點也不懂這行，但是她也列了席，她坐在旁邊觀看，連家裡的廚子、女工，都停下了工作來望著我們，似乎他們不是聽什麼樂器，而是在看人。我們聚滿了一客廳。這些樂器的聲音，大概很遠的鄰居都可以聽到。

第二天鄰居來串門的，就說：

「昨天晚上，你們家又是給誰祝壽？」

我們就說，是歡迎我們的剛到的哥哥。

因此我們家是很好玩的，很有趣的。不久就來到了正月十五看花燈的時節了。

我們家裡自從父親維新革命，總之在我們家裡，兄弟姊妹，一律相待，有好玩的就一齊玩，有好看的就一齊去看。

伯父帶著我們，哥哥、弟弟、姨……共八九個人，在大月亮地裡往大街裡跑去了。那路之滑，滑得不能站腳，而且高低不平。他們男孩子們跑在前面，而我們因爲跑得慢就落了後。於是那在前邊的他們回頭來嘲笑我們，說我們是小姐，說我們是娘娘。說我們走不動。

我們和翠姨早就連成一排向前衝去，但是不是我倒，就是她倒。到後來還是哥哥他們一個一個的來扶著我們，說是扶著，未免的太示弱了，也不過就是和他們連成一排向前進著。

不一會到了市裡，滿路花燈。人山人海。又加上獅子、旱船、龍燈、秧歌，鬧得眼也花起來，一時也數不清多少玩藝。哪裡會來得及看，似乎只是在眼前一晃，就過去了，而一會別的又來了，又過去了。其實也不見得繁華得多麼了不得了，不過覺得世界上是不會比這個再繁華的了。

商店的門前，點著那麼大的火把，好像熱帶的大椰子樹似的。一個比一個亮。

我們進了一家商店，那是父親的朋友開的。他們很好的招待我們，茶、點心、橘子、元宵。我們哪裡吃得下去，聽到門外一打鼓，就心慌了。而外邊鼓和喇叭又那麼多，一陣來了，一陣還沒有去遠，一陣又來了。

因爲城本來是不大的，有許多熟人，也都是來看燈的都遇到了。其中我們本城裡的在哈爾濱念書的幾個男學生，他們也來看燈了。哥哥都認識他們。我也認識他們，因爲這時候我們到哈爾濱念書去了。所以一遇到了我們，他們就和我們在一起，他們出去看燈，看了一會，又回到我們的地方，和伯父談話，和哥哥談話。我曉得他們，因爲我們家比較有勢力，他們是很願和我們講話的。

所以回家的一路上，又多了兩個男孩子。

無管人討厭不討厭，他們穿的衣服總算都市化了。個個都穿著西裝，戴著呢帽，外套都是到膝蓋的地方，腳下很俐落清爽。比起我們城裡的那種怪樣子的外套，好像大棉袍子似的好看得多了。而且頸間又都束著一條圍巾，那圍巾自然也是全絲全線的花紋。似乎一束起那圍巾來，人就更顯得莊嚴，漂亮。

翠姨覺得他們個個都很好看。

哥哥也穿的西裝，自然哥哥也很好看。因此在路上她直在看哥哥。

翠姨梳頭梳得是很慢的，必定梳得一絲不亂；擦粉也要擦了洗掉，洗掉再擦，一直擦到認爲滿意爲止。花燈節的第二天早晨她就梳得更慢，一邊梳頭一邊在思量。本來按規矩每天吃早飯，必得三請兩請才能出席，今天必得請到四次，她才來了。

我的伯父當年也是一位英雄，騎馬，打槍絕對的好。後來雖然已經五十歲了，但是風采猶存。我們都愛伯父的，伯父從小也就愛我們。詩、詞、文章，都是伯父教我們的。翠姨住在我們家裡，伯父也很喜歡翠姨。今天早飯已經開好了。催了翠姨幾次，翠姨總是不出來。

伯父說了一句：「林黛玉……」

於是我們全家的人都笑了起來。

翠姨出來了，看見我們這樣的笑，就問我們笑什麼。我們沒有人肯告訴她。翠姨知道一定是笑的她，她就說：

「你們趕快的告訴我，若不告訴我，今天我就不吃飯了，你們讀書識字，我不懂，你們欺侮我……」

鬧嚷了很久，還是我的哥哥講給她聽了。伯父當著自己的兒子面前到底有些難爲情，喝了好些酒，總算是躲過去了。

翠姨從此想到了念書的問題，但是她已經二十歲了，上哪裡去念書？上小學沒有她這樣大的學生，上中學，她是一字不識，怎樣可以。所以仍舊住在我們家裡。

彈琴、吹簫、看紙牌，我們一天到晚的玩著。我們玩的時候，全體參加，我的伯父，我的哥哥，我的母親。

翠姨對我的哥哥沒有什麼特別的好，我的哥哥對翠姨就像對我們，也是完全的一樣。

不過哥哥講故事的時候，翠姨總比我們留心聽些，那是因爲她的年齡稍稍比我們大些，當然在理解力上，比我們更接近一些哥哥的了。哥哥對翠姨比對我們稍稍的客氣一點。他和翠姨說話的時候，總是「是的」「是的」的，而和我們說話則「對啦」「對啦」。這顯然因爲翠姨是客人的關係，而且在名分上比他大。

不過有一天晚飯之後，翠姨和哥哥都沒有了。每天飯後大概總要開個音樂會的。這一天也許因爲伯父不在家，沒有人領導的緣故。大家吃過也就散了。客廳裡一個人也沒有。我想找弟弟和我下一盤棋，弟弟也不見了。於是我就一個人在客廳裡按起風琴來，玩了一下也覺得沒有趣。客廳是靜得很的，在我關上了風琴蓋子之後，我就聽見了在後屋裡，或者在我的房子裡是有人的。

我想一定是翠姨在屋裡。快去看看她，叫她出來張羅著看紙牌。

我跑進去一看，不單是翠姨，還有哥哥陪著她。

看見了我，翠姨就趕快的站起來說：

「我們去玩吧。」

哥哥也說：

「我們下棋去，下棋去。」

他們出來陪我來玩棋，這次哥哥總是輸，從前是他回回贏我的，我覺得奇怪，但是心裡高興極了。

不久寒假終了，我就回到哈爾濱的學校念書去了。可是哥哥沒有同來，因為他上半年生了點病，曾在醫院裡休養了一些時候，這次伯父主張他再請兩個月的假，留在家裡。

以後家裡的事情，我就不大知道了。都是由哥哥或母親講給我聽的。我走了以後，翠姨還住在家裡。

後來母親還告訴過，就是在翠姨還沒有訂婚之前，有過這樣一件事情。我的族中有一個小叔叔，和哥哥一般大的年紀，說話口吃，沒有風采，也是和哥哥在一個學校裡讀書。雖然他也到我們家裡來過，但怕翠姨沒有見過。那時外祖母就主張給翠姨提婚。那族中的祖母，一聽就拒絕了，說是寡婦的兒子，命不好，也怕沒有家教，何況父親死了，母親又出嫁了，好女不嫁二夫郎，這種人家的女兒，祖母不要。但是我母親說，輩分合，他家還有錢，翠姨過門是一品當朝的日子，不會受氣的。

這件事情翠姨是曉得的，而今天又見了我的哥哥，她不能不想哥哥大概是那樣看她的。她自覺的覺得自己的命運不會好的。現在翠姨自己已經訂了婚，是一個人的未婚妻；二則她是出了嫁的寡婦的女兒，她自己一天把這個背了不知有多少遍，她記得清清楚楚。

五

翠姨訂婚，轉眼三年了，正這時，翠姨的婆家，通了消息來，張羅要娶。她的母親來接她回去整理嫁妝。

翠姨一聽就得病了。

但沒有幾天，她的母親就帶著她到哈爾濱採辦嫁妝去了。

偏偏那帶著她採辦嫁妝的嚮導又是哥哥給介紹來的他的同學。他們住在哈爾濱的秦家崗上，風景絕佳，是洋人最多的地方。那男學生們的宿舍裡邊，有暖氣，洋床。翠姨帶著哥哥的介紹信，像一個女同學似的被他們招待著。又加上已經學了俄國人的規矩，處處尊重女子，所以翠姨當然受了他們不少的尊敬，請她吃大菜，請她看電影。坐馬車的時候，上車讓她先上，下車的時候，人家扶她下來。她每一動別人都為她服務，外套一脫，就接過去了。她剛一表示要穿外套，就給她穿上了。

不用說，買嫁妝她是不痛快的，但那幾天，她總算一生中最開心的時候。

她覺得到底是讀大學的人好，不野蠻，不會對女人不客氣，絕不能像她的妹夫常常打她的妹妹。

經這到哈爾濱去一買嫁妝，翠姨就更不願意出嫁了。她一想那個又醜又小的男人，她就恐怖。

她回來的時候，母親又接她來到我們家來住著，說她的家裡又黑，又冷，說她太孤單可憐。我們家是一團暖氣的。

到了後來，她的母親發現她對於出嫁太不熱心，該剪裁的衣裳，她不去剪裁；有一些零碎還要去買的，她也不去買。做母親的總是常常要加以督促，後來就要接她回去，接到她的身邊，好隨時提醒她。她的母親以為年輕的人必定要隨時提醒的，不然總是貪玩。而況出嫁的日子又不遠了，或者就是二三月。

想不到外祖母來接她的時候，她從心的不肯回去，她竟很勇敢的提出來她要讀書的要求。她說她要念書，她想不到出嫁。

開初外祖母不肯，到後來，她說若是不讓她讀書，她是不出嫁的，外祖母知道她的心情，而且想起了很多可怕的事情……

外祖母沒有辦法，依了她。給她在家裡請了一位老先生，就在自己家院子的空房子裡邊擺上了書桌，還有幾個鄰居家的姑娘，一齊念書。

翠姨白天念書，晚上回到外祖母家。

念了書，不多日子，人就開始咳嗽，而且整天的悶悶不樂。她的母親問她，有什麼不如意？陪嫁的東西買得不順心嗎？或者是想到我們家去玩嗎？什麼事都問到了。

翠姨搖著頭不說什麼。

過了一些日子，我的母親去看翠姨，帶著我的哥哥，他們一看見她，第一個印象，就覺得她蒼白了不少。而且母親斷言的說，她活不久了。

大家都說是念書累的，外祖母也說是念書累的，沒有什麼要緊的，要出嫁的女兒們，總是先前瘦的，嫁過去就要胖了。

而翠姨自己則點點頭，笑笑，不承認，也不加以否認。還是念書，也不到我們家來了，母親接了幾次，也不來，回說沒有工夫。

翠姨越來越瘦了，哥哥去到外祖母家看了她兩次，也不過是吃飯，喝酒，應酬了一番。而且說是去看外祖母的。在這裡，年輕的男子去拜訪年輕的女子，是不可以的。哥哥回來也並不帶回什麼歡喜或是什麼新的憂鬱，還是一樣和大家打牌下棋。

翠姨後來支持不了啦，躺下了，她的婆婆聽說她病，就要娶她，因爲花了錢，死了不是可惜了嗎？這一種消息，翠姨聽了病就更加嚴重。婆家一聽她病重，立刻要娶她。因爲在迷信中有這樣一章，病新娘娶過來一沖，就沖好了。翠姨聽了就只盼望趕快死，拚命的糟蹋自己的身體，想死得越快一點兒越好。

母親記起了翠姨，叫哥哥去看翠姨。是我的母親派哥哥去的，母親拿了一些錢讓哥哥給翠姨帶去，說是母親送她在病中隨便買點什麼吃的。母親曉得他們年輕人是很拘泥的，或者不好意思去看翠姨，也或者翠姨是很想看他的，他們好久不能看見了。同時翠姨不願出嫁，母親很久的就在心裡邊猜疑著他們了。

男子是不好去專訪一位小姐的，這城裡沒有這樣的風俗。母親給了哥哥一件禮物，哥哥就可去了。

哥哥去的那天，她家裡正沒有人，只是她家的堂妹妹應接著這從未見過的生疏的年輕的客人。

那堂妹妹還沒問清客人的來由，就往外跑，說是去找她們的祖父去，請他等一等。大概她想是凡男客就是來會祖父的。

客人只說了自己的名字，那女孩子連聽也沒有聽就跑出去了。

哥哥正想，翠姨在什麼地方？或者在裡屋嗎？翠姨大概聽出什麼人來了，她就在裡邊說：

「請進來。」

哥哥進去了，坐在翠姨的枕邊，他要去摸一摸翠姨的前額，是否發熱，他說：

「好了點嗎？」

他剛一伸出手去，翠姨就突然的拉了他的手，而且大聲的哭起來了，好像一顆心也哭出來了似的。哥哥沒有準備，就很害怕，不知道說什麼，做什麼。他不知道現在應該是保護翠姨的地位，還是保護自己的地位。同時聽得見外邊已經有人來了，就要開門進來了。一定是翠姨的祖父。

翠姨平靜的向他笑著，說：

「你來得很好，一定是姐姐告訴你來的，我心裡永遠紀念著她，她愛我一場，可惜我不能去看她了……我不能報答她了……不過我總會記起在她家裡的日子的……她待我也許沒有什麼，但是我覺得已經太好了……我永遠不會忘記的……我現在也不知道爲什麼，心裡只想死得快一點就好，多活一天也是多餘的……人家也許以爲我是任性……其實是不對的，不知爲什麼，那家對我也是很好的，我要是過去，他們對我也會是很好的，但是我不願意。我小時候，就不好，我的脾氣總是，不從心的事，我不願意……這個脾氣把我折磨到今天了……可是我怎能從心呢……真是笑話……謝謝姐姐她還惦著我……請你告訴她，我並不像她想的那麼苦呢，我也很快樂……」翠姨痛苦的笑了一笑，「我心裡很安靜，而且我求的我都得到了……」

哥哥茫然的不知道說什麼，這時祖父進來了。看了翠姨的熱度，又感謝了我的母親，對我哥哥的降臨，感到榮幸。他說請我母親放心吧，翠姨的病馬上就會好的，好了就嫁過去。

哥哥看了翠姨就退出去了，從此再沒有看見她。

哥哥後來提起翠姨常常落淚，他不知翠姨爲什麼死，大家也都心中納悶。

尾聲

等我到春假回來，母親還當我說：

「要是翠姨一定不願意出嫁，那也是可以的，假如他們當我說。」

……

翠姨墳頭的草籽已經發芽了，一掀一掀地和土黏成了一片，墳頭顯出淡淡的青色，常常會有白色的山羊跑過。

這時城裡的街巷，又裝滿了春天。

暖和的太陽，又轉回來了。

街上有提著筐子賣蒲公英的了，也有賣小根蒜的了。更有些孩子們他們按著時節去折了那剛發芽的柳條，正好可以擰成哨子，就含在嘴裡滿街的吹。聲音有高有低，因爲那哨子有粗有細。大街小巷，到處的嗚嗚嗚，嗚嗚嗚。好像春天是從他們的手裡招待回來了似的。

但是這爲期甚短，一轉眼，吹哨子的不見了。

接著楊花飛起來了，榆錢飄滿了一地。

在我的家鄉那裡，春天是快的。五天不出屋，樹發芽了，再過五天不看樹，樹長葉了，再過五天，這樹就像綠得使人不認識它了。使人想，這棵樹，就是前天的那棵樹嗎？自己回答自己，當然是的。春天就像跑的那麼快。好像人能夠看見似的，春天從老遠的地方跑來了，跑到這個地方只向人的耳朵吹一句小小的聲音：「我來了呵」，而後很快的就跑過去了。

春，好像它不知多麼忙迫，好像無論什麼地方都在招呼它，假若它晚到一刻，陽光會變色的，大地會乾成石頭，尤其是樹木，那真是好像再多一刻工夫也不能忍耐，假若春天稍稍在什麼地方留連了一下，就會誤了不少的生命。

春天爲什麼它不早一點來，來到我們這城裡多住一些日子，而後再慢慢的到另外的一個城裡去，在另外一個城裡也多住一些日子。

但那是不能的了，春天的命運就是這麼短。

年輕的姑娘們，她們三兩成雙，坐著馬車，去選擇衣料去了，因爲就要換春裝了。她們熱心的弄著剪刀，打著衣樣，想裝成自己心中想得出的那麼好，她們白天黑夜的忙著，不久春裝換起來了，只是不見載著翠姨的馬車來。

---

①格得毛寧，英語Good morning的音譯，意為早安。——編者注。

②答答答，俄語Da, Da, Da的音譯，意為是的，對的。——編者注。

《生死場》讀後記

胡風

我看到過有些文章提到了蕭洛河夫在《被開墾了的處女地》裡所寫的對於牛對於馬的情感，把牠們送到集體農場去以前的留戀，惜別，說那畫出了過渡期的某一類農民的魂魄。《生死場》的作者是沒有讀過《被開墾了的處女地》的，但她所寫的農民們的對於家畜（羊，馬，牛）的愛，真實而又質樸，在我們已有的農民文學裡面似乎還沒有見過這樣動人的詩篇。

中國大地上的農民，蚊子似地生活著，糊糊塗塗地生殖，亂七八糟地死亡，用自己的血汗自己的生命肥沃了大地，種出食糧，養出畜類，勤勤苦苦地蠕動在自然的暴君和兩隻腳的暴君的威力下面。

但這樣混混沌沌的生活是也並不能長久繼續的，捲來了「黑色的舌頭」，飛來了宣傳「王道」的汽車和飛機，日本旗替代了中國旗。偌大的東北四省輕輕地失去了。日本人為什麼搶了去的？中國的治者階級為什麼讓他們搶了去的？搶的是要把那些能夠肥沃大地的人民做成壓榨得更容易更直接的奴隸，讓他們搶的是為了表示自己的馴服，為了取得做奴才的地位。

然而被搶去了的人民卻是不能夠「馴服」的。要麼，被刻上「亡國奴」的烙印，被一口一口地吸盡血液，被強姦，被殺害。要麼，反抗。這以外，到都市去也罷，到尼庵去也罷，都走不出這個人吃人的世界。

在苦難裡倔強的老王婆固然站起了，但懺悔過的「好良心」的老趙三也站起了，甚至連那個在世界上只看得見自己的一匹山羊的謹慎的二里半也站起了……到寡婦們回答出「是啊！千刀萬剮也願意！」的時候，老趙三流淚地喊著「等著我埋在墳裡……也要把中國旗子插在墳頂，我是中國人！……我要中國旗子，我不當亡國奴……」的時候，每個人跪在槍口前面盟誓說：「若是心不誠，天殺我，槍殺我，槍子是有靈有聖有眼睛的啊！」的時候，這些蟻子一樣的愚夫愚婦們就悲壯地站上了神聖的民族戰爭的前線。蟻子似地為死而生的他們現在是巨人似地為生而死了。

這寫的只是哈爾濱附近的一個偏僻的村莊，而且是覺醒地最初的階段，然而這裡面是真實的受難的中國農民，是真實的野生的奮起。它「顯示著中國的一分和全部，現在和未來，死路與活路」（魯迅序《八月的鄉村》語）。

使人興奮的是，這本不但寫出了愚夫愚婦的悲歡苦惱而且寫出了藍空下的血跡模糊的大地和流在那模糊的血土上的鐵一樣重的戰鬥意志的書，卻是出自一個青年女性的手筆。在這裡我們看到了女性的纖細的感覺，也看到了非女性的雄邁的胸境。前者充滿了全篇，只就後者舉兩個例子：

山上的雪被風吹著像要埋蔽這傍山的小房似的。大樹號叫，風雪向小房遮蒙下來。一株山邊斜歪著的大樹，倒折下來。寒月怕被一切聲音撲碎似的，退縮到天邊去了！這時候隔壁透出來的聲音，更哀楚。

上面敘述過的，宣誓時寡婦們回答了「是啊！千刀萬剮也願意！」以後，接著寫：

哭聲刺心一般痛，哭聲方錐一般落進每個人的胸膛。一陣強烈的悲酸掠過低垂的人頭，蒼蒼然藍天欲墜了！

老趙三流淚地喊著死了也要把中國旗插在墳頂以後，接著寫：

濃重不可分解的悲酸，使樹葉垂頭。趙三在紅蠟燭前用力敲了桌子兩下，人們一起哭向蒼天了！人們一起向蒼天哭泣。大群的人起著號啕！

這是用鋼戟向晴空一揮似的筆觸，發著顫響，飄著光帶，在女性作家裡面不能不說是創見了。

然而，我並不是說作者沒有她的短處或弱點。第一，對於題材的組織力不夠，全篇顯得是一些散漫的素描，感不到向著中心的發展，不能使讀者得到應該能夠得到的緊張的迫力。第二，在人物的描寫裡面，綜合的想像的加工非常不夠。個別地看來，她的人物都是活的，但每個人物的性格都不突出，不大普遍，不能夠明確地跳躍在讀者的前面。第三，語法句法太特別了，有的是由於作者所要表現的新鮮的意境，有的是由於被採用的方言，但多數卻只是因爲對於修辭的錘煉不夠。我想，如果沒有這幾個弱點，這一篇不是以精緻見長的史詩就會使讀者感到更大的親密，受到更強的感動罷。

當然，這只是我這樣的好事者的苛求，這只是寫給作者和讀者的參考，在目前，我們是應該以作者的努力爲滿足的。由於《八月的鄉村》和這一本，我們才能夠真切地看見了被搶去的土地上的被討伐的人民，用了心的激動更緊地和他們擁合。

蕭紅作品精選：2
生死場【經典新版】

作者：蕭紅
發行人：陳曉林
出版所：風雲時代出版股份有限公司
地址：10576台北市民生東路五段178號7樓之3
電話：(02) 2756-0949
傳真：(02) 2765-3799
執行主編：朱墨菲
美術設計：吳宗潔
行銷企劃：張慧卿、林安莉
業務總監：張瑋鳳

初版日期：2018年2月
ISBN ：978-986-352-530-1

風雲書網：http://www.eastbooks.com.tw
官方部落格：http://eastbooks.pixnet.net/blog
Facebook：http://www.facebook.com/h7560949
E-mail：h7560949@ms15.hinet.net
劃撥帳號：12043291
戶名：風雲時代出版股份有限公司

風雲發行所：33373桃園市龜山區公西村2鄰復興街304巷96號
電話：(03) 318-1378
傳真：(03) 318-1378
法律顧問：永然法律事務所 李永然律師
北辰著作權事務所 蕭雄淋律師

行政院新聞局局版台業字第3595號 營利事業統一編號22759935

定價 ：220元

國家圖書館出版品預行編目資料

蕭紅作品精選：2 生死場 經典新版 / 蕭紅著. -- 初版.
-- 臺北市：風雲時代, 2018.01 面； 公分

ISBN 978-986-352-530-1（平裝）

857.7 106023375